보이지 않는 정원

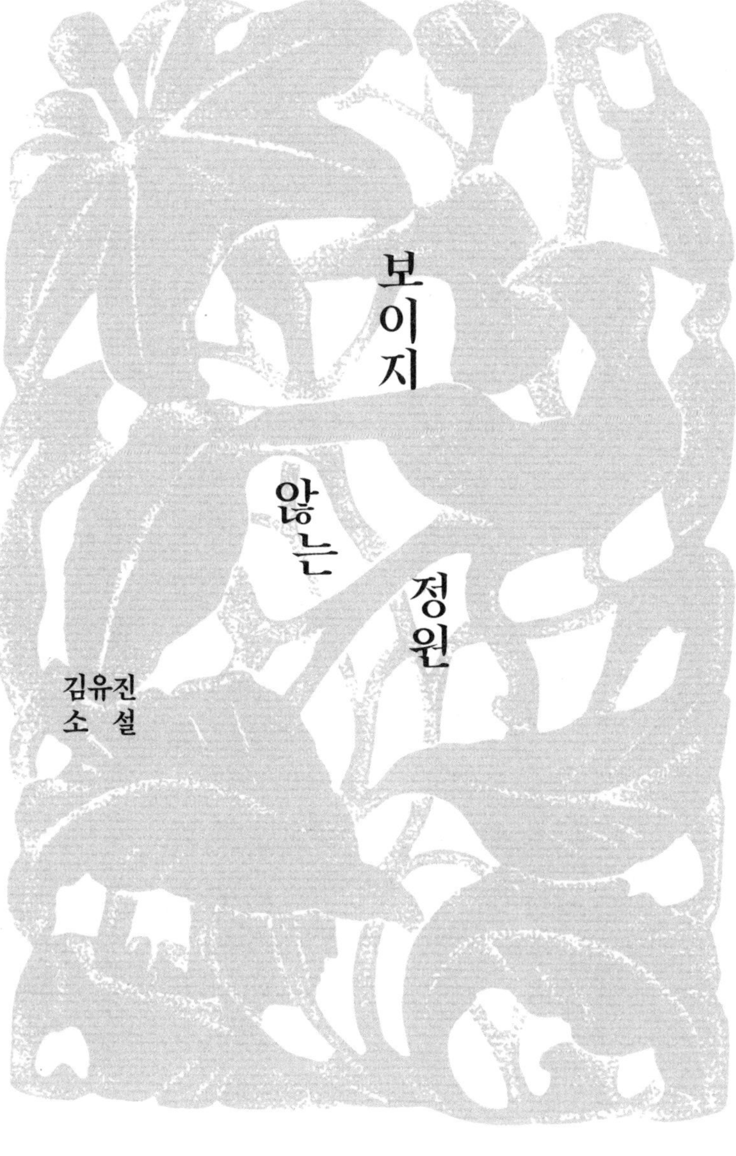

보이지 않는 정원

김유진
소설

문학동네

차례

비극 이후 • 007

공원에서 • 035

믿을 수 없는 얼굴 • 061

보이지 않는 정원 • 089

음의 속성 • 119

파도 • 145

대지의 노래 • 173

글렌 • 203

해설 | 김나영(문학평론가)
당신의 안무이자 악보가 될 이야기들 • 233

작가의 말 • 260

비극 이후

수인은 비행기 안에서 어떤 남자를 만났다. 그는 옆 좌석 탑승자였다. 바짓단이 흠뻑 젖어 있었다. 구두 앞코에 진흙이 묻어 있어, 어디 들판을 헤매다 온 것 같았다. 좌석 간 간격이 좁아 사소한 움직임에도 몸이 닿았다. 수인은 남자의 바지가 종아리를 스칠 때마다, 젖은 천이 주는 차가움에 소스라치게 놀랐다. 수인은 다리를 꼬았다. 기체 벽 가까이 몸을 기울였다.

건너편 좌석엔 커플 티셔츠를 입은 남녀가 있었다. 그들은 좌석 위 선반에 가방을 올린 후에 젖은 장우산을 어디에 둘지를 두고 고민하고 있었다. 공항 입구에 우산용 비닐봉투가 비치되어 있지 않은 탓이었다. 그들은 승무원의 요구에 떠밀려 우산을 선반에 넣었다. 여자는 가방이 젖을까 볼멘소리를 했다. 수인이 보기에 그들은 행복이 지나쳐 사소한 것으로도 과장되게 고민하는 사람들 같았다. 탑승객들이 기내로 끝없이 밀려들었다. 비행시간은 오십 분 남짓이었다.

이착륙 현황을 알리는 전광판 앞에서 수인은 차라리 비행기가 결항하길 바랐다. 남태평양 먼바다에서 태풍이 북상하고 있었다. 수인은 비바람이 몰아치는 휴양지에 가고 싶지는 않았다. 여행은 충동적인 결정이었다. 여행 전문 블로그에 소개된, 야자수로 둘러싸인 호텔의 정경이 마음에 들었다. 이국적 정취이긴 하지만 이국의 것이 아니라는 점도 부담 없이 다가왔다. 넌 예전부터 사치가 심했어. 수인이 여행용 캐리어를 사들고 왔을 때, 수인의 엄마는 말했다.

수인은 호텔에 전화를 걸었다. 여러 차례 시도 끝에 안내원과 연결되었다. 주변이 소란스러워 휴대폰 스피커 볼륨을 한껏 높여도 명료하게 들리지 않았다. 수인은 고함을 지르듯 예약 취소가 가능한지 물었다. 결항 때문이 아니라면 불가하다고 말하는 안내원의 목소리는 차분했다. 거기도 비가 많이 오나요? 수인이 물었다. 아무래도 좀 오죠. 안내원은 곤란한 질문을 받은 사람처럼 웃음기가 실린 목소리로 답했다.

사람들은 비에 대해 말했다. 누군가 비는 운항에 영향을 주지 않는다고 했다. 중요한 것은 바람이지. 수인은 일리가 있는 말이라 생각하면서 자신이 타고 있는 저가 항공사의 아담한 기체를 떠올렸다. 바람의 저항을 견딜 수 있을지 문득 의구심이 들었다. 승무원이 여자아이가 안고 있던 커다란 돌고래 모양의 쿠션을 빼앗아 선반에 밀어넣었다. 복도를 분주히 오가며 선반을 점검하고 탑승객에게 창문 덮개를 열게 했다. 목에 두른 빳빳한 소재의 스카프 때문에 승무원들은 머리와 몸통이 분리된 것처럼 보였다.

옆 좌석 남사의 팔이 수인의 시야에 들어왔다. 반소매 피케 티셔츠의 고무단 부근, 음영이 진 듯 검붉게 그은 피부가 눈에 띄었다. 손목의 은색 메탈 시계 때문에 피부색은 더욱 어두워 보였다. 적당히 잡힌 근육과 부드럽고 균일해 보이는 피부가 풋풋했다. 수인이 보기에 그는 나이가 많지도, 그렇다고 아주 적지도 않은 것 같았다.

수인은 창밖을 바라보았다. 빗줄기가 창에 두서없는 빗금을 그어댔다. 활주로의 기체들은 비에 젖은 가축처럼 궁상맞아 보였다. 잔디는 더없이 싱그러웠다. 어디서 기름 냄새 나지 않아? 불안한 기색이 담긴 목소리가 뒷자리에서 들려왔다. 그 말이 떨어지자마자 수인에게도 미약한 엔진오일 냄새가 나는 것만 같았다. 안전벨트 표시등에 일제히 불이 들어왔다. 비행기는 예정대로 이륙했다.

수인아, 일어나봐. 저기 뉴스 좀 봐라. 비행기가 취소되고 있단다.

수인은 먼 곳에서 우글거리는 여러 종류의 소리를 들었다. 갓 태어난 짐승의 쪼그라든 귀가 조금씩 펴지듯, 좁은 구멍으로 물이 흘러들어오는 것처럼, 이윽고 범람하는 강물이 배를 띄우듯이 소음은 수인의 의식을 서서히 길어올리고 있었다. 수인은 아침 뉴스 진행자의 높은 목소리와 그것을 둘러싼 낡은 텔레비전 스피커의 부드러운 잡음을 들었다. 잠을 깨우는 엄마의 다급한 호명이 한없이 다정히 들리던 유년의 한때로 돌아간 것만 같았다. 맵고 자극적인 냄새가 났다. 볶은 기름 냄새도 났다. 수인은 어느새 밤새 술을 마시고 돌아온 B가 아침부터 라면을 끓이고, 못된 짓을 하다 들킨 아이처럼 겸연쩍은 표정을 짓던 시절에 머물고 있었다. 그러나 수인은 그 아득한 세계에서 곧 멀어졌다. 개들이 사납게 짖어댔기 때문이다. 엄마가 키우는 늙은 몰티즈 두 마리가 침대 밑에서 드세게 굴었다. 수인은 잠에서 완전히 벗어났다. 전력을 다해 달리다가 문득 자신이 지나온 거리에 덜컥 겁을 먹고 발을 멈추었을 때처럼, 사위가 눈에 설고 오한이 일듯 고독감이 들었다.

수인은 거실로 나갔다. 브라운관으로 안개에 둘러싸인 공항의 풍경과 대기중인 비행기들이 보였다.

그는 파인애플주스를 달라고 했다. 수인은 기내에 파인애플주스가 있다는 사실을 처음 알았다. 승무원은 칵테일 쇼를 하듯 음료병을 거의 수직으로 들고 잔에 따랐는데, 그것이 특별한 이유가 있어서인지, 단지 능숙해 보이기 위함인지 알 수 없었다. 수인은 과장된 동작과는 달리 결과적으로 적은 양의 음료를 제공하는 것이 의외라 생각했다. 수인은 남자의 파인애플주스를 힐끔 보았다. 달고 신 냄새가 코를 간질였다. 비행기를 탈 때면 보란듯이 토마토주스를 주문하던 B가 떠올랐다. 그때마다 수인은 괴식이라며 손가락으로 코를 막는 시늉을 하곤 했다.

그는 파인애플주스에 고정된 수인의 시선을 눈치채고는 나쁘지 않다는 듯 눈으로 살짝 웃어 보였다. 수인은 작은 목소리로 커피를 주문했다. 안쪽에 앉은 수인을 배려한 남자가 커피를 대신 받아 수인의 간이 탁자에 놓아주었다. 그는 예의가 바르고 적당히 사교적인 사람 같았다. 아침에 일찍 나오느라 커피를 못 마셨거든요. 수인은 파인애플주스에 관심을 보이던 자신의 행동이 모순적으로 여겨질 것 같아 말을 덧붙였다. 미소 짓는 남자의 눈꼬리 아래에 작은 점이 있었다. 수인은 필요 없는 말을 더한 것을 이내 후회했다.

아침에 수인은 엄마가 차린 음식을 입에 대는 시늉만 하고는 커피를 내려 마셨다. 수인은 고등학교 졸업 이후로 아침을 먹은 적이 없었지만, 엄마는 그것을 알지 못했다. 수인은 어쩔 수 없다고 생각했다. 수인은 대학에 입학하자마자 자취를 시작했다. 그뒤로 수인과 엄마는 각자의 고유성을 되찾아나갔다. 수인이 한 달에 두어 번 엄마의 집에 들를 때면, 좁은 공간에 욱여넣어 찌그러졌던 고무공들이 차츰 원래의 모양새로 복원되어가는 듯한 느낌을 받곤 했다. 의무와 규율에서 벗어난 수인의 엄마는 바지런하지도, 억척스럽지도 않았다. 수인이 보기에 그들은 각자 잘 살았다.

수인이 독립한 이후, 엄마는 몰티즈 한 마리를 키우기 시작했다. 개는 자라서 암컷 한 마리를 낳았다. 엄마는 개 두 마리를 자식처럼 길렀다. 종종 개에게 수인아, 라고 부르기도 했다. 나이가 든 개들은 병치레가 잦았다. 작년엔 두 마리 모두 자궁에 물이 차, 나란히 중성화 수술을 받았다. 엄마는 여름 내내 개들에게 잣죽을 끓여주었다. 쌀을 불려 절구에 찧고, 잣을 갈고, 얼굴이 붉게 익도록 가스레인지 앞에서 죽을 쑤었다. 수인 자신은 받아본 적 없는 호의였다. 수인은 한낱 개들에게 보이는 엄마의 정성이 낯설었다. 엄마가 지닌 내면의 부침을 짐작할 수 없었다. 그러나 수인은 내버려두었다. 부모에 대한 무관심과 몰이해는 자식의 특권이 아니었던가.

비행기 확인 좀 해봐. 확인했는데, 취소 안 됐어. 다른 비행기는 다 결항이라면서 왜 네 것만 아니야? 나도 모르지. 아무튼 내 건 아니래. 태풍이 온다는데 어떻게 간다는 거야? 비행기가 뜬다잖아. 그러다 사고라도 나면 어쩌려고 그래? 괜찮아. 죽으면 어떻게

해? 죽으면 뭘 어떻게 해, 할 수 없지.

비행기는 비구름 위로 올랐다. 기류는 안정적이었다.

수인은 리무진을 타고 오는 내내 휴대폰으로 공항 홈페이지에 접속해 비행 스케줄을 확인했다. 인터넷 포털 사이트에선 기상 속보가 빠르게 갱신되고 있었다. 남쪽에선 보호수의 뿌리가 들리고 해일에 선박이 유실되었다. 가두리 양식장이 태풍에 쓸려 내려갔다. 길을 건넌 아무개가 바람에 떨어진 간판에 깔려 죽었다. 죽으면 어떡하느냐는 엄마의 말이 수인의 귓가에 맴돌았다. 수인은 불의의 사고가 일어나는 상황을 머릿속으로 그려보았다. 폭발하여 산화되는 몸을, 거대한 철판에 짓눌리거나 절벽 아래로 떨어져 부서지는 머리통을, 물속에서 풍선처럼 부풀어올라 형체를 잃은 몸을 상상하고 되새김질했다. 절단된 신체와 훼손된 사체에 대한 이미지는 수인에게 도리어 마음의 안정을 가져다주었다. 버스 안에서 수인은, 자신의 고약한 망상이 죽음에 대한 두려움에서 비롯된 것인지, 아니면 그에 대한 모종의 기대감 때문인지 구분할 수 없었고 다만 뒷목이 뻣뻣할 정도로 긴장해 있다는 사실만은 체감할 수 있었다.

옆 좌석 남자가 기내 잡지를 집어들었다. 그의 자세는 몸 어느 한 군데 경직된 부분 없이 이완되어 있어서 여유로움이 묻어났다. 탑승객들이 비와 결항, 태풍과 렌터카 예약 등에 관한 이야기들로 웅성대었을 때도 그는 자신을 둘러싼 환경과 무관한 듯 태연한 태도를 유지했다. 단단하고 부드러워 보이는 그의 손가락이 작은 땅콩을 집어 입속으로 가져가는 모습은 물속에서 노니는 듯 느리고 고요했다.

수인은 자신의 간이 탁자 위에도 손바닥만한 과자 봉지가 놓여 있음을 발견했다. 절취선을 따라 봉지를 뜯었다. 프레츨과 아몬드, 설탕을 바른 땅콩 몇 개가 있었다. 수인은 프레츨을 입에 넣었다. 과자에 붙은 소금 결정체는 머리가 울릴 정도로 짰다. 입안에 침이 고였다. 수인은 단단한 과자를 소리가 나도록 씹어 넘겼다. 굳은 어깨를 의식적으로 끌어내려보았다.

수인은 기내 잡지에서 사진 전시회 기사 하나를 보았다. 사진작가의 이름이 낯익었다. 미국계 일본인인 그는 몇 해 전 국내에서 대규모 전시회를 연 적이 있었다. 수인은 B와 그곳에 갔었다.

갤러리에 들어서자 수인을 맞이한 것은 어둠 속에서 발광하는 거대한 뿌리였다. 방사형으로 퍼져나가는 수많은 잔뿌리가 섬세한 곡선과 대담한 방향성을 동시에 보여주고 있었다. 사진은 뿌리 일부분을 포착한 형태로 그 자체가 음각 판화처럼 명암의 대비를 이뤘다. 자연 발생적 구조가 지니는 역동적인 운동성이 그 주제인 듯싶었다. 그러나 수인이 가까이 다가가 확인한 작품명은 '들판에 내리치는 번개 1'이었다. 수인이 뿌리로 착각한 것은 다름 아닌 번개였다. 순간적으로 잡아내어 시각화한 빛의 형상이 뿌리와 유사한 까닭은 그 두 가지 모두 생명의 근원이라는 동일한 속성으로 태초의 운동성을 보여주기 때문이라는 설명이 따랐다. 작가는 이어서 그 근원적 빛이 들판에서 우연히 포착한 번개가 아니라 기계를 동원해 발생시킨 인공의 산물임을 밝히며, 실상과 허상의 무경계성을 드러내고자 했다고 강조했다. 벽면을 가득 메울 만큼 압도적인 크기의 번개 연작은 그 뒤로도 너덧 편이 이어졌다. 수인은 갤러리 구석 스크린에서 상영중인 그의 다큐멘터리에 눈길을 주었다. 그는 성공한 예술가였다. 센트럴파크 인근에 위치한 백여 평의 개인 작업실과 상주 관리인이 화면에 잡혔다. 수인에게는 전시회보다 그의 작업실이 더욱 인상에 남았다.

수인과 B는 갤러리를 나서며 각자 엽서 한 장씩을 골랐다. 수인은 팸플릿 표지에 실린 번개 연작 중 하나를 골랐다. 관람을 기념하는 의미에서 산 것일 뿐 큰 의미는 없었다. 손바닥 크기의 번개는 그 역동성도, 강렬한 대비도 제거된 상태였다. B가 고른 것은 설원의 늑대 무리가 찍힌 사진이었다. 수인은 전시회에서 그 작품을 본 기억이 없었다. 다 밀랍으로 만든 거래. 근사하지 않아? 수인은 실제 늑대 무리와 육안으로 구별되지 않는 페이크 사진을 바라보며 그의 작업이 일관되긴 하지만 지나치게 교훈적이라고 생각했다. B는 멋진 작업이라고 평가했다. 그러니까, 무엇이든 꼭 진짜일 필요는 없는 거야, 안 그래? 수인은 B가 지닌 취향의 대중성과 명료함이 좋았다.

잡지에 실린 전시회의 타이틀은 '사유하는 사진전'이었다.

B는 금전적으로 여유로운 집안에서 자랐다. 수인은 그가 유복하게 자란 태가 나는 것이 마음에 들었다. B는 자신의 부를 적당히 드러낼 줄 알았고, 짐짓 겸손한 척할 줄도 알았다. 주차비 같은 푼돈을 아끼는 것으로 검소한 인상을 남기면서 오디오나 시계를 고를 때는 가격을 개의치 않고 오직 취향에만 의존하는 배포를 보이기도 했다. 수인이 대학교 3학년을 마치자마자 취업 전선에 뛰어든 것과는 달리, 그는 여태껏 직업을 가져본 일이 없었다.

일어일문학을 전공한 수인은 두어 개의 단기 계약직을 거쳐, 소규모 광고회사에 정식으로 입사했다. 여사장 밑에서 칠 년간 비서로 일했다. 그 집 가사도우미 관리에서부터 자녀들 과외 선생 노릇까지 도맡아 하며 모은 돈으로 영국행 어학연수를 떠났을 때, B는 이 년째리 요리학교에 다니다가 그만두고 디자인 스쿨에 입학해 있었다. 수인과 B는 한인 교회 청년부에서 만났다. 수인은 종교가 없었지만 유학센터 매니저가 교회에 다닐 것을 강력히 권했다. 그는 영어가 서툰 수인에게 교회 커뮤니티의 중요성에 대해 강조하며, 인간이 됐든 신이 됐든 무언가에 의지한다는 점에서는 형식적으로 동일하지 않으냐고 농담조로 말했다. B의 신분은 언제나 학생에 머물러 있었기에 가능성이 무한해 보였고 사회적 책무나 경제적 의무와도 무관했다. 수인은 자신과 다른 그의 성장 배경이 마음에 들었다. 그 자유로운 성정에 기대고 싶어졌다. 유학센터 매니저의 말은 옳았다.

수인은 써늘한 기운에 잠에서 깨어났다. 높은 고도 탓이었다. 오한이 들어 몸이 부르르 떨렸다. 수인은 긴장한 상태로도 잠이 들 수 있다는 사실에 놀랐다. 간이 탁자 위에 있던 과자 봉지와 손을 닦고 뭉쳐둔 냅킨이 말끔히 치워져 있었다. 수인은 잠시 잠이 들기 전 상태를 되짚어보다, 남자 쪽으로 고개를 돌렸다. 양손을 모은 채 눈을 감고 있던 그가 기다렸다는 듯 수인을 향해 고개를 돌렸다. 이제 얼마 안 남았어요. 그가 시계를 찬 손목을 슬쩍 들어 보이며 말했다. 수인은 눈인사했다. 고마움보다 민망함이 더 컸다. 도착 예정 시간은 십 분가량 남아 있었다.

기체는 허공에 머물렀다. 도착 예정 시간이 지났다. 수인은 어째서 기체가 착륙하지 않는지 알 수 없었다. 이십 분 가까이 시간이 흘렀지만, 안내 방송도 나오지 않았다. 기내는 금세 후텁지근해졌다. 한여름의 공공도서관 같았다. 열악한 에어컨디셔너의 바람과 외부에서 쏟아지는 습하고 뜨거운 열기가 뒤섞인 나른함이 느껴졌다. 수인 자신의 몸에서 나는 열 같기도 했다. 창밖을 보았다. 기체는 거대한 하나의 덩어리로 보이는 구름을 가르며 천천히 전진했다. 기내엔 정적이 흘렀다. 수인은 좌석에서 엉덩이를 살짝 떼고 주위를 둘러보았다. 승객들은 자고 있었다. 죽은듯 잠들어 있는 사람들이 정말로 죽은 것 같아, 수인은 모골이 송연해졌다.

연수를 마치고 돌아온 수인은 B를 기다렸다. 이 년 후 B가 귀국할 때까지 메일을 주고받거나 화상 통화를 하며 관계를 이어나갔다. B가 방학 때마다 한국에 다녀갔기 때문에 기다리는 일이 어렵진 않았다. 수인은 새로 생긴 분위기 좋은 카페나 타파스 가게에 데려가고 싶었지만, B는 삼계탕 따위를 먹고 싶어했다. 수인은 그가 원하는 대로 했다. 시간은 내버려두어도 잘 흘렀다. 내버려두어야 잘 흘렀다. B가 돌아온 이후 둘은 함께 살림을 꾸렸다. B에겐 유학 가기 전부터 지내온 아파트 한 채가 있어, 수인이 그 집으로 들어갔다. 수인은 월세살이를 전전하는 동안 닳고 기운 싸구려 MDF 가구들을 모두 버렸다. 막상 가져가려니 온전한 세간이 없었다. 명절 상여금으로 사들인 독일제 스테인리스 냄비와 선물 받은 티포트를 제외한 주방용품은 엄마 집으로 보냈다. 필요한 건 친구 집에 다 있어. 내 짐은 좁아서 놓을 수가 없다네. 수인의 엄마는 과년한 딸이 누구와 함께 지내고 어디로 이사를 하는지 자세히 묻지 않았다. 수인은 두 개의 라면 상자로 수렴된 단출한 짐을 바라보며 두려움을 느꼈다. 가볍고 자유로운 B의 속성이 자신과의 관계에도 적용된 것 같았다.

이윽고 착륙을 예고하는 안내 방송이 흘러나오자, 잠들어 있던 승객들이 하나둘 깨어났다. 기묘한 정적은 사라졌다. 수인과 옆좌석 남자는 서로 마주보고 눈인사를 했다. 수인에게는 유독 긴장된 여정이었다. 수인은 출발 전부터 찾아온 불행의 전조와 비극적 예감 사이에서, 그에게 가벼운 연대감을 느끼고 있었다.

기체는 난기류를 만난 듯 급강하하기 시작했다. 수인은 몸이 공중으로 솟구칠 것만 같아, 좌석 팔걸이를 힘껏 붙잡았다. 심장이 빠르게 뛰었다. 기체는 다시 구름 위로 올랐다. 창에 맺혔던 빗방울이 강한 바람에 쓸려 내려갔다. 승무원들이 간이의자에 앉아 서둘러 안전벨트를 맨 뒤 벽에 허리를 바싹 붙이고 있는 것이 보였다. 기체는 비구름 위로 솟구쳤다가 가라앉기를 반복하며 시간을 끌었다. 땅은 나타나지 않았다. 수인은 종이비행기에 타고 있는 듯한 무력감을 느꼈다. 창으로 눈을 돌렸다. 푸르고 적막한 바다 위에 초대형 선박이 섬처럼 떠 있었다. 풍경은 평화로웠다.

다시, 기체가 요동쳤다. 귀가 울렸다. 비행기가 빠른 속도로 하강하기 시작했다. 하강하는 것인지 추락하는 것인지 알 수 없었다. 수인은 점차 다가오는 바다를 보았다. 일렁이는 물결도 보았다. 비행기 안에서, 이토록 가까이에서 바다를 볼 수 있다는 사실을, 수인은 비로소 알았다. 무서워. 수인은 말했다. 수인의 목소리는 말한 자신도 놀랄 만큼 컸다. 무서워. 누군가 듣고 구원해주길 바라는 듯. 누구라도 상관없이.

옆 좌석 남자가 팔걸이를 부여잡은 수인의 손 위에 자신의 손을 얹어 보였다. 그의 손은 언젠가 만져본 개의 발바닥처럼 부드럽고, 단단하고, 따듯했다.

수인은 이런 꿈을 꾼 적이 있다. 꿈속에서, B에게 버림받은 수인은 과거 자신이 살았던 원룸으로 돌아갔다. 그곳은 볼품없기 이를 데 없는 세 평 남짓한 쪽방이었다. 좁은 골목의 철제문을 열고 들어서자, 습기에 오그라든 장판과 곰팡이 슨 벽지가 수인을 맞이했다. 작은 싱크대와 시트지를 붙였다 떼어낸 흔적이 역력한 수납장이 문 바로 옆에 있었다. 미닫이문으로 공간을 나누어놓아, 방은 본래 크기보다 더 답답해 보였다. 수인은 미닫이문을 열었다. 갇혀 있던 퀴퀴한 냄새가 달려들었다. 덥고 습했다. 수인은 환기를 하고 싶었지만 반지하방엔 창문이 없었다. 견디기 어려운 더위였다. 수인은 화장실로 갔다. 간단히 샤워라도 해야 했다. 세면대 위, 벽에 걸린 샤워기의 레버를 돌리자 물이 쏟아져나왔다. 물은 소름이 돋을 정도로 차가웠다. 수도 레버의 방향을 좌우로 돌려보았지만 따듯한 물은 나오지 않았다. 수인은 고민 끝에 옷을 입은 채로 목욕하기로 했다. 바깥의 열기를 간직한 옷 덕분에 견딜 만했다. 수인은 물이 차츰 따듯해지고 있다고 느꼈다. 다행스러운 일이었다.

잠에서 깨어난 수인은 꿈에서 보았던 원룸이 실제로 자신이 머물렀던 곳들보다 터무니없이 허름했음을 상기했다. 수인은 반지하방에서 지내본 적도, 찬물밖에 나오지 않는 욕실에서 샤워해본 일도 없었다.

잠든 B의 숨소리가 거슬린 수인은 거실로 나왔다. 어둠에 잠긴 집은 한층 이질적으로 느껴졌다. 맡아본 적 없는 가구의 냄새, 경험한 적 없는 생활의 흔적이 있었다. 자신이 모르던 때의 B의 습성들, B의 것이라고는 믿기지 않는 취향의 장식품이 곳곳에 있었다. B는 수인에게 어떠한 약속의 말도 하지 않았기에 문득 드는 어리둥절함과 낯선 공간이 주는 배타적인 기운을 견디는 것은 온전히 수인의 몫이었다.

수인은 때때로 꿈에 대해 생각했다. B에게 버림받을 수도 있다는 생각에 두려움을 느끼고 있는 것인지, 반대로 자신만의 안온한 공간으로 돌아가고 싶은 것인지, 분간할 수 없었다.

비바람이 몰아치는 공항은 한산했다. 전면에 늘어선 야자수가 바람에 요동쳤다. 수인의 기대와는 달리 대다수의 야자수는 마냥 푸르지 않았고 병충해를 입은 듯 잎 끝부분이 누렇게 떠 있었다. 사자 갈기처럼 사방으로 휘날리는 야자수 잎은 볼썽사나웠다. 공항 입구에서 수인은 바람에 뒤집힌 우산과 씨름하다가 우산 쓰기를 포기해버렸다. 수인은 호텔 홈페이지에 게시된 대로 셔틀버스를 타기 위해 6번 게이트를 향해 걸었다. 작은 건널목 두 개를 건너는 동안 발이 흠뻑 젖었다. 미끄러운 샌들 밑창 때문에 쉴새없이 발이 옆으로 빠졌다. 발목을 감싸는 가죽 스트랩이 너무 얇아 제구실을 하지 못했다. 6번 게이트는 공항의 오른쪽 대각선 끝에 있었다. 수인은 캐리어를 고를 때 하드 케이스를 사지 않은 것을 후회했다. 초록색 패브릭 캐리어 곳곳이 비에 젖어들었다. 수인은 젖은 부분에 얼룩이 남을까 신경 쓰였다.

6번 푯말 부근에 호텔 로고가 부착된 미니버스 한 대가 서 있었다. 수인은 버스를 향해 빠르게 걸었다.

비행기가 떴소?

수인이 캐리어를 올리는 것을 멀뚱히 지켜보던 운전기사가 믿기지 않는다는 듯 물었다. 수인은 버스 안으로 캐리어를 들어올리느라 대답하지 못했다. 어깨에서 흘러내리는 가방을 추스르다, 천 가방이 흠뻑 젖은 것을 알아챘다. 가방 안의 휴대폰과 디지털카메라가 젖지는 않았는지 걱정되었다. 죽는 줄 알았습니다. 수인의 뒤에서 어떤 남자가 수인 대신 운전기사의 질문에 답했다. 수인은 버스 깊숙이 들어온 뒤에야 고개를 돌려 목소리의 주인을 확인했다. 그는 비행기 옆 좌석 남자였다. 수인이 바라보자 가볍게 눈인사를 해 보였다. 수인은 탑승교를 벗어나자마자 홀연히 사라진 그가 같은 호텔 셔틀버스에 탄 것이 굉장한 우연이라고 생각했다. 저희 앞 비행기는 복항했다던데요. 그가 묻지 않은 말을 덧붙였다. 그는 기내에서와는 달리 활발하고 수다스러운 성격 같았다. 남자의 손만한 크로스백이 그의 골반 근처에서 덜렁거렸다. 그는 어떻게 복항 소식을 알았을까. 공항 직원이거나 호텔 직원일 수도 있으리라. 그가 비행기에서 보여준 여유와 침착함, 그리고 지금의 상반된 활기를 생각하면 설득력 있는 추측이었다. 수인은 맨 뒷자리로 가 앉았다. 그의 미덕이라 여겼던 부분들이 직업의식에서 비롯된 것일지도 모른다는 생각이 들자, 남자에게 가졌던 호기심이 사그라져버렸다. 두 팀의 투숙객이 더 탑승한 후에 버스는 출발했다. 수인은 어서 호텔로 가고 싶었다. 따듯한 물에 몸을 담그고 이 악천후로부터 벗어나고 싶었다.

수인은 가방에 든 카메라가 무사한지 확인했다. 휴대폰을 꺼내 전원 버튼을 눌렀다. 엄마에게서 온 문자 메시지가 토하듯 왈칵 쏟아졌다.

수인이 B의 집에서 엄마의 집으로 옮겨왔을 때, 짐은 라면 상자 네 개로 늘어 있었다. 두 개의 박스가 더 늘어나는 데 이 년이 걸렸다. 수인은 혼자 원룸으로 돌아갈 자신이 없었다. 다시는 방안에서 울리는 유일한 소리인 자신의 숨소리를 들으며 잠들고 싶지 않았다.

엄마는 수인을 동네 재래시장에 데려갔다. 그 동네에서 십오 년째 살고 있는 엄마를 알아보는 이가 꽤 많았다. 그녀는 만나는 사람들에게 수인을 소개했다. 사람들이 묻지 않아도 먼저 말했다. 제 딸이에요. 수인은 엄마의 상기된 목소리에서 그간의 외로움이 묻어나는 것 같아, 마음이 불편했다.

엄마는 시장 한가운데 새로 생긴 킹크랩 가게로 수인을 데려갔다. 가게 안에 닭장처럼 쌓아놓은 수조에 킹크랩들이 켜켜이 들어차 있었다. 엄마는 그중 갓 들어온 놈 한 마리를 골랐다. 수조에 오래 있을수록 스트레스가 쌓여 살이 녹아내린다고 했다. 주인은 게를 쪄주는 삯으로 오천원을 불렀다. 엄마는 잠시 인상을 찌푸리며 시간을 끌더니, 결국 지폐를 더 꺼냈다. 수인은 독립한 이후 서서히 바뀌었던 엄마의 화장품과 고가의 옷들을 떠올렸다. 간혹 함께 외식을 할 때면, 엄마는 고급 한정식집이나 카페에 가기를 망설이지 않았다. 수인은 엄마가 자식의 부재를 통해 비로소 본연의 모습을 되찾았다고 생각했다. 원래의 엄마는 인색한 사람도, 오천원에 쩔쩔매는 사람도 아니었다. 그러나 수인은 이제 회복이라는 말이 무의미한 것임을 알았다.

친구네 집에선 왜 나온 거야? 싸웠니? 아니, 친구가 죽었어.

엄마는 더이상 묻지 않았다. 수인의 말을 농담으로 흘려들은 것 같았다. 살고 죽는 것은 자연의 생리라 여기는 담담한 태도 탓인지도 몰랐다. 수인은 더 말하고 싶었지만, 엄마가 묻지 않아 대답할 수 없었다. 더욱 집요하게 물어주길, 그래서 진실을 말하고 또 말하여 기억이 닳아 없어질 때까지 말하고 싶었지만 엄마의 관심은 킹크랩에 가 있었다. 엄마는 스티로폼 상자에 든 게를 플라스틱 쟁반에 옮겨 담았다. 가게 주인이 알려준 대로 게 다리를 비틀어 떼어내고 몸통을 반으로 쪼갰다. 엄마는 넓적다리에 세로로 가위질을 한 뒤 아직 김이 나는 하얀 속살을 발라 수인에게 주었다. 수인아 이것 좀 먹어봐라. 먹고 있어. 여기, 살이 엄청나네. 응 그렇네. 엄마는 게살을 발라내느라, 게 비린내에 달려드는 개들을 쫓아내느라 분주했다. 식탁 아래 개들이 원망스러운 듯 짖어댔다. 개 짖는 소리가 쩌렁쩌렁 울려, 수인은 도무지 음식에 집중할 수 없었다. 여기 내장 좀 먹어봐, 이게 진짜야. 먹고 있잖아. 왜 이리 못 먹어? 입안에 잔뜩 있어. 수인은 자신 앞으로 밀려드는 난자당한 게 다리와 진녹색 내장을 보았다. 너무 맛있다, 그렇지 않니? 수인은 고개를 끄덕이면서, 너무 짜서 더이상 못 먹겠다고 말하고 싶은 것을 참았다.

버스는 아주 느리게 달렸다. 안개 때문이었다. 비바람이 잦아들어 다행이라 여겼던 찰나, 그 자리에 안개가 밀려들었다. 안개는 숲에 비견될 만큼 울창했다. 언젠가 B와 함께 걸었던, 하늘을 촘촘히 뒤덮은 침엽수림 같기도 했다. 단 한 점의 빛도 허용하지 않던 숲을 빠져나오자마자 쏟아지는 햇빛에 어지럼증을 느꼈던 것처럼, 안개는 경쟁하듯 앞길을 가로막아 가까이, 좀더 가까이 밀려들고 있었다. 수인은 도로가에 무엇이 있는지 알지 못했다. 차도를 따라 놓인 것이 야자나무인지, 낮은 언덕인지, 유명하다는 토속 음식점인지 구별할 수 없었다. 반대편에서 오는 차들이 켜놓은 안개등 덕분에 어디 낯모르는 곳에 덩그러니 놓인 게 아니라는 것을 확인할 수 있을 따름이었다. 가장 뒷좌석에 앉아 있던 수인은 슬그머니 남자 옆으로 자리를 옮겼다. 아직 비행기에서의 공포가 채 가시지 않았다. 급강하하던 기체의 요동과 손을 뻗으면 닿을 듯 눈앞으로 다가온 검푸른 바다의 질감이 불현듯 떠오를 때마다 수인은 가슴이 새의 것처럼 빠르게 뛰는 것을 느꼈다. 이런 악천후는 처음이었다. 낮은 포복으로 기어오는 빛줄기가 수인이 탄 미니버스의 두세 걸음 앞에서 불쑥 나타났다 홀연히 스쳐지나갔다. 등에서 식은땀이 흘렀다.

좀 쉬었다 갑시다.

수인이 깜박 잠이 들었다 깨어났을 때, 운전기사는 이미 담배를 들고 차에서 내리고 있었다. 수인은 끝없는 긴장과 쏟아지는 잠 사이를 저항 없이 오가는 자신을 발견했다. 운전기사가 뒷문을 열자, 기다렸다는 듯 두 커플이 버스에서 내렸다. 그들은 처음 경험하는 진귀한 풍경에 흥분한 듯했다. 안개 속에서 양팔을 들고 크게 휘저어 보였다. 한쪽 팔과 한쪽 다리를 길게 뻗으며 서로에게 물었다. 내 손 보여? 꼭 잘린 것 같지 않아? 아니 목이 잘린 것 같은데. 수인은 차 안에서 그들의 섬뜩한 대화와 무구한 표정의 기묘한 부조화를 구경했다.

같이 안 나갈래요? 옆 좌석 남자가 의자에서 엉덩이를 반쯤 떼고는 수인에게 물었다. 수인은 괜찮다고 했다. 남자는 수인의 대답 이후에도 여전히 엉덩이를 든 상태로 있었는데, 수인은 그것이 지나갈 수 있도록 공간을 만들어달라는 의미라는 것을 한동안 깨닫지 못하고 있다가 허겁지겁 자리에서 일어나 옆으로 비켜섰다. 만면에 미소를 띤 남자의 표정은 기내에서 보았던 것과 달리 거리감이 느껴졌다. 수인은 자신이 닮은 사람을 혼동한 것은 아닌지 의문이 들었다. 버스 밖으로 나간 남자는 순식간에 시야에서 멀어졌다.

수인과 B가 마지막으로 여행을 떠났을 때도 비가 내렸다.

수인은 테라스에 욕조가 놓인 객실을 예약했다. 2층이었다. 테라스 전면엔 숲과 구릉이 펼쳐져 있어 인적 없이 아름다웠다. 수인은 B와 함께 뜨거운 물에 몸을 담그면 청명한 공기와 산새 소리가 주는 고즈넉함을, 서로에 대한 가벼운 긴장감과 은근한 기대감을 느낄 수 있으리라 생각했다. B는 산속 깊숙이 자리잡은 펜션을 찾기 위해 오랫동안 길을 헤맸다. 젖은 흙과 물웅덩이 때문에 차는 힘겹게 나아갔다. 구부러진 나뭇가지가 차체를 긁었다. 수인은 예민해진 B의 표정을 쉴새없이 살폈다. B는 내비게이션에 문제가 있는 것 같다고 되뇌었다. 수인은 B가 갈림길에서 매번 틀린 선택을 하고 있을 뿐이라 여겼지만, 말하지 않았다.

객실에 들어선 수인은 가장 먼저 테라스의 욕조를 확인했다. 풍경은 수인이 생각한 그대로였다. 각 객실의 창은 서로 다른 방향을 바라보도록 설계되어 있어, 타인의 시선으로부터 완벽히 보호되었다. 수인은 B에게 목욕을 하자고 했다. 고생스러웠던 여정을 만회하고 싶었다. 비 오는데? B의 목소리에 피곤이 역력했다. 수인은 꼭 야외 온천 같을 거라며, 너는 방안에서 잠자코 기다리고 있으라고 안심시켰다. 수인은 테라스로 나갔다. 샤워기로 욕조에 고인 빗물과 빗물에 섞인 흙먼지를 가볍게 씻어냈다. 수인은 내리는 비를 맞았다. 욕조에 물을 받기 시작했다. 물줄기가 떨어지는 지점에 샤워 젤을 듬뿍 짜놓아 거품이 일게 했다. 욕조의 크기는 두 사람이 들어가고도 남을 만큼 넉넉해, 물을 받는 데 오랜 시간이 걸렸다. 빗물은 차가웠다. 수인은 물이 식어버릴 것이 염려되어 물 온도를 올렸다.

수인은 까무룩 잠이 든 B를 깨워 욕조로 데려갔다. 둘은 옷을 벗고 발끝부터 천천히 물에 담갔다. 차가운 빗물 때문인지, 욕조의 뜨거운 물 때문인지, B의 팔에 소름이 돋았다.

B가 말했다.

아까 잠깐 잠이 들었을 때 꿈을 하나 꿨어. 꿈속에서 내가 밥을 지었어. 너무 배가 고팠거든. 밥솥을 여니까 하얗고 윤기가 흐르는 쌀밥이 되었더라고. 허기가 참을 수 없이 몰려오더라. 서둘러서 주걱으로 밥을 뜨는데 밥 아랫부분이 뭔가 이상한 거야. 뒤적여보니까 거기에 네 속옷이 있었어. 단정하게 개어놓은 네 팬티가 밥통 바닥에 잔뜩 깔려 있는 거야. 팬티를 꺼내고 밥을 뜨고 싶은데 아무리 꺼내도 화수분처럼 마르지 않아서, 되게 지치더라.

수인은 물고기 비늘처럼 반들거리는 B의 마른 어깨를 보았다. 가슴팍 주위에 올라앉은 거품과 단단히 달라붙은 유두를 보았다. 바람이 불자 거품이 공중으로 풀풀 날리기 시작했다. 한데 뭉쳐진 거품덩어리들이 바람에 실려 사방으로 날아갔다. 당황한 수인과 B가 잡아보려 했지만, 허사였다. 거품은 테라스의 삼면과 건물의 지붕을 지나, 안뜰 대추나무 위에 앉았다.

물이 너무 뜨거워 금세 피부가 벌겋게 익었다. 열을 식히려 물 밖으로 몸을 일으키자 오한이 들었다. 둘은 앉지도 서지도 못한 채 어정쩡한 자세로 있었다. 수인은 욕조의 고무마개를 열어버렸다.

수인은 문득 아무런 인기척도 느껴지지 않음을 깨달았다. 안개에 완전히 포위되어 있던 버스 주변이 차츰 눈에 들어오기 시작했다. 창을 열고 손을 뻗어보았다. 차고 습한 안개가 피부 위에 내려앉았다. 순식간에 사라지고 태어나는 안개의 감촉이 비현실적으로 느껴졌다. 수인은 섬뜩했다. 공항에 도착한 이후 줄곧 머릿속에 흐릿하게 맴돌았던 생각이, 수인의 가슴을 새처럼 뛰게 한 불안의 실체가 구체적으로 다가오는 것 같았다. 나는 이미 죽은 게 아닐까. 수인은 생각했다. 내가 타고 온 비행기는 사실 추락해버린 것이 아니었을까. 한없이 가깝게 다가오던 바다는 허상이 아닌 실재가 아니었을까. 수인은 자신의 실존을 확인해줄 다른 사람이 필요했다.

수인은 버스 계단을 내려갔다. 양팔을 뻗어보았다. 자신의 손끝이 보일 만큼 안개는 서서히 걷히고 있었다. 그러나 소리는 들리지 않았다. 자신들의 잘린 팔다리를 보며 깔깔대던 연인은 사라졌다. 수인은 신중히 걸었다. 아스팔트 도로였다. 버스는 갓길에 세워져 있었다. 도로는 위험하다고 생각한 수인은 인도 쪽으로 발을 옮겼다. 이내 보도블록이 나타났다. 수인은 깨진 보도블록에 발을 헛디뎠다. 등에서 식은땀이 흘렀다. 유황불이 이글대는 다리를 건너는 게임 캐릭터가 된 것 같았다. 보도블록을 지나자 시멘트로 포장된 공터가 나타났다. 수인은 근방에 휴게소나 쉼터가 있으리라 예상했다. 버스에서 내린 사람 중, 더러는 담배를 피우고 더러는 앞을 더듬어 화장실에 가고, 누군가는 자판기에서 커피를 뽑아 마실 수도 있으리라 생각했다. 수인은 공터의 중심을 향해 걸었다. 안개가 걷히고 있었다. 차츰 시야가 넓어지자, 수인은 마음이

급해졌다. 누구든 찾고 싶었다. 자신이 살아 있음을 인정받고 싶었다. 왕년의 경험담을 늘어놓는 나이든 사람들처럼 난폭한 기후와 안개에 대해 다소 과장된 어조로 이야기를 나누며 다 함께 호텔로 가고 싶었다. 정갈한 침실에 함부로 옷을 벗어던지고 자신만의 욕조에 몸을 누이고 싶었다. 수인은 걸음을 빨리했다. 흙길로 바뀌는 것도 알지 못한 채 뛰기 시작한 수인은 얼마 가지 않아 화들짝 놀라 뒤로 물러났다. 울타리가 수인의 앞을 가로막았기 때문이었다. 수인은 눈을 가늘게 떴다. 눈앞에 바다가 있었다.

수인은 다리가 풀려 바닥에 주저앉아버렸다. 손바닥에 부드럽고 푹신한 흙의 질감이 느껴졌다. 땅을 뒤덮은 이끼 덕분에, 흙은 축축하되 차갑지 않았다. 그것은 다행스러운 일이었다.

공원에서

비행기는 결국 폭발했다. 기장은 칠천 미터 상공에서 상승과 하강을 반복하는 기체를 진정시키려 애썼으나 소용없었다. 비행기는 이륙한 지 십 분이 채 지나지 않아 후방에 큰 손상을 입었다. 추락은 예정된 것이나 다름없었다. 관제소 레이더에 잡힌 비행기의 동선은 제 꼬리를 문 뱀 같았다. 기체는 분당 구백 미터 속도로 하강했다. 고도는 순식간에 삼천 미터로 떨어졌다. 기장이 기체의 균형을 찾으려 애쓸수록 비행기는 빠른 속도로 추락했다. 이윽고 조종사들의 눈앞에 녹음이 우거진 산의 전경이 펼쳐졌다. 산은 크고, 선명하고, 무서웠다. 침묵의 순간이었다.

우니는 동영상 하단의 일시 정지 버튼을 눌렀다. 함께 띄워놓은 영상 대본과 국토해양부에서 운영하는 항공 포털 사이트의 창을 차례로 껐다. 동영상의 화질이 좋지 않아 금세 눈이 침침해졌다. 비행기 추락 사고의 원인과 수습 과정의 문제점을 담은 다큐멘터리였다. 우니의 일은 대본을 번역하고 영상에 자막을 입히는 것이었다. 항공사고를 주제로 한 시리즈물의 육십 분짜리 샘플 영상이었다. 우니는 당황한 조종사들의 목소리와 겁에 질린 승객들의 비명과 관제소의 기계적인 지시 사항, 그리고 이 모든 것이 피할 수 없는 비극에 이르는 과정임을 알리는 무미건조한 내레이션을 십 초 단위의 구간 반복으로 재차 확인하고 있었다. 영상과 대본이 맞지 않는 경우가 허다했다. 대본에 누락된 대사들을 채워넣는 것 또한 작업의 일부였다. 뇌가 바짝 쪼그라든 기분이었다. 우니는 노트북을 끄기 직전, 화면 하단의 시계를 보았다. 정오였다.
바람막이 점퍼의 지퍼를 목 끝까지 올렸다. 아직 바람이 매웠다. 운동화는 밑창에 두툼한 에어쿠션이 달려 있어, 롤러 블레이드와 모양새가 비슷했다. 사실 우니는 가벼운 러닝화를 살 생각이었다. 매장 직원은 그러나 밑창이 얇은 운동화는 달리기에 적합하지 않다고 잘라 말했다. 무릎에 무리가 갈 것이라고 겁을 줬다. 우니는 결국 족히 오 센티미터는 되어 보이는 에어쿠션이 달린 신상 운동화를 구입했다. 운동화를 신을 때면 유난을 부리는 것 같아 부끄러운 마음이 들었다. 고작 동네 공원을 산책하는 정도의 쓰임새였다. 조금 더 고집을 부렸어야 되지 않나 싶어 입이 썼다. 우니는 지나치게 하얀 신발의 앞코를 발로 밟았다.

공원 한가운데에는 제법 규모가 큰 인공 호수가 있었다. 각기 다른 테마로 꾸며놓은 숲이 호수를 에둘렀다. 산책로에서 보면, 공원은 호수를 중심으로 이쪽과 저쪽으로 양분되어 있는 것 같았다. 우니는 산책로를 따라 달리다가도 호수 너머의 나무와 꽃을 하염없이 바라보곤 했다. 저쪽의 경치가 이쪽보다 빼어났다. 저곳엔 여기에 없는 벚나무 군락과 아담한 정자가 있었다. 만개한 벚꽃 사이로 돋아난 새순들이 서서히 지분을 넓혀가는 중이었다. 나무는 털갈이하는 어린 짐승 같았다. 호수는 벚나무 허리춤에서 일렁였다. 물색은 연했다. 희미한 아름다움이었다. 그러나 정작 삼십 분을 달려 호수의 저쪽 편에 이르면 결국 이곳과 다를 바 없는 풍경이 펼쳐진다는 사실을, 우니는 몇 차례의 시도 끝에 깨달았다. 절경은 늘 다다를 수 없는 곳에 있었다. 우니는 버드나무 아래 벤치에 앉았다. 바람이 불었다. 짧은 단발머리가 귀 끝에서 살랑거렸다. 땀이 흘렀다가도 빠른 속도로 식어버렸다.

우니는 휴대폰을 꺼냈다. K에게 메시지를 보낼 요량이었다. 가볍게, 깃털처럼 가볍게. 우니는 K의 무심함에 대한 불만이나 아쉬움이 묻어나지 않도록 단어를 골랐다. K는 좀처럼 먼저 연락하는 법이 없었다. 우니는 메시지 말미에 공원의 풍경을 찍은 사진을 첨부했다. 사진 때문에 메시지 전송에 시간이 걸렸다. 우니는 전송이 완료될 때까지 액정에서 시선을 떼지 않았다. 고개를 숙인 우니의 턱끝에 지퍼의 금속 고리가 닿았다. 차가웠다. 보낸 메시지함을 열고 닫기를 반복했다.

우니는 문득 고개를 들었다. 가로수 아래 붉은 양귀비를 보았다. 땅은 검었다. 눈이 간질거렸다.

성수기라 비행기는 만석이었다. 이백오십 명 중 이백사십팔 명이 사망했다. 비번이었으나 집으로 돌아가기 위해 비행기에 올랐던 승무원, 폭발로 튕겨져나와 나뭇가지에 걸린 다섯 살짜리 여자아이 하나, 이렇게 둘만이 살아남았다. 생존은 기적에 가까웠다. 2007년 여름이었다.

같은 해에 우니는 K와 휴가를 떠났다. K는 차를 렌트했다. 외제 컨버터블이었다. 우니는 빌라 주차장의 승용차들 가운데 단연 돋보이는 외관의 렌터카를 보고는 잠시 타기를 망설였다. 차는 자신의 옷차림과도 어울리지 않았고 K의 벌이와도 맞지 않았다. 우니는 차체 뒤쪽의 렌터카용 번호판을 보았다. 어색하고 부끄러웠다. K는 종종 자신의 수입을 고려하지 않은 채 기분을 내곤 했는데, 부유했던 유년 시절에 미련이 남은 듯했다. K는 우물쭈물하는 우니를 재촉하듯 조수석의 문을 열어젖혔다. 우니는 등에 멘 배낭을 벗어 가슴에 끌어안으며 차에 올라탔다. K는 우니의 가방을 빼앗아 뒷좌석에 던졌다. 운전하는 K의 모습을 본 것은 처음이었다.

우니는 그 모습이 낯설어 자신도 모르게 힐끔댔다. K는 모든 상황이 즐거운 듯 입가에 웃음기를 머금고 있었다.

공원에서 돌아오는 길, 우니는 안과에 들렀다. 왼쪽 눈이 참을 수 없이 간지러웠다. 무심결에 눈을 비빈 후로 더욱 심해졌다. 눈 주위가 불에 덴 듯 화끈거렸다. 손가락으로 눈두덩을 더듬자, 눈꺼풀 안쪽이 부풀어오른 것이 느껴졌다. 의사는 알레르기성 결막염이라고 진단했다. 콘택트렌즈, 먼지, 진드기, 동물의 털 따위가 원인이라고 했다. 우니는, 자신은 시력이 좋은 편이며 매일 한 시간씩 집 청소를 하는데다가 오피스텔이라 쉽진 않지만 자주 환기를 하고 동물도 기르지 않는다고 항변했다. 겨울에 들어서자마자 가습 기능이 포함된 소형 공기청정기를 구매하기도 했다. 그럼, 아마 꽃가루 때문일지도 모르겠군요. 의사는 공기중에 떠다니는 꽃가루를 가리키기라도 하는 듯 들고 있던 볼펜으로 허공에 작은 원을 그려 보였다. 지천에 널린 것이 꽃인 계절이었다. 우니는 스테로이드 점안액을 처방받았다.

호수를 발견한 K는 차를 갓길로 뺐다. 호수는 갈대밭 너머에 있었고 물색은 하늘색과 비슷해서 우니는 물이 그곳에 있는지 알아채기 어려웠지만, K는 한눈에 호수를 발견하고는 양팔로 갈대를 헤치며 호수 가까이 다가가기 시작했다. 그는 덥다고 했다. 조갈이 난 사람처럼 굴었다. 우니는 에어컨의 냉기 때문에 얇은 긴팔 카디건을 걸치고 있었다. 차에서 내리자 몸 전체에 따듯한 기운이 퍼지며 몸이 부르르 떨렸다. 우니는 K가 왜 더워하는지 이해하지 못했다. 호숫가에 다다른 K는 티셔츠와 반바지를 벗어던졌다. 우니가 막을 새도 없이, K의 마른 상반신과 가느다란 다리가 수면 아래로 빨려 들어갔다. 젖은 피부가 고등어 몸통처럼 반질반질했다. 우니는 K의 과장된 행동이 부끄러웠다. 호수에 몸을 던지는 사람을 우니는 한국에 온 이래로 한 번도 본 적이 없었다. K가 아무렇게나 벗어놓은 옷가지와 슬리퍼를 발로 슬쩍 밀어 한곳으로 모아두고 있을 때, K가 우니에게 손짓했다. 우니는 물이 차가울 것 같다고 말했다. K는 차갑지 않다고 대답했다. 우니는 수영을 할 줄 모른다며 손사래를 쳤다. 그러자 K가 우니를 향해 양팔을 뻗어 보였다. 젖은 K의 이마와 뺨이 환했다. 일렁이는 물결 위로 떨어진 햇빛이 잘게 부서져, 그는 마치 광휘에 둘러싸인 것만 같았다. 빛나던 K의 그 모습은 그의 성격적 결함이나 우니와의 불안정한 관계와 무관하게 지금껏 우니의 머릿속에 생생히 살아남아 있을 만큼 인상적인 것이었다.

우니는 공기를 끌어안듯 둥글게 뻗은 K의 두 팔에 이끌려 물속으로 들어갔다. K에게 다가갈수록 수심은 깊어졌다. 순간 발이 닿지 않자 당황한 우니가 K의 목에 매달렸다. 두 다리를 그의 허리에 감았다. 떠나는 연인을 붙잡기라도 하듯, 필사적이었다. 우니의 무게 때문에 둘은 조금씩 가라앉았다가, K가 팔다리를 파닥거려 힘겹게 떠오르기를 반복했다. 입과 코로 물이 들어왔다. 우니는 물속에서 눈을 뜨지 못했다. 물은 미지근하고 비렸다.

자막은 한 줄에 열여섯 자를 넘지 못했다. 숫자는 반 자로 쳤다. 자막은 등장인물의 입이 열릴 때에 맞춰 튀어나오고, 입을 다무는 순간 사라져야 했다. 가능한 한 줄을 넘지 않도록 간략한 문장으로 다듬거나 단어를 대체하기도 했다. 육십 분짜리 영상물 한 편에 통상 보름가량의 시간이 주어졌다. 대체로 적당한 기한이었지만, 영상의 종류에 따라서는 철야 작업을 해야 할 때도 있었다. 드라마의 경우가 그랬다. 우니는 미니시리즈의 자막을 제작하며, 사람들이 쏟아내는 말의 양에 놀랐다. 인물들이 내뱉는 말을 모두 글자로 옮겨놓자, 그 양이 실로 방대해졌다. 그러나 대부분은 의미 없는 말들이었다. 이야기의 진행에 결정적인 영향을 끼치는 대사나 인물의 내면을 뒤흔드는 대화들, 뇌리에 남을 인상적인 독백들은 손가락으로 꼽을 수 있을 정도로 적었다. 나머지는 분위기를 만드는 데 소모될 뿐 핵심에서는 멀리 떨어져 있었다. 우니는 과자 부스러기처럼 산재해 있는 사소한 말들을, 습관적으로 반복하는 감탄사와 작위적인 농담과 의도를 파악하기 어려운 무성의한 말들을 인내심 있게 쓸어 담아야 했다.

우니는 들어오는 번역 의뢰를 모두 맡았다. 잡다한 것도 가리지 않았다. 사업체 간의 계약서에서부터 수출용 무기의 사용 설명서, 아파트나 인테리어에 관한 광고 팸플릿까지 번역의 경계는 없었다. 번역료는 의뢰 내용의 전문성에 따라 차등 지급되었다. 번역센터에서 수수료로 오십 퍼센트를 떼어갔다. 우니는 사실, 지금의 일이 개인적인 성장에 도움이 된다고 믿지 않았다. 필요에 따라 들여다보는 각종 전문 서적과 인터넷 자료들은 번역이 끝남과 동시에 머릿속에서 지워지는 경우가 대부분이었다. 단기 번역에 필요한 지식은 산발적이고 계통이 없었으므로 상식의 수준을 넘지 못했다. 언어 자체에 관심이 있는 것도 아니었다. 어릴 때부터 딱히 하고 싶은 일이 없었던 우니에게, 2개 국어를 익힐 수밖에 없었던 환경은 그나마 다행스러운 일이었다. 우니는 때때로 러닝머신 위에서 달리고 있는 것 같은 기분이 들곤 했다. 계기판의 숫자만 달라질 뿐, 줄곧 제자리 뛰기를 면치 못하는 것 같았다. 우니는 오직 생계를 위해 일했다.

안약을 넣자 가려움은 빠르게 개선되었다. 의사는 한번 생겨난 알레르기성 질환은 좀처럼 낫는 법이 없으므로 꾸준한 관리가 필요하다고 첨언했다. 우니는 불치병이라는 단어를 떠올렸다. 경미한 증상의 불치병을 뜻하는 만성질환이라는 단어도 곧이어 생각났다. 낫지 않는다. 내내 함께한다. 우니는 아침에 열어둔 창문을 닫았다. 오피스텔이라 창의 크기는 작았지만 신경이 쓰였다. 취침 운전 모드로 맞춘 공기청정기의 풍량과 가습량을 올렸다. 평생 걸려본 적 없는 병이었다. 꽃가루는 매해 봄 찾아왔을 것이다. 우니는 일상의 것이 하루아침에 적이 되는 상황이 당황스러웠다. 꽃가루의 성분이 갑자기 변했을 리가 없었으므로, 문제는 자신에게 있었다. 우니는 전면 유리 너머로 공원의 풍경을 보았다. 곳곳에 붙은 현수막이 바람에 나부꼈다. 바람도 햇빛도 넘쳐나는 계절이었다. 공원은 장미 축제를 보름가량 앞두고 있었다. 땅 여기저기를 들쑤셔놓아 붉은 흙이 고스란히 드러났다. 머지않아 꽃으로 뒤덮일 자리들이었다.

K에게선 답장이 오지 않았다. 우니는 휴대폰 벨소리를 무음으로 돌려놓았다. 간절히 기다리는 대상일수록 느리게 온다. 우니는 인터넷에 떠돌던 격언을 떠올렸다. 무심해지자고 되뇌었다. 우니는 스테인리스 볼에 물을 받은 뒤 식초를 풀었다. 걸레를 식초 물에 헹궈 방을 닦기 시작했다. 균을 없애는 데 식초만한 것은 없다는 아버지의 믿음을 우니는 잊지 않고 있었다. 우니의 아버지는 쓸고 닦는 것이 업인 양 굴었던 사람이었다. 물건은 저마다 정해진 자리가 있고 본래의 색이 있고 타고난 빛이 있는 법이라고, 그것을 유지하는 것이 자신의 의무라고 생각했다. 어린 시절 우니는 식탁 의자에 앉아 식초 물에 담가두었던 포크와 나이프를 윤이 나도록 닦아대는 아버지의 동그란 등을 보면서 자랐다. 우니가 그런 아버지의 부음을 들은 것은, 휴대폰 벨소리를 무음으로 해놓는 것

이 K가 답장을 보낼 가능성을 높이는 데에 아무런 영향력이 없으며, 연락에 무심해지려는 자신의 의도와 달리 더욱 자주 휴대폰을 들여다보게 된다는 사실을 깨달았을 즈음이었다.

비행기는 9부 능선께에 추락했다. 거대한 폭발 탓에 비행기의 견고한 외피는 육포처럼 잘게 찢어졌다. 승객들 역시 기체의 처지와 다르지 않았다. 사방이 시신이었다. 화면은 불에 바싹 타들어가 뼈대만 남은 시체와 잘린 팔다리, 나무에 걸려 찢어진 깃발처럼 너덜거리는 몸통을 여과 없이 보여주었다. 수백 개의 여행 가방과 그 안에서 쏟아져나온 색색의 옷가지들이 산을 뒤덮었다. 우니는 끝없이 피어오르는 연기와 수습을 위해 뒤늦게 동원된 군인과 의료진들 사이로 간간이 비치는 사체에서 눈을 떼지 못했다. 시트에 싸여 운반되는 주검의 크기가 제각각이었다. 어떤 것은 사람 크기였고 어떤 것은 터무니없이 작았다.

아버지는 병으로 죽었다. 우니는 에너지가 고갈된 몸, 물이 모두 빠져나가 말린 과일처럼 짙은 냄새와 색을 갖게 된 육체에 대해 생각했다. 열 살 무렵 우니가 어머니와 함께 살기 위해 한국으로 떠난 뒤, 아버지는 우니와 살던 집을 처분하고 남부 지역으로 내려가 애인과 함께 살았다. 몇 년 뒤 애인이 떠난 후에도 그곳에 남았다. 아버지의 형제가 우니 대신 장례를 치렀기에, 우니는 그의 마지막을 볼 기회를 잃었다. 그것은 자식으로서는 불행이었지만, 개인적으론 다행스러운 일이었다. 우니는 아버지의 주검을 확인하고 싶지 않았다. 우니가 아버지와 마지막으로 통화한 것은 십여 년 전 대학 졸업을 앞두고 있을 때였다. 그간 우니는 각자 살아있는 것으로 만족했다. 그것은 아버지도 마찬가지였는지, 우니에게 아무런 연락도 하지 않았다. 둘 사이에는 슬픔도 눈물도 없었다. 아버지는 유일한 자녀인 우니에게 유언을 남기지 않았다.

일주일이 지났다. K에게선 여전히 연락이 없었다. 우니는 휴대폰을 열어 K에게 보낸 문자 메시지를 지워버렸다.

날은 하루가 다르게 따듯해져갔다. 다음날 기온을 가늠하기 어려울 정도였다. 우니는 긴팔 면티셔츠 한 장만을 걸치곤 공원으로 갔다. 산책은 우니의 유일한 취미였기에 꽃가루가 알레르기를 유발한다고 해서 포기할 순 없었다. 우니는 그사이 안과에 들러 여행을 핑계로 안약 몇 통을 더 처방받았다. 아침저녁으로 안약 넣는 일은 금세 몸에 익었다. 숲은 한발 앞서 여름을 향해 달려가고 있었다. 녹음은 눈에 띄게 우거지고 피었던 벚꽃은 모두 졌다. 여자들이 유모차를 끌고 나왔다. 나무 그늘에서 손가락 굵기로 말아온 꼬마김밥을 먹거나, 햇볕이 가장 부드러운 장소를 골라 아이와 함께 볕을 쬐었다. 호수 가장자리에 설치해놓은 가짜 무지개를 가리키며, 보렴, 무지개란다, 라고 속삭이듯 말했다. 아이는 너무 어려 무지개가 무엇인지 알지 못했고 대꾸할 수도 없었다. 한껏 고양된 개들이 주인보다 앞서 걸으며 목줄을 잡아끌었다. 땅은 부드럽고 연해서 개의 가벼운 뒷발질에도 쉽게 파였다.

우니는 K와의 끝을 생각했다. 무엇이 잘못된 것인지, 어디서부터 금이 가기 시작했는지, 아무리 생각해도 알 수 없었다. 시간이 흘렀다는 것 이외엔 어떤 문젯거리도 찾지 못했다. 시간이 흐른 것이 문제일까. 아버지는 시간이 흘러 이겨내지 못할 병에 걸렸다. K와의 관계도 그와 같을지 몰랐다. 우니는 공식적으로 K와 결별하지 않았다. 아버지의 죽음을 두 눈으로 확인하지 않았다. 우니는 두 가지 모두를 유예하고 있었다.

우니는 오래전 아버지의 연인을 본 적이 있었다. 동그랗고 앳된 얼굴이었다. 풍성하고 새까만 곱슬머리를 허리까지 늘어뜨린 남부 여자였다. 열세 살이었던 우니의 키가 그녀보다 한 뼘 정도 컸다. 아버지는 비쩍 마르고 구부정한 우니의 등을 가볍게 치며 허리를 펴라고 말했다. 아버지의 연인은 자주 웃었다. 우니와 눈이 마주치면 자연스럽게 입꼬리가 올라갔다. 처음 만난 우니에게 별달리 할 말이 없었던 탓인지도 몰랐다. 보듬어 안기에는 성숙했고 이해를 구하기에는 어린 나이였다. 오랜만에 만난 아버지는 우니에게 끊임없이 질문을 해댔다. 학교 성적은 어느 정도인지, 잘하는 과목과 취약한 과목은 무엇인지를 물었다. 함께 살던 시절, 뿌리 타령을 하며 필사적으로 한국어를 가르치던 아버지는, 막상 우니가 한국에서 살게 된 이후로는 한국어를 쓰지 않았다. 아버지는 자신이 엄마를 택한 것에 화가 난 것일지도 모른다고, 우니는 생각했다. 그러자 처음으로 아버지가 나약하게 느껴졌다. 우니는 말수가 적었고 어리광을 부릴 줄 몰랐으므로, 아버지의 은근한 힐난을 묵묵히 받아들였다.

아버지의 연인은 쏟아지는 질문 속에서 입을 다물고 서 있는 우니의 팔을 잡아끌었다. 우니를 식탁 의자에 앉히고는 노란 고무줄로 아무렇게나 묶은 우니의 머리를 풀어 빗질을 하기 시작했다. 그리고 정수리부터 촘촘히 땋아 내렸다. 우니는 두피에 닿은 꼬인 머리카락의 감촉이 낯설고 껄끄러워서 자꾸만 손가락을 넣어 긁어댔다. 우니는 머리를 땋아본 적이 없었다. 여자는 흘러내린 머리카락을 꼬리빗으로 재차 정리했다. 식탁 위 바구니에 담긴 체리를 뒤적거리는가 싶더니, 꼭지가 서로 연결된 열매 두 쌍을 찾아냈다. 하나는 우니의 귀에 걸어주고, 다른 하나는 자신의 귀에 걸었다. 체리의 차갑고 말랑한 감촉이 우니의 볼에 닿았다. 아버지의 애인이 활짝 웃어 보였다. 귀에 걸린 검붉은 체리가 미세하게 떨렸다. 우니는 부끄러웠다. 붉게 달아오른 얼굴을 숨기기 위해 고개를 숙였다.

몇 해가 지나 우니가 아버지의 집을 다시 찾았을 때, 그녀는 아버지를 떠나고 없었다. 아버지는 독신으로 돌아갔다. 그의 살림은 모서리가 닳긴 했지만, 여전히 본래의 빛과 색을 유지하며 정해진 자리에 놓여 있었다. 식탁 의자에 앉은 그의 모습은 세간의 일부인 양 어색함이 없었고, 그래서 초라해 보였다. 우니는 그녀의 이름을 기억하지 못했다. 그의 낡은 집과 살림살이가 자연스레 우니에게 상속되었으나, 이제는 너무 먼 곳에 있었다.

우니는 얼굴로 쏟아지는 열기에 잠에서 깨어났다. 벤치에 앉아 있다 까무룩 잠이 든 모양이었다. 눈이 부셨다. 눈알이 아릴 정도였다. 고개를 숙이자 땅이 물결치듯 일렁였다. 작은 돌멩이들이 겹쳐져 눈앞에서 어른댔다. 눈이 빛에 적응하는 데에는 매번 시간이 필요했다. 문득 우니는, 적응이라는 단어가 적절하지 않을지도 모르겠다고 생각했다. 관자놀이 부근이 지끈거렸다. 정수리가 뜨거웠다. 근래에 도통 밤잠을 이루지 못해 체력이 소진된 탓인 듯했다. 목덜미가 땀에 흠뻑 젖어 있었다. 라운드 티의 앞섶이 동그랗게 젖어 있어, 금방 사우나에서 나온 사람 같았다. 땀자국은 브래지어 라인을 경계로 넓게 퍼져 있었다. 우니는 재빨리 어깨를 움츠리고 몸에 달라붙은 티셔츠를 떼어냈다. 사람들이 우니의 앞을 빠르게 지나쳐갔다. 시간이 얼마나 흘렀을까. 얼마나 많은 사람들이 잠든 자신의 곁을 스쳐지나갔을까. 우니는 주머니를 뒤져 휴대폰을 찾았다. 주머니는 비어 있었다. 주변을 둘러보았다. 벤치 끄트머리에 휴대폰이 보였다. 기계는 전원이 꺼진 채 뜨겁게 달아올라 있었다. 방전된 것 같았다. 벤치에서 일어나자 땀에 전

허벅지 뒤쪽이 쩍 소리를 냈다. 목뒤가 뻐근했다.

집으로 돌아온 우니는 침대 옆 사이드 테이블 위에서 충전중인 휴대폰을 발견했다. 그제야 주머니 속 전화기가 누군가가 놓고 간 것임을 깨달았다.

선생님.

우니는 전화 한 통을 받았다. 우니를 '선생님'이라고 부를 사람은 번역센터 직원밖에 없었다. 우니는 그것이 단지 의례적인 호칭일 뿐 별다른 의미는 없다는 사실을 알았지만, 선생님으로 불릴 때마다 과도하게 대우를 받는 느낌이 들어 민망했다. 전화기 너머 목소리는 낯설었다. 작업의 진척도를 묻는 목소리는 앳되고 상기되어 있었다. 신입이었다. 자신을 우니의 새로운 담당자라고 소개하는 어투에는 과잉된 의욕과 책임감이 묻어났다. 우니는 번역센터와 일을 하며 벌써 여러 차례 담당자가 바뀐 경험이 있었다. 인수인계가 제대로 이루어지지 않아 번역료 지급이 지체되는 일도 심심치 않았다. 우니는 신입의 의욕이 가시는 데에는 그다지 오랜 시간이 걸리지 않을 것이며, 담당자라는 직분 역시 일시적인 것에 지나지 않을 것임을 잘 알고 있었다. 우니는 무리 없이 마감일을 지킬 수 있을 것이라고 담당자를 안심시켰지만 작업은 더뎠다. 분량이 방대한 것도, 전문용어가 발목을 잡는 것도 아니었다. 우니는 폐허가 된 산의 전경에서 더이상 나아가지 못하고 있었다. 무력감에 시달렸다. 한 문장을 번역하는 것이 진창을 걷는 듯 힘에 부쳤다. 노트북 전원을 누르면 화면의 불빛보다 두통이 먼저 몰려왔다. 마감일에 맞추려면 철야를 해도 빠듯했다. 번역료 지급 문제로 센터와 몇 차례 실랑이를 겪고 난 후, 마감을 하루도 어겨본 일이 없었다. 빌미를 제공하고 싶지 않았다. 우니는 물 아래 가라앉은 기분이었다. 벗어나고 싶어도 어찌할 도리가 없었다.

우니는 알레르기 탓을 했다.

잔해 속에서 휘갈겨 쓴 편지가 발견되었다. 조종사들이 추락을 막으려 애쓰던 짧은 시간 동안, 승객 중 누군가는 끝을 예감하고 편지를 썼다. 연서이자 유서였다.

우니는 주워온 휴대폰을 자신의 휴대폰 옆에 나란히 두고 충전기를 꽂았다. 같은 기종인데다 우니의 것과 마찬가지로 액정 필름이나 보호 케이스가 없어 외관상 구별이 어려웠다. 잠시 뒤 휴대폰이 켜졌다. 제조사의 트레이드마크가 액정 전면에 발광했다.

휴대폰은 비밀번호가 걸려 있지 않았다. 모든 것이 초기 설정 상태 그대로였다. 우니는 통화 목록을 눌렀다. 알 수 없는 번호들 사이로 씨, 매니저, 대리, 혹은 전무님, 과장님, 교수님 따위가 따라붙은 이름들이 뜨문뜨문 박혀 있었다. 누군가에겐 존칭을 했지만, 누군가에겐 하지 않았다. 우니는 그것으로 휴대폰 주인의 사내 지위 정도를 파악할 순 있었지만, 개인적인 관계의 흔적은 발견하지 못했다. 성을 제외한 이름이나 애칭으로 저장되어 있는 번호도 없었다. 부모나 집으로 되어 있는 번호도 없었다. 대신 중국집과 세탁소, 분식집 전화번호가 줄줄이 이어졌다. 휴대폰은 업무용도로만 사용하는 것일 확률이 컸다. 어쩌면 기계의 주인은 외톨이일지도 몰랐다.

우니는 휴대폰 사진첩에서 사진 한 장을 발견했다.

두 여자가 나란히 앉아 식사를 하고 있었다. 구내식당 같았다. 대형 MDF 식탁 위에 알루미늄 식판이 나란히 놓여 있었다. 여자들 뒤로 와이셔츠를 입은 남자 무리가 지나쳐가는 것이 희미하게 보였다. 한 여자는 고개를 숙이고 국그릇에 시선을 두고 있었고 다른 한 명은 그런 여자를 바라보며 무어라 말을 하는 듯 입을 벌리고 있었다. 둘 모두 비둘기색 유니폼을 입고 있었다. 칙칙한 옷색 때문에 낯빛이 어둡고 피로해 보였다. 사진은 구도랄 것 없이 급하게 찍은 것 같았다. 당사자들 역시 자신들이 찍히고 있다는 사실을 모르는 듯 카메라를 전혀 의식하지 않고 있었다. 렌즈는 미세하게 아래에서 위를 향해 있었다.

우니는 그 평범한 사진을 오랫동안 바라보았다. 사진은 성의가 없었고 아무런 의도도 느껴지지 않아, 어설프고 어딘가 기이해 보였다. 그러나 곧, 사진의 중심선이 한쪽으로 기울어져 있는 것을 발견했다. 자세히 들여다보지 않으면 알 수 없을 만큼 미세하게, 렌즈는 한 여자를 바라보고 있었다.

여자의 부푼 양볼이 다람쥐 같았다. 음식을 입안 가득 넣고 있는데도 손가락으로 국에 만 밥을 뜨고 있어 서두르는 듯 보였지만, 탁자에 괸 왼팔과 한껏 기운 어깨 때문에 동시에 무료함이 느껴졌다. 우니는 여자의 얼굴을 살피려 사진을 확대해보았다. 고개를 숙이고 있어 표정을 알 수 없었다. 반묶음한 갈색 파마머리가 풀풀 날렸다.

주운 휴대폰으로 드문드문 문자 메시지가 들어왔다. 고양이 용품 쇼핑몰의 프로모션이나 카드회사의 신상품 안내, 대출 광고 같은 스팸이 대부분이었다. 휴대폰의 주인이 그동안 온 스팸을 지우지 않은 탓에 메시지는 각각의 전화번호별로 쌓여갔다. 가장 유서가 깊은 스팸은 팔 개월 전부터 이어지고 있는 통신사의 마일리지 이벤트 광고였다. 하루가 지나도록 휴대폰의 주인을 포함한 누구에게서도 전화가 오지 않았다. 우니는 자신의 전화기와 자꾸 혼동했다. K에게서 연락이 없는 동안 시간이 정지된 기분이었다. K의 목소리를 들으면 예전의 활기를 되찾을 수 있을 것 같았다. 이유를 알 수 없는 무력감에서 벗어나, 일을 재개할 수 있을 것만 같았다.

우니는 이틀 뒤 기다리던 전화를 받았다.

휴대폰 액정에 찍힌 K를 확인한 순간, 우니는 가슴이 뛰었다. K는 아무렇지 않게 안부를 물을 수도 있었고 대뜸 여행을 가자고 조를 수도, 돈을 좀 빌려달라고 말할 수도 있었다. 그간 자신에게 닥쳤던 불행에 대해 이야기하며 연락하지 못했던 것을 사과할 수도 있었다. K는 새삼 관계를 정리하자고 말할 수도 있었고 어쩌면 이미 헤어졌다고 여기고 있을지도 몰랐다. K의 혀끝에서 떨어질 말의 수많은 가능성이 머릿속으로 빠르게 스쳐지나갔다. 우니는 통화 버튼에 손을 댔다. 가볍게, 깃털처럼 가볍게. 우니는 긴장 속에서도 그 말을 되뇌었다. 넌 너무 심각해. 평소 K는 긴장을 풀라는 의미로 우니의 등을 툭 치곤 했다. 우니는 부끄러운 것이 많았다. 부끄러운 것이 너무 많아, 감춰야 할 것도 많았다. 우니는 휴대폰을 귓가에 가져갔다. 기계는 따뜻했다. 여보세요.

K는 말이 없었다. 우니는 몇 초 간격을 두고 재차 입을 뗐다. 여보세요. 여보세요. 전화기 너머로 잡음이 들렸다. 귀를 찌르는 듯한 소리가 간헐적으로 났다. 우니는 전화기를 귀에서 떼어내, 통화가 끊긴 것은 아닌지 액정을 확인했다. 통화는 여전히 연결된 상태였다. 우니는 지속되는 침묵에 전화가 끊길까 염려되어 다시 귀에 가져갔다. 여보세요, 여보세요. 우니는 격앙되는 목소리를 간신히 억눌렀다. 만약 전화가 이대로 끊긴다면, 다시 걸어야 할까, 혹은 기다려야 할까. 우니는 앞서 걱정했다.

목소리가 들렸다. 조금 먼 곳에서 들리는 목소리는 K의 것이 분명했다.

저런! 어이쿠! 무언가에 집중할 때면 으레 그랬듯이, K는 쉼없이 추임새를 넣고 있었다. 그리고 소음이 이어졌다. 우니는 그제야 상황을 파악했다. K의 전화기는 그의 주머니에 있을 것이다. 잘못 스친 손끝이 우니에게 전화를 걸었다는 사실조차 K는 알지 못하고 있을 것이다. 우니는 전화기를 놓지 않았다. 전화기 너머로 들리는 잡음이, 그간 K의 무심함을 설명해줄 단초가 되기를 바랐다. 시간이 조금씩 흘렀으나 침묵과 귀를 찌르는 듯한 파열음과 과장된 감탄사만이 이어지고 있었다. 통화는 자신이 멈추지 않는 한 지속될 것이다. 우니는 모든 가능성을 접었다. 통화를 끝내기 위해 휴대폰을 귀에서 떼어냈다.

그때, 콧노래가 들려오기 시작했다. 소음 너머로, 흥얼거리는 K의 노랫소리가 우니의 귓가에 닿았다. 우니는 긴장했던 어깨와 빠르게 뛰었던 가슴이 일순 제자리로 돌아오는 것을 느꼈다. K의 허밍을 들으며, 우니는 머리가 차갑게 식는 것을 느꼈다.

우니는 상속 절차가 끝나는 대로 대리인을 통해 아버지의 집을 팔기로 했다. 집이 낡고 외진 곳에 있어서 쉽게 팔리지 않을 것이라고 대리인은 말했다. 우니는 팔리는 것에 의미가 있을 뿐, 시기는 중요치 않다고 대답했다. 유품 중에 보관하고 싶은 것은 없습니까. 대리인이 의례적으로 물었다. 없습니다. 우니의 대답은 간결했다. 모두 아버지의 것이었다. 주인을 잃은 물건은 사라지는 것이 옳았다.

공원은 장미 축제로 인산인해를 이뤘다. 낫는 듯싶던 알레르기는 장미 축제에 이르러 한층 심해졌다. 안약을 넣어도 가려움이 멈추지 않자, 우니는 인내심에 한계를 느꼈다. 주먹 쥔 손등으로 세차게 눈을 비볐다. 눈 주위가 벌겋게 달아올라 쓰라렸다. 우니는 차라리 아픈 게 낫다고 생각했다. 그편이 후련했다.

서양 왕가의 정원을 본떠 만들었다는 장미원은 공원 깊숙한 곳에 자리하고 있었다. 장미원으로 향하는 길목을 막고 별도의 입장료를 받았다. 사람들은 산책로를 따라 일렬로 늘어서 있었다. 선캡을 쓴 중년 여성들이 단체 관람을 왔다. 견학을 온 근방의 유치원생들이 바글댔다. 줄 서는 것이 지루했던 아이들은 화단에 심어놓은 색색의 튤립을 뿌리째 뽑았다. 꽃은 뿌리내린 지 얼마 되지 않아, 작은 힘으로도 쉽게 뽑혔다. 붉고 축축한 흙은 머지않아 강한 햇빛에 겉면이 허옇게 메말라갈 것이었다.

우니의 반팔 후드 점퍼 주머니가 두 개의 휴대폰 때문에 축 늘어졌다. 전화기 너머 남자의 말투는 공손했다. 휴대폰을 보관해주셔서 감사합니다. 선생님이 아니었으면 찾지 못했을 겁니다. 우니는 선생님이라는 단어에 이물감과 기시감을 동시에 느꼈다. 그는 자신을 낮추는 것으로 스스로를 보호하는 타입 같았다. 남자는 버드나무 아래 벤치에 앉아 있었다. 그는 통이 넓은 청바지와 흰 면 티셔츠, 리넨 재킷을 입고 있었다. 양손을 무릎 위에 가지런히 올려놓았다. 발끝이 살짝 안으로 말려 있어, 몸만 자란 아이같이 보이기도 했다.

그는 우니의 손에 들린 휴대폰으로 금세 우니를 알아보았다. 스프링이 튀어오르듯 몸을 일으켰다. 허리를 숙이고 우니가 내민 휴대폰을 양손으로 받았다. 제가 어떻게 답례를 하면 될까요. 그는 예의와 친절이 몸에 배어 있긴 했지만, 살가움이나 다정함과는 거리가 멀었다. 그는 우물쭈물했고 감사하다는 말과는 달리 조금씩 뒤로 물러나고 있었다. 남자가 느낄 사례의 의무감과 부담감을 알아챈 우니는 어서 자리를 피하고 싶었다. 과실의 절반은 우니 탓이었다. 괜찮습니다. 별일 아닙니다. 우니는 겸연스러워 그에게 서둘러 인사를 건네고는 도망치듯 집으로 방향을 틀었다.

그 순간 우니는 소스라치게 놀랐다. 산책로 가운데에 손목이 있었다. 우니는 자신이 비명을 질렀다는 사실에 더욱 놀랐다. 가슴이 세게 뛰기 시작했다. 눈을 가늘게 떠 초점을 맞췄다. 산책로 한가운데에 잘린 손목이 덩그러니 놓여 있다니, 믿기지 않았다. 비명을 들은 남자가 달려와 우니의 시선이 향하는 곳으로 뛰었다. 허리를 굽히고는 잘린 손목을 집어들었다. 선생님, 괜찮습니다! 목장갑이에요! 그가 소리쳤다. 우니는 약간 얼이 빠져 있었다. 분명 절단면이 붉은 손목이었다. 그는 목장갑을 살짝 흔들어 보이고는 우니를 향해 걸었다. 괜찮습니다, 괜찮아요. 그는 우니의 표정을 살피며 조심스럽게 목장갑을 들이밀었다. 우니는 눈앞으로 다가온 목장갑을 바라보았다. 부끄러움이 밀려왔다. 그는 한동안 고개를 들지 못하는 우니 앞에 잠자코 서 있었다.

*

겨울이 지나자 땅은 갓 구운 식빵처럼 부풀어올랐다. 작은 물웅덩이들이 산재했다. 그가 발을 딛는 곳마다 흙이 가라앉았다. 가지치기한 나무들이 산책로를 따라 도열해 있었다. 물이다. 곳곳이 물이다. 새순 끝에 매달려 있던 물방울이 그의 이마 위로 떨어졌다. 그 시기 솟아나는 물들은 출처를 짐작하기 어려운 법이다. 그의 젖은 섀미 구두 앞코에 허옇게 먼지가 앉았다. 레트리버 두 마리가 잔디 위를 뛰어다녔다. 아지랑이가 피어올랐다. 급격히 풀린 날씨에 땀이 났는지 뻣뻣한 모직 코트 깃이 목덜미에 닿을 때마다 칼에 베인 듯 쓰라렸다. 그는 주머니에 손을 넣어 늘어진 코트를 추켜올렸다.

그는 버드나무 아래 벤치에 앉아 있는 여자를 보고 있었다. 귀를 간신히 덮는 짧은 단발이었다. 한동안 휴대폰 액정을 응시하던 여자는 이내 벤치에서 일어나, 그와 반대 방향으로 달리기 시작했다. 하얀 이어폰 줄이 여자의 목과 어깨 사이에서 나풀거렸다. 여자는 빠르고 가볍게 햇빛 속으로 사라져갔다. 그는 여자가 하나의 점이 되어 사라질 때까지 눈을 떼지 못했다. 여자가 특별히 아름다워서가 아니라, 단지 스스로 빛 속으로 뛰어들어 점점 먹혀 들어가는 그림자의 이미지가 인상적이기 때문이었다.

그는 꿈에서 깨어난 듯 손가락 끝을 움직였다. 주머니 속 샌드위치 비닐이 바스락거렸다. 여자가 앉았던 벤치에 앉았다. 따뜻했다. 여자의 온기인지, 햇볕 때문인지 알 수 없었다. 그는 그곳에서 점심을 먹기 시작했다.

믿을 수 없는 얼굴

계단을 내려가던 율의 아내는 골반 부근이 뻐근해지는 것을 느꼈다. 포대기처럼 허리와 아랫배를 폭넓게 둘러싼 통증은 이내 몸 안으로 밀려들어 아득히 깊은 한 지점을 향해 치달았다. 율의 아내는 통증의 경로를 더듬으며 자신의 몸통을 으스러뜨릴 듯 꽉 쥔 두 개의 커다란 손을 떠올렸는데, 그토록 오랜 세월 반복된 통증이 매번 생경한 얼굴로 찾아온다는 사실에 새삼 놀랐다. 그녀는 현관으로 향하던 발길을 화장실로 돌렸다. 머릿속으로 수도꼭지에서 물이 흐르는 상상을 했다. 그러자 금세 요의가 일었다. 변기에 앉은 율의 아내는 내장 어딘가에서 붉은 벽이 세워지고 두터워졌다가 물난리에 터진 둑처럼 와르르 무너지는 모습을 머릿속에 그려보았다. 그러자 자신의 장기에서 벌어지는 일들이 남해의 풍랑주의보만큼이나 관념적으로 느껴졌다. 직접 들여다볼 수 없다는 점에서 장기는 남해보다도 먼 곳에 있는 것이나 다름없다는 데에 생각이 미치자, 그녀는 상상하기를 멈췄다. 율의 아내는 관념적인 상황을 구체적인 이미지로 떠올리는 습관이 있었지만, 그 반대의 일에는 흥미가 없었다. 그녀는 붉은 물이 회오리치며 좁은 구멍으로 빨려 들어갔다가 정수되어 샘솟는 것을 확인한 후에야 화장실 문을 열었다.

율의 아내는 한 손으로 벽을 짚으며 신중히 발을 디뎠다. 사위가 아직 어둑해, 계단의 경계가 희미했다. 율의 아내는 밤눈이 어두웠다. 봄엔 발을 헛디뎌 계단에서 엉덩방아를 찧었었다. 모서리에 엉덩이뼈를 부딪쳐서 한 계절이나 고생을 했다. 정형외과에서 그녀는 처음으로 금이 간 자신의 엉덩이뼈를 보았다. 골밀도가 또래보다 형편없다는 사실도 알았다. 율의 아내는 건강에 대한 집착은 없었지만, 행동이 불편한 것은 싫었다. 차가운 공기가 목덜미에 닿자 오한이 서렸다. 갓난아이가 하루가 다르게 자라듯이 계절이 큰 보폭으로 앞서나가고 있었다. 1층에 다다르자, 밤새 갇혀 있던 공기에서 희미하게 시멘트 냄새가 묻어났다. 나무 냄새, 코팅제 냄새, 새책 냄새, 벌레 퇴치용 레몬 스프레이 냄새가 각자의 자리에서 발했다. 완공된 지 일 년이나 지났지만, 건물은 아직도 건축자재의 상태를 벗어나지 못하고 있는 것 같았다. 율의 아내는 안내 데스크 겸 카페테리아로 꾸며놓은 로비를 가로질렀다. 유리문의 잠금장치를 풀고는 활짝 열었다. 축축하고 짜고 차갑고 비린 공기가 훅 끼쳤다. 주차장 너머 이차선 차도에 이를 듯 성큼 다가온 밀물 때의 바다가 눈앞에 펼쳐졌다. 수평선에서 푸르스름하게 젖어드는 빛과 물이 일렁였다.

수연은 정형외과 대기석에 앉아 지난해 가을, 경과 함께 보았던 바다를 떠올리고 있었다.

간물때 뭍과 가까운 모래와 바위들에 햇볕이 닿아 허옇게 소금기가 일었다. 바위의 둘레를 따라 푸른 물이끼가, 그보다 낮은 곳엔 우뭇가사리가 폭이 넓은 띠를 이뤘다. 해초들은 최근 베어졌거나 갓 자라난 듯 까까머리였다. 수연이 손으로 잡아당겨도 뜯기지 않을 만큼 바위에 단단히 달라붙어 있었다. 전날 비가 온 덕에 하늘이 맑았다. 수연은 밀려드는 물거품에 손끝을 대어보았다. 생각보다 차가워서 놀랐다.

수연의 옆자리에선 사내아이 하나가 휴대폰을 만지작거리고 있었다. 예닐곱 살쯤 되어 보이는 아이가 검지로 액정을 두드려댈 때마다 새의 비명소리가 대기실에 울려퍼졌다. 문득 소음이 귀에 거슬린 수연은 사내아이의 정수리 너머로 휴대폰 액정을 훔쳐보았다. 아이의 손끝이 닿자, 병아리들이 뺑, 터졌다. 화면 상단에 광고로 짐작되는 메시지들이 나타났다 사라졌다. 유기농 소고기나 파,

무 따위의 세일 소식이나 신안산 젓갈의 입고 알림 같은 것들이었다. 이내, 어디, 라고 쓰인 짧은 메시지가 뜨자, 희고 큰 손이 나타나 덥석 기계를 낚아챘다. 멋쩍어진 수연의 시선이 반대편 접수창구로 향했을 때, 진료실 입구에서 호명하는 소리가 들렸다. 사내아이와 보호자가 자리를 털었다. 아이는 오른쪽 다리의 발목부터 무릎까지 보호 장비를 착용하고 있었다. 다리를 약간 절었다.

수연은 대시보드 위에 올려둔 자신의 양 발가락을 만지작거렸다. 여름내 유지하던 페디큐어를 지우고 발톱을 가능한 한 짧게 다듬자, 발은 민낯의 소박한 모양새로 돌아와 있었다. 페디큐어를 하지 않은 발로 샌들이나 오픈 토슈즈를 신는 것은 예의가 아니라는 직장 사수의 말을 들은 후, 수연은 난생처음 네일숍에 갔었다. 소금을 넣은 따듯한 물에 발을 넣자, 치솟았던 어깨가 한 뼘 정도 가라앉는 것 같았다. 관리사는 희고 보드랍게 부푼 수연의 발톱 주변을 손톱으로 가볍게 긁어 보였다. 물에 젖어 투명해진 각질이 힘없이 밀려났다. 네일 니퍼와 일회용 각질 제거기, 스크럽 젤 등이 차례로 관리사의 손을 거치는 동안, 수연은 눈앞에서 조금씩 흔들리는 관리사의 정수리를 보고 있었다. 밝은 갈색으로 염색한 머리칼은 숱이 적었다. 뿌리 쪽은 유난히 색이 검어, 애완견의 털 같았다. 훤히 드러난 두피가 울긋불긋했다. 다른 이의 발톱에 매달려 큐티클을 정리하는 결벽과 피부병을 앓는 두피는 어딘지 부조화했다. 관리사가 자신의 집요한 시선을 느끼고 있을지도 모른다는 생각에 수연은 벽 선반에 진열된 매니큐어 쪽으로 눈길을 돌렸다. 페디큐어 가격에 타인의 정수리 관람료는 포함되어 있지 않을 것이었다. 발톱에 바른 매니큐어가 건조되는 동안, 수연은 충동적으로 십오 회분을 선결제했다. 때때로 수연은 발톱에 매니큐어를 바르지 않는 것이 정말 예의 없는 행동인지 의문이 들곤 했지만, 사수에게 되묻진 않았다. 옷장에 고가의 가방이 하나둘 자리를 삼아가기 시작한 것도 그와 같은 절차를 거친 결과였다.

수연은 발톱 주변으로 통통하게 차오른 살을 만지작거리며, 운전석의 경을 힐끔 보았다. 어딘가에 앉을 때 두 다리를 구부려 몸 가까이 두는 것이 수연의 습관이었지만, 대시보드 위에 다리를 올려두는 것을 경이 좋아하지 않는다는 사실을 모르진 않았다. 경은 보통의 운전자들처럼 자신의 차를 아꼈다. 그럼에도 불구하고 수연은 경의 차에 탈 때면 자연스레 조수석 대시보드 위에 발을 올려두곤 했는데, 그 행동에는 경이 자신에게만은 무엇이든 싫은 내색 하는 법이 없다는 사실을 확인하려는 응석이 섞여 있었다. 경은 미동 없이 전방을 주시했다. 대학을 졸업하자마자 부모님의 차를 물려받아 운전한 지 십 년이 다 되어가고 있었지만, 운전대를 잡은 경은 항상 화가 난 사람 같았다. 단단히 다문 얇은 입술과 길고 가느다란 얼굴선에서 긴장감이 느껴졌다. 목적지까지는 꼬박

세 시간이나 걸렸다. 수연은 차가 좌회전을 하는 때에 맞춰 자연스럽게 두 다리를 내려놓았다. 문득 대시보드 위에 발을 올리는 일이 지나치게 예의 없게 느껴졌기 때문이었다.

느지막이 취업한 수연은 예의바름과 예의 없음의 경계에서 갈피를 잡지 못했다. 사람들은 나이 많은 신입에게 성숙함이나 사려 깊음을 요구하다가도, 때때로 패기와 애교 없음을 아쉬워하기도 했다. 입사 후 수연에게는 끊임없이 주변의 눈치를 살피는 버릇이 생겼다. 수연의 사수는 회식 자리에서 빈 술잔을 채우느라 사방을 살피고 있는 수연의 모습을 보고는 미어캣 같다고 웃으며 말했다.

신장과 체중이 어떻게 됩니까? 정형외과의가 수연에게 물었다. 고등학교를 졸업한 이후로는 받아본 적 없는 질문에 수연은 적잖이 당황했다. 의사는 머뭇대는 수연의 답변을 기다리는 대신, 눈으로 훑어 수연의 외양을 가늠하는 것 같았다. 몇 년 전 보험 가입을 위해 간단한 신체검사를 받았던 기억을 가까스로 떠올린 수연이 대답하려 할 때, 의사가 말을 가로챘다. 직업은요? ……사무직이요. 수연은 뭉뚱그려 대답했다. 의사의 무례한 태도에 오히려 주눅이 들었다. 그래서 어디가 어떻게 안 좋습니까? 수연은 대기실에서 자신의 증상에 대해 간결하고 논리적으로 전달하기 위해 여러 차례 머릿속으로 연습해놓았었다. 수연에겐 의사들 특유의 신속함과 핵심만을 파악하려는 경향이 압박감으로 다가왔기 때문이었다. 수연은 혹시 내용을 잊어버릴까, 토해내듯 빠르게 대답했다. 어제 아침에 눈을 떴을 때부터 목과 왼쪽 어깨가 움직이질 않아요. 가장 아픈 부분은 어깻죽지 근처 같고요. 열도 나는 것 같습니다. 수연은 얼마나 불편한지, 아침에 눈을 떴을 때 목이 돌아가지 않아 얼마나 놀랐는지 말하고 싶었지만, 의사가 그런 것을 궁금해할 것 같지 않았다. 규칙적으로 운동은 하고 있습니까? 의사는 수연의 대답을 기다리지 않고 의자에서 일어났다. 책상을 돌아 수연에게로 다가오며 일어나라고 손짓을 했다. 의사는 수연보다 반뼘 정도 컸다. 작고 다부진 몸이었다. 피부 표면의 모공들이 눈에 보일 만큼 가까이 다가온 의사는 짐작보다 나이가 더 든 것 같았다. 그는 수연에게 등뒤로 깍지를 끼게 하고는 허리를 눌러 굽혔다. 수연은 갑작스러운 의사의 행동에 어리둥절했다. 의사는 깍지 낀 수연의 팔을 잡아당겨 허리를 길게 늘였다. 목과 어깨로 통증이 퍼져나가, 수연은 자신도 모르게 소리를 질렀다. 사무원에게 꼭 필요한 체조입니다. 의사는 비명에 답하기라도 하듯 더욱 세게 수연의 팔을 잡아당겼다. 수연은 동작의 유용성을 설명하는 의사의 목소리와 어깨가 뽑힐 것만 같은 통증 속에서, 자신의 허리를 가만히 누르는 따듯한 손의 온기가 생생히 느껴지는 것이 기묘하다고 생각했다.

저기 좀 봐.

경이 입을 떼었다. 수연은 이례적으로 맑은 하늘과 강을 보고 있었다. 차는 강변을 따라 달렸다. 소형 세일링 요트가 물살을 갈랐다. 계절과 무관하게, 어떤 사람들은 수상스키를 탔다. 고층 아파트들이 강을 마주보고 병풍처럼 펼쳐져 있었다. 빛에 휩싸인 초고층 건물들은 거대한 발광체 같았다. 수연은 높은 건물이 주는 평화로움과 부유함과 아름다움에 대해 생각했다. 저기 좀 봐. 경이 턱끝으로 반대편 차선을 가리켰다. 수연은 고개를 돌렸다. 도로 한복판에서 화물 트럭 한 대가 불에 타고 있었다.

중형 트럭이었다. 불은 운전석에서 타올랐다. 열린 창문을 통해 빠져나간 불길이 허공에서 일렁였다. 불의 끝자락에서 시작된 검은 연기가 시야가 닿지 않는 곳 너머로 끝없이 솟구쳤다. 경은 운전석 아래 엔진에 불이 붙은 모양이라고 담담하게 말했다. 운전석은 비어 있었다. 수연은 불길에 사로잡힌 트럭을 바라보며, 언젠가 유튜브에서 보았던 분신하는 승려의 모습을 떠올렸다. 타오르는 것은 침착하고 끈기 있고 고요하구나, 라고 생각하면서, 마음에 흥분과 불안이 이는 것을 느꼈다. 이미 불에 대해 잊은 듯 평온한 표정을 짓고 있는 경에게, 대단하다, 그렇지? 라고 동의를 구해 보았다. 응, 그러게. 경은 단조로운 어조로 대답하는 동시에 열려 있던 선루프를 닫고 에어컨을 약하게 틀었다. 경은 연기가 차 내부로 들어오는 것에 더 신경을 쓰는 것 같았다.

불구경하느라 서행하던 차들 때문에 경의 차 역시 앞차의 꽁무니를 따라 천천히 미끄러졌다. 수연은 시야에서 완전히 멀어질 때까지 불타는 트럭에서 눈을 떼지 못했다. 경의 차가 고가를 타자, 희미하게 사이렌 소리가 들리기 시작했다. 경의 차는 서서히 높은 곳으로 올랐다.

율이 1층으로 내려오자, 개 한 마리가 주차장을 가로질러 현관을 향해 달려왔다. 프로펠러처럼 꼬리가 빙글빙글 돌았다. 발바리 정도의 크기에 긴 회갈색 털을 한 것으로 보아 요크셔테리어의 피가 섞인 잡종 같았다. 떠돌이 개였다. 휴가철이 지나면 유기된 애완동물들이 해변을 따라 외딴 마을까지 흘러들어오곤 했다. 평생을 주인 무릎에서 자라 바다를 처음 본 몰티즈나 푸들 같은 소형 애완견들이 젖은 바위 위에서 오들오들 떨었다. 어떤 개들은 도로를 지나는 자동차를 따라 달리며 짖었다. 자동차에 탄 사람들 모두가 주인인 줄 알았다. 몇몇 개들은 이름표가 달린 목걸이를 하고 있었다. 가까이 다가가 확인하면, 연락처는 닳아 없어지고 이름만 간신히 알아볼 수 있는 경우가 많았다. 대부분은 겨울이 끝나기 전에 종적을 감췄기 때문에 봄이면 마을에 상주하는 동물의 개체수는 종전으로 돌아가 있기 마련이었다. 적은 수는 산으로 올라가 산짐승이 되었다. 운이 좋으면 마을 사람들과 더부살이를 하기도 했지만, 대개는 동사하거나 아사했다.

떠돌이 개가 눈에 띈 것은 한 달 전부터였다. 율이 살갑게 대하자, 아침저녁으로 찾아와 밥을 얻어먹었다. 율의 아내는 동물을 좋아하지 않았으므로, 개는 그녀에게 다가가지 않았다.

정희씨, 오늘 한 팀 있어요.

율이 개 밥그릇에 대용량 사료를 부으며 멀리 말을 던졌다. 율의 아내는 예약 상황이 적힌 달력을 힐끗 보았다. 비성수기였지만 매일 한두 팀씩은 예약이 잡혔다. 처음 그녀의 걱정과는 달리 펜션은 호황을 누리고 있었다. 율은 부지런히 홈페이지를 업데이트했다. 친근한 이미지를 위해 따로 블로그도 운영했다. 건축학도였던 율은 시공 당시에 한껏 까탈을 부렸다. 매트리스 패드와 베개를 수입 구스다운으로 갖추는 데 객실 인테리어 비용의 절반이 소요됐지만, 그만한 가치가 있다고 고집을 피우기도 했다. 테라스 부근엔 건식 욕조와 함께 어린아이가 물장구를 칠 수 있을 법한 크기의 미니 수영장도 놓았다. 그 너머엔 바다가 있었다. 풀 빌라 부티크 펜션이 콘셉트라고, 율은 아내에게 설명했다. 숙박비 역시 호텔에 버금갔다. 율의 아내는 요란한 인테리어나 허황한 콘셉트 모두 마음에 들지 않았지만, 이 펜션에 머무르려고 일부러 차를 몰고 찾아오는 사람들이 적지 않다는 것에 놀랐다. 한적한 바닷가에서 편히 쉬려는 직장인들에게 입소문이 난 덕이었다.

마을은 작은 항구를 끼고 있었다. 어항漁港 주변엔 종일 장이 서 있어, 어부들이 양미리, 도루묵, 꽁치 같은 것들을 잡아다 팔았다.

해녀들은 멍게나 오징어를 잘라 술과 함께 내기도 했다. 원체 관광객의 발길이 뜸했던 마을엔 번듯한 횟집 하나가 없었다. 가정집에 방 하나를 비워 민박이라고 써붙인 곳이 서너 군데, 짜장면집과 갈빗집이 하나씩 있었다. 덕분에 해변은 늘 깨끗하고 고적했다. 펜션은 마을에서 가장 도시적이고 호화로운 건물이었다.

율의 아내는 들통을 꺼내기 위해 팔을 뻗었다. 허리 부근이 뻐근했다. 척주끼리 끈적끈적하게 달라붙어 있다가 힘겹게 떨어지는 듯한 기분이었다. 그녀는 자신의 몸이 둘둘 말아놓은 종이 같다고 생각했다. 관절들이 자꾸 안으로 말려들어가 종국에는 쥐며느리처럼 둥글게 몸을 말 수도 있을 것 같았다. 들통을 개수대에 올리고 물을 받았다. 마른미역을 담그고 불렸다. 펜션은 조식으로 미역국과 장아찌, 젓갈로 구성된 가정식을 제공했다.

정희씨, 오늘은 이 녀석 집을 만들어줘야겠다. 율은 목소리가 작았다. 불안정한 성대는 약간만 크게 말해도 쇳소리가 섞이고 바들바들 떨렸다. 조금만 긴장해도 티가 났다. 때문에 율의 목소리는 손님들 앞에서 더욱 작고 낮아졌다. 그러면 상대방은 귀를 기울이고 숨소리를 죽였다. 고요함에 비례해 목소리는 점점 더 작아져갔다. 율의 아내는 그런 율이 말을 하는 것이 아니라 먹고 있는 것 같다고 생각했다.

율은 아내에게 말을 건넬 때 문장의 머리나 꼬리에 이름을 붙이는 버릇이 있었다. 그녀는 하루에도 수십 번 자기 이름을 들었다. 율의 아내는 작고 불안정한 목소리로 불리는 그 이름이 마음에 들지 않았다. 볼품없고 초라하게 느껴졌기 때문이다. 그러나 언젠가부터는 남편의 의미 없는 말버릇 정도로 받아들였다. 그래서 때때로 이름을 잃어버린 것 같았다.

의사는 앞으로 고꾸라질 듯 휘어진 목뼈 사진을 화면에 띄워 수연에게 보여주었다. 그러고는 C자 모양의 정상적인 목뼈와 가장 나쁜 경우인 S자로 꺾인 목뼈의 엑스레이 사진을 양쪽에 띄워, 수연의 어중간하게 나쁜 상태를 설명했다. 목뼈들은 일정한 간격을 두고 완만한 곡선을 그리며 하얗게 빛났다. 뼈와 뼈 사이의 빈 곳 때문에, 덜 마른 시멘트 위에 찍힌 동물의 발자국처럼 보였다.

수연은 플랫폼에서 지하철을 기다리는 동안 병원 영수증을 살펴보았다. 초진비에 물리치료비, 체외 충격파 치료비까지 총 십구만 오천원이었다. 통증은 근육 손상 때문이었다. 정확히는 어깻죽지 아랫부분에 자리잡은 삼각형 모양의 근막에 염증이 생긴 것이라고 했다. 오랫동안 잘못 쓴 부위가 앓기를 반복해, 결국 쪼그라들고 단단하게 뭉쳤다고 했다. 한 달가량 치료를 받으면 나을 수 있다고도 했다. 의사의 말은 주 1회 체외 충격파 치료를 받는 것을 전제로 하고 있었다. 수연은 치료 방식을 스스로 선택하거나 가감할 수도 있다는 생각은 해본 적이 없었기 때문에 의사의 권고를 명령에 가깝게 받아들였다. 자신이 받을 치료가 정확히 어떤 원리인지도 알지 못했다. 상한 근육을 전기로 자극해 풀어주는 것이라는 간단한 설명만이 기억에 남았다. 의사는 치료비가 높은 편이지만, 보험이 있다면 도움을 받을 수 있을 것이라고 언질을 줬다. 수연은 몇 년 전 가입했던 실비 보험이 떠올랐다. 안도감에 고개를 주억거렸다.

수연과 경은 서울 근교 노천카페에서 늦은 아침을 먹기로 했다. 경은 커피가 마시고 싶다고 했다. 수연은 이탈리아식 피자와 콜라를 주문했다. 고르지 않은 보도블록 때문인지 간이 탁자의 수평이 맞질 않았다. 콜라 컵을 들고 내릴 때마다 탁자가 쏟아질 듯 기울어졌다. 파라솔이 바람에 요동쳤다. 커피를 한 모금 마신 경이 미간을 구기며 잔을 내려놓았다. 싱거워. 샷 추가해달라고 할까? 경은 추가 서비스를 기대할 만한 수준의 가게가 아니라는 뉘앙스로 고개를 저어 보였다. 수연은 커피를 다 마실 때까지 인상을 찡그리고 있을 경의 모습이 그려졌다. 경의 길고 가느다란 손가락이 다시 커피잔을 찾았다. 경은 매사에 불평불만이 잦았는데, 그 때문에 주변 사람들이 불편해한다는 사실은 의식하지 않았다. 경은 예민하고 부정적인 성향이 강했지만, 동시에 타인의 감정에 관심이 없었다. 수연은 그런 경의 무심함이 내심 부러웠다.

포크와 나이프 밑에 깔아둔 냅킨이 바람에 들썩거렸다. 수연이 포크와 나이프를 들 때마다 기다렸다는 듯이 냅킨이 풀풀 날렸다. 수연은 피자를 먹느라, 요동치는 냅킨을 접시 밑에 괴어두느라 바빴다. 결국 냅킨 위에 포크와 나이프를 얹어두고 손으로 피자를 집어먹었다. 핫소스가 묻은 손가락을 냅킨 끝에 비비며, 경을 힐끔 보았다. 부산스러운 자신의 식사와는 달리, 경은 커피만을 천천히 마셨다. 수연은 피자 가장자리의 도우를 먹지 않고 접시에 내려놓았다.

거리는 아직 한산했다. 소도시엔 미군 부대를 중심으로 맥줏집과 카페, 햄버거나 부대찌개를 파는 가게들이 밀집해 있어, 옛 이태원과 분위기가 비슷했다. 쇼걸들이 입을 법한 과장된 색상의 드레스를 파는 의상실과 가죽점퍼, 지포 라이터, 가죽지갑 등을 파는 잡화점이 음식점 사이사이 자리잡고 있었다. 수연은 통이 넓은 청바지를 입고 다니는 흑인들과 건장한 체격의 백인 여군들이 무리 지어 지나는 것을 보았다. 튀김과 핫바를 파는 노점상이 개시 준비를 하고 있었다.

갑자기 굉음이 울렸다. 소리는 테이블에 진동이 느껴질 정도로 컸다. 깜짝 놀란 수연과 경이 주변을 두리번거렸다. 거리의 누구도 소음에 반응하지 않았다. 군부대에서 비행기가 이착륙하는 소리라는 것을 깨달은 경은 다시 커피와 휴대폰으로 시야를 돌렸다. 굉음은 그후로도 두어 차례 더 들렸는데, 수연은 건물 전체가 울릴 듯 위압적인 소리에도 무감한 거리의 분위기가 기이하게 느껴졌다. 햇빛이 수연과 경의 테이블 쪽으로 슬금슬금 기어왔다. 수연의 시선이 맞은편 레스토랑 벽에 비친 경의 그림자를 향해 있었다. 입간판에 일그러진 그림자가 죽은 동물처럼 축 처져 있었다.

부엌엔 뒤뜰로 난 쪽문이 달려 있었다. 냄새가 많이 나는 음식이나 김장처럼 규모가 큰 주방일을 할 때를 대비해 뒤뜰에도 수도와 가스를 놓았다. 객실 정리는 율이 도맡아 했으므로 부엌일은 온전히 아내의 몫이었다. 율은 객실에 비치된 그릇, 찻잔, 와인잔, 포크와 나이프의 개수까지 기록해두었다. 각각의 물품은 율이 지정한 자리에 놓였다. 수건 접는 법까지 정해져 있어, 율의 아내는 객실에 들어갈 엄두도 내지 않았다. 그녀는 지난 십오 년간 자신이 꺼내놓은 넥타이와 와이셔츠를 군말 없이 받아 입었던 율에게 이런 결벽이 있다는 사실을 알지 못했다. 그는 대체로 보편적인 틀을 넘지 않는 사람이었다. 수더분함이 유일한 매력이라 여길 정도였다. 몇 년 전 그녀는 왜 자신에게 계속 존댓말을 쓰느냐고 물어본 적이 있었다. 율은, 혹시 욕이 튀어나올까봐서요, 라고 말했었다. 그녀는 남편의 사려 깊음이 남다르다고만 생각했지, 욕이 튀어나올 것만 같은 때가 있을 거라고는 예상치 못했다. 펜션을 운영하기로 마음먹은 이후, 율의 아내는 남편이 얼마나 까다로운 사람인지, 얼마나 고집불통이며 집착 또한 강한지 새롭게 알았다. 그는 레고를 쌓는 아이가 자신의 블록 하나하나를 소중히 대하듯,

엇비슷하고 무의미해 보이는 요소들을 개별적이고 뜻깊게 받아들였다. 어떨 땐 자기 주변에 벽돌을 쌓아올려 끝내 스스로 만든 성에 갇히고 마는 아둔한 소년 같기도 했다.

율의 아내는 뒤뜰 음지에 어설피 묻어둔 단지 하나를 꺼내들었다. 미역국에 쓸 조기젓국을 낼 참이었다. 작년 이맘때 파치 조기 한 상자를 싸게 사들여 소금에 절여놓았었다. 그물에서 벗어나기 위해 요동치느라 비늘이 뜯기고 몸이 뒤틀린 것들이었다. 개중엔 머리가 없는 것도 있었다. 제물이 우러난 조기는 높은 염도에서 서서히 삭아 진한 회갈색을 띠었다. 쿰쿰한 냄새가 진동했다. 그녀는 젓국 내는 법을 인터넷에서 재차 확인했다. 바닥이 두꺼운 냄비에 조기젓을 넣고, 동량의 물을 부었다. 불을 약하게 올렸다. 뼈와 살이 모두 녹아 구별되지 않을 때까지, 오래오래 끓여야 했다.

우리 같이 부산 여행 갔던 거 기억나? 수연과 경은 몇 개의 톨게이트를 지났다. 수연은 잠이 들지 않기 위해 애를 썼지만, 간헐적으로 잠이 들었다가 잠이 들었다는 사실에 놀라 깨어나곤 했다. 멋쩍어진 수연이 졸음을 쫓기 위해 오래전 이야기를 꺼냈다.

고등학교 2학년 겨울이었잖아. 그랬나? 응. 네가 갑자기 부산에 가자고 했어. 나는 네가 그곳에 가야 할 이유가 있는 줄 알았어. 그땐 KTX도 없었으니까, 꽤 먼 거리잖아. 내가 가자고 했다고? 응, 네가 금요일 저녁에 전화를 걸어서 다음날 아침에 출발하자고 했어. 기억 안 나? 그때 부산까지 꼬박 다섯 시간이나 걸렸잖아. 일찍 출발했는데도 한시가 다 되어서야 도착했지. 너무 배가 고파서 너에게 뭐라도 먹자고 했어. 네가 부산에 대해 안다고 생각했거든. 너는 성큼성큼 걸었어. 2층짜리 회센터 앞에서 걸음을 멈추더니, 얼굴이 벌게진 채 서 있었어. 내가 왜 그러냐고 물으니까, 쑥스러워서 들어갈 수가 없다는 거야. 정말 기억 안 나? 너는 부산에 대해 아는 게 아무것도 없었어. 단지 집에서 가장 먼 곳으로 떠나고 싶어 부산이라고 말했던 것뿐이라고 고백했지. 심지어 혼자 식당에 들어가본 적도 없는 숙맥이었어. 나는 너랑 부산에 간 일이 없는 것 같은데. 잘 생각해봐. 그때, 내가 앞장서서 들어갔잖아. 우린 2층짜리 회센터에 들어가 문제집값을 탈탈 털어서 광어회를 시켰어. 사장이 웃으면서 소주도 한 병 줄까, 라고 장난쳤어. 기억나지? 비닐이 깔린 넓은 탁자에 다 올리지도 못할 만큼 많은 접시가 끝없이 들어왔던 거.

그날, 횟집에서 나온 수연과 경은 택시를 잡았다. 경은 택시 기사에게 가장 가까운 바다로 데려다달라고 말했다. 운전사는 황막한 방파제 앞에 둘을 내려주었다. 몸이 가벼운 경이 먼저 방파제에 오르고, 손을 뻗어 수연을 끌어올렸다. 이편으론 공사중인 타워크레인과 돌무더기가 있었고, 저편으론 미지근해진 해가 있었다. 둘은 바람이 너무 차 손가락이 곱을 때까지 지는 해를 보았다.

보다가, 돌아왔다. 그때부터였던 것 같아, 우리의 여행이 시시했던 게. 수연은 웃음을 머금으며 말했다.

수연은 두번째 치료를 받으러 가기에 앞서, 보험설계사와 전화 통화를 했다. 몇 가지 단어를 받아 적었다. 병원 진단서, 진료비 영수증, 의무기록사본, 청구액이 삼십만원 미만이면 인터넷 신청 가능, 진단시 병의 원인을 사고 코드로 청구할 것. 수연은 메모지를 휴대폰 카메라로 찍어 저장했다. 그래야 마음이 놓였다.

경은 펜션 주차장에 차를 댔다. 주차장 앞 이차선 도로 너머로 좁은 모래사장과 바다가 펼쳐졌다. 이렇게 많은 물. 이토록 많은 물. 수연은 손에 닿을 듯 가까운 곳에 자리한 압도적으로 많은 물을 바라보았다. 물이 주는 아득함을, 매해 보아도 매번 새롭게 솟아나는 무서움과 벅차오르는 기쁨을 느꼈다. 차문 닫는 소리에 뒤를 돌아보자, 경이 여행 가방 두 개를 어깨에 짊어진 채 펜션 입구로 발을 옮기고 있었다. 수연은 재빨리 따라가 자신의 가방을 받아들었다.

펜션 1층은 한쪽 벽면이 책으로 장식되어 있어 얼핏 북카페 같았다. 크기가 제각각인 테이블이나 모양이 다른 의자에서 인테리어에 꽤 신경을 쓴 티가 났다. 전면이 통유리로 되어 있어 빛이 사방에서 들이쳤다. 테이블 위엔 한 손에 잡힐 듯 작은 화병과 소금, 후추 병이 놓여 있었다. 조식을 위한 공간인 듯했다. 다른 쪽 벽면엔 펜션에서 직접 제작한 듯 보이는 비누, 방향제, 천연 모기 퇴치제 따위가 진열되어 있었는데, 문을 열고 들어왔을 때 나던 레몬과 생강 향의 원인인 것 같았다. 경이 체크인을 하는 동안 수연은 책장에 꽂힌 책의 면면을 살폈다. 건축과 인테리어 관련 잡지들, 자기 계발서나 재테크 관련 책들이 주를 이뤘다. 간간이 동화책과 육아 관련 교육서들도 눈에 띄었다. 그러나 어린아이는 보이지 않았다.

경이 수연을 불렀다. 책장에서 눈을 떼자, 경과 카드키를 쥔 남자가 수연을 보고 있었다. 경은 주인 남자의 안내를 받으며 2층 객실로 올랐다. 수연은 둘의 뒤를 따랐다. 계단을 오르는 동안 남자는 객실 이용에 관한 주의 사항을 이야기했다. 긴 여정으로 피곤해진 수연은 남자의 작은 목소리가 귀에 잘 들어오지 않았다. 경 역시 겉치레로 고개를 끄덕이고 있는 것 같았다. 남자는 작은 목소리와는 반대로 덩치가 꽤 컸다. 반소매 피케 티셔츠의 앞섶이 한껏 벌어질 정도로 넓은 어깨에 두텁게 살이 올라, 깡마른 경과 극명한 대조를 이뤘다. 남자와의 거리가 좁혀질 때마다 면섬유에 깊게 밴 땀냄새가 코를 찔렀다. 짧게 깎은 머리칼에 드문드문 새치가 보였다. 햇볕에 그을려 때에 전 듯 거무튀튀해진 굵은 목덜미를 바라보고 있던 수연의 머릿속에, 불현듯 어떤 장면 하나가 떠올랐다. 남자가 경을 범하고 있었다. 남자의 큰 손이 경의 길고 가느다란 목을 쥐고 우악스럽게 흔들었다. 경이 종잇장처럼 찢어지고, 구겨지며, 객실 침대 위로 내동댕이쳐졌다. 수연은 이내 그런 상상을 하는 자신에게 놀라, 눈을 꽉 감았다. 왜 그런 생각이 들었는지 반추하고 싶지도 않을 만큼 당황스러웠다. 수연이 눈을 뜨자, 객실 문이 서서히 열리며 경과 남자가 방안으로 발을 내딛고 있었다.

환자분은 근막동통증후군이신데요. 근막증은 질병이라 사고 처리가 되질 않아요.

수납처에서 수연은 휴대폰에 저장해놓은 메모 사진을 보며, 낯선 이름의 서류들을 요구했다. 그리고 보험설계사가 시키는 대로 병의 원인을 '사고'로 처리해달라고 말했다. 그러자 간호사는 수연에게 서류 대신 발음이 까다로운 이름 하나를 알려주었는데, 수연은 그때 자신의 병명을 처음 들었다. 하지만 의사 선생님이 실비가 된다고 말씀하셨는데요. 수연이 가볍게 항의했다. 간호사는 진료 기록부를 꺼내 재차 확인했다. 여기 보시면, 진료 코드가 있는데요, M으로 시작하죠? 사고로 처리되려면 S로 시작해야 해요. 수연은 실비 보험이 사고인지 질병인지에 따라 나뉜다는 사실 역시 처음 알았다. 그제야 보험설계사의 외국어 같았던 말들이 이해되었다. 다급해진 수연이 볼멘소리를 냈다. 그냥 S로 바꿔주시면 안 돼요? 수연은 자신이 모르는 사람에게 생떼를 쓸 수도 있다는 사실을 병원에서 깨달을 줄은 몰랐다. 간호사는 고개를 가로저었다. 수연은 대기석으로 돌아갔다. 얼굴이 뒤늦게 붉어졌다. 수연은 다음부터 물리치료만 받기로 했다.

율의 아내는 김장용 스테인리스 대야에 채반을 얹었다. 그 위에 면포를 두 겹 깔고, 푹 곤 젓국을 천천히 부었다. 걸쭉한 재색 물이 면포 아래로 뚝뚝 떨어졌다. 율의 아내는 비린내를 피해 뒤뜰을 벗어났다. 완전히 걸러지는 데 제법 시간이 필요할 것 같았다.

주차장에는 서울 번호판을 단 차량이 늘어서 있었다. 입실 시간에 맞춰 온 듯했다. 율의 아내는 시든 꽃대처럼 앞으로 고꾸라진 등을 곧추세웠다. 그녀는 서울에서의 삶을 떠올렸다. 서울에서 나고 자란 그녀가 어느 날 갑자기 모든 것을 정리하고 남편과 함께 바닷가로 내려가겠다고 했을 때, 모두가 둘을 부러워했었다. 자신들도 돈만 있었으면, 혹은 아이만 없었으면 진즉 내려갔을 것이라고 치켜세웠다. 아이 없이 지낸 것 역시 친구들은 현명한 처사로 평가했다. 율과 그의 아내는, 주변에서도 드물게 다정한 한 쌍이라는 평판을 얻고 있었다. 그녀는 이곳에 내려와서야 비로소 가로등 불빛으로도 발밑이 보이지 않을 만큼 깊은 어둠이 있다는 것을 알았다. 율의 아내는 밤이 새도록 환한 아파트 불빛의 따스한 온기가 그리웠다. 단지 내 상가엔 이십사 시간 커피 체인점이 있어, 언제든 노트북 자판을 두드리는 사람들의 그림자를 볼 수 있었다. 그녀는 자신이 알지 못하는, 그리고 자신을 알지 못하는 누군가가

늘 주변에 있어서 그 낯선 온기를 느낄 수 있다는 사실에 안도감을 느끼곤 했었다. 그러나 율은 달랐다.

율은, 단지 목이 마르다고 했다. 얼굴이 검고 눈꺼풀이 한없이 무거워 보이는 것 역시 목이 마르기 때문이라고 말했다. 퇴근하고 돌아온 율은 이 리터짜리 생수통을 들고 통째 들이켰다. 회사에서 목이 말라서 혼났어요. 율은 생수통에 입을 대고 마신 것을 멋쩍어하며 말했다. 시간이 지나자, 율은 목이 말라 잠을 이룰 수가 없게 되었다. 그는 잠든 아내가 깰까봐 까치발을 하고 나가 물을 마시고 돌아왔다. 그녀는 당뇨의 다른 이름이 소갈증이라는 사실을 떠올리고는 율에게 건강검진을 권했다. 지방간과 고지혈증 수치가 약간 높게 나오긴 했지만, 나머진 정상이었다. 침대맡에 생수통을 몇 개씩 놓아두고 마시던 율은 어느 날 잠든 아내를 깨웠다. 정희씨, 나 목이 너무 말라요. 목이 계속 말라서 죽을 것 같아요. 그녀는 커다란 몸집의 남편이 바들바들 떨고 있는 것에 놀랐다. 턱끝으로 물이 뚝뚝 떨어졌다. 부풀어올라 뒤집어진 아랫입술이 침과 물로 반들반들했다. 두려움으로 가득찬 남편의 얼굴을, 그녀는 무서워서 바라볼 수 없었다.

율의 아내에게는, 목이 마른 남편이 어째서 바닷가로 왔는지 끝내 의문으로 남았다. 바다는 마실 수도, 무언가를 씻어낼 수도 없다는 점에서 도시보다 척박하고 냉정한 대상이기 때문이었다.

경과 수연은 날이 저물어 서로의 얼굴이 흐리게 보일 때까지 부산 앞바다를 바라보았다. 그러다 불안해진 수연이 자리를 털고 일어나려 하자, 경이 입을 열었다.

나는 사실 이미 할머니가 된 것은 아닐까 생각해. 그게 무슨 소리야? 내가 열 살 정도 되었을 때, 엄마가 장을 보러 가는데 따라갔거든. 아주 더운 여름이었어. 엄마랑 길을 걷고 있는데 뒤에서 누군가가 부르는 소리가 들리는 거야. 뒤를 돌아보았는데 아무도 없었어. 다시 길을 가려는데, 또 목소리가 들렸어. 나는 주위를 두리번거렸지. 역시나 아무도 없었어. 그때 앞서가던 엄마가 내 이름을 부르며 손짓했어. 경아, 어서 오지 않고 뭘 하고 있니, 라면서. 멀어진 엄마를 따라잡기 위해 발을 떼었는데, 나보다 앞서 어떤 여자아이가 엄마를 향해 뛰어가고 있는 거야. 내가 어어, 입을 떼자, 그 여자아이가 뒤를 돌아 나를 바라보았지. 내 얼굴을 한 아이와 마주보며 문득 깨달았어. 아, 나는 이미 늙어 할머니가 되어 있구나. 저 아이가 나의 과거로구나. 나는 이제부터 과거를 살게 되었구나, 하고.

부산에서 돌아온 수연은 경의 수수께끼 같은 이야기를 가슴에 담아두었다. 홀로 골목을 걸을 때면 불현듯 경의 고백이 떠올랐다. 자신의 발보다 반뼘 앞서나가는 그림자에 놀라, 집까지 한달음에 뛰어가곤 했다.

율의 아내는 도로 건너편 모래사장에 나란히 앉은 두 개의 실루엣을 발견했다. 등이 어린아이의 것처럼 작았다. 둘 중 하나가 바닷가를 가리키며, 돌고래다! 라고 소리를 쳤다. 그녀가 고개를 들어 보자 먼바다 한가운데에서 작게 물결이 일었는데, 일정한 높이로 일어났다 가라앉기를 반복하고 있었다. 햇빛에 빛나는 물의 표면이 꼭 돌고래의 등처럼 둥글고 매끈했다. 그러나 그것은 돌고래도, 그에 준하는 어떤 물고기도 아니었고 단지 물일 뿐이라는 사실을 그녀는 알고 있었다. 물결은 매일 그 자리에서 일렁이기 때문이었다. 그녀는 그 사실을 실루엣의 주인들에게 말해주지 않을 것이므로, 돌고래를 보았던 경험은 잊히지 않고 기억될 것이었다.

율의 아내가 다시 뒤뜰로 발길을 돌렸을 때, 내장에서 물컹한 무언가가 몸밖으로 미끄러지듯 빠져나오는 것을 느꼈다. 밑이 뜨거운 액체에 축축이 젖어들었다.

수연은 물리치료사의 안내에 따라 7번 칸막이 안으로 들어갔다. 티셔츠를 벗고 침대에 엎드렸다. 물리치료사가 가슴께를 가릴 수건을 가져다주고는, 브래지어 끈 아래로 담요를 덮어주었다. 머리맡에 놓인 적외선 치료기의 붉고 따듯한 빛이 수연의 어깻죽지에 내려앉았다. 수연은 물리치료만으로도 차차 나을 수 있을 것이라 자위했다. 자유로운 오른쪽 팔로 휴대폰을 들어 사수에게 보낼 문자를 입력했다. 언니, 저 죄송한데 조금만 늦게…… 갑자기 커튼이 열리더니 의사가 들어왔다. 당황한 수연이 손에서 휴대폰을 놓쳤다. 수연은 곧 자신이 상의를 탈의하고 있다는 사실을 깨달았지만, 적외선 치료기 때문에 몸을 움직일 수 없었다. 어깨는 좀 나아졌나요? 수연은 탈의한 상반신에 신경이 쓰여 의사의 목소리가 잘 들리지 않았다가, 이내 상체의 절반은 담요로 덮여 있다는 사실을 떠올리고는 안도했다. 차차 나아질 겁니다. 의사가 다독이듯 말하며 수연의 어깨를 매만졌다. 그의 손길이 브래지어 끈 위로 내려앉았다가 사라졌다. 의사가 커튼을 닫고 나간 이후에도 수연은 그의 손이 닿았던 부위가 불에 덴 듯 화끈거리는 것만 같았다.

보이지 않는 정원

마을에 불미스러운 일이 생겼다. 사람 하나가 죽었는데 사인이 석연치 않았다. 시신엔 외력에 의한 상처도, 자해의 흔적도 없었다. 다만 얼굴 전체가 멍이 든 것처럼 푸르뎅뎅했는데, 목 아래로는 다른 사람의 몸을 이어붙인 듯이 창백했다. 경찰은 기도 폐쇄에 의한 질식사로 결론지었다. 최초의 신고자는 인근에 사는 태희라는 이름의 청년이었다. 그는 고인이 마당 가운데에 놓인 평상에 무릎을 꿇고 앉아 작게 열매를 맺기 시작한 동백을 향해 고개를 숙이고 있는 것을 담 너머로 보았는데, 얼핏 자위를 하는 것 같았다고 진술했다. 청년은 그것이 사실이 아님을 곧 깨달았다고 말을 이었지만, 사망 사건은 추문으로 손쉽게 변질되어갔다. 고인은 외지인이었으므로 마을 사람들의 뒷말에 자비나 인정은 없었다.

며칠 뒤 서울에서 사람이 내려와 시신을 수습했다. 장례는 치르지 않았다. 집은 빈 채로 방치되어 흉가나 다름없게 되었다.

태희는 이곳에서 나고 자랐다. 수학여행을 제외하곤 마을을 벗어난 일이 없었기에 다른 곳은 알지 못했다. 그러나 아무것도 궁금하지 않았다. 다른 고장의 풍습에 호기심이 일거나 같은 사물을 지칭하는 서로 다른 낱말들에 흥미를 느낀 적이 없었다. 낯선 풍경에 당황한 자신의 모습이 얼마나 애처롭게 보일지도 알고 싶지 않았다. 태희는 일찍이 대학 진학을 포기했다. 성적과는 무관한 결정이었다. 담임은 그가 아버지를 여읜 뒤 경제적으로 어려움을 겪고 있으며 부양해야 할 어머니가 있음을 근거로 내세워 아쉽지만 현명한 결정을 내렸노라고 등을 도닥였다. 그 추측이 완전히 틀린 것은 아니었지만, 태희에게는 더욱 근본적인 이유가 있었다. 그에게는 출세를 향한 열망이 없었고 도시의 현란함이 매혹적으로 다가오지 않았던 것이다. 그는 익숙한 공간이 좋았다. 태어난 장소에서 오래도록 시시하게 살다 죽어도 아쉬움이 없을 것 같았다. 그는 고등학교 동창 중 유일하게 마을에 남은 졸업생이 되었다.

지난해 소꿉친구 K마저 고향을 떠난 뒤, 태희는 구글맵으로 K가 머무는 도시와 자신과의 거리를 재어본 일이 있었다. K가 그리워서가 아니었다. 휴대폰 너머로 들려오는 K의 상기된 목소리나 점차 뜸해지는 문자 메시지에 소외감이 들어서도 아니었다. 오히려 태희는 자신과 K 사이에서 느껴지는 추상적인 거리감이 좋았다. 이곳에서 저곳까지 삼백십삼 킬로미터. 그는 혼자 이곳에 남았다. 태희는 그 문장이 마음에 들었다. 홀로 남다. 혼자라는 느낌이 들 때면 몸속 깊은 곳에서 즉각적으로 온기가 피어났다. 마치 고통에 반응하는 엔도르핀처럼, 솟아난 온기는 아담한 동굴의 형태로 그를 에워쌌다. 동굴의 내부는 오래전 마주잡은 K의 손바닥만큼이나 부드럽고 따듯해, 태희는 그 안에서 안전하게 고독을 즐길 수 있었다. 그즈음 그가 읽는 책에는 유폐와 황홀이라는 단어가 자주 등장하곤 했다.

마을은 규모가 작은데다 명소나 특산물이 없어 지자체에서 간판으로 내세우는 관광지는 아니었지만, 지세가 아름다워 관광객의 발길이 은근히 이어지는 곳이었다. 너무 높지도 낮지도 않은 완만한 산들이 적절히 높이를 달리하여 마을을 첩첩이 둘러싸고 있었고 그 앞으로는 너비 이백오십 미터가량의 강이 산세와 평행하여 끝이 보이지 않았다. 강은 물살이 빨라 생동감이 있는 대신 수심이 얕아 위압감을 주지는 않아서 물새들이 빈번하게 찾아왔다. 이를 보려고 강변을 따라 산책을 하는 사람들도 많았다. 실개천이 주택가 한가운데를 가로질렀는데, 물길을 메우는 대신 형태가 제각각인 작은 다리들을 놓아 아기자기한 맛이 있었다. 사람들이 으레 짐작하는 것보다도 많은 수의 못이 마을 곳곳에 있는데다가 안뜰에 연못을 둔 집도 많아 새벽녘이면 안개가 자욱해 마을 전체가 물위에 지은 방갈로처럼 위태로워 보였다. 암자를 낀 다양한 수종의 숲 역시 도처에 널려 있어 마을을 찾아온 관광객이라면 누구든 숨은 보물을 발견한 듯 감탄했다. 강 건너엔 버스 정류장과 관광객을 대상으로 한 기념품 가게, 고가의 레스토랑과 프랜차이즈 카페가 즐비했다. 그래서 늘 어수선한 분위기였지만 고요한 민가와는 달리 활기가 있었다. 주말이면 하나뿐인 철제 교량을 통해 마을로 밀려드는 외지인들을 볼 수 있었다.

오정 역시 처음엔 평범한 관광객에 지나지 않았다.

태희의 어머니가 별채를 정리해 세를 놓기로 한 것은 아버지가 죽은 지 일 년 남짓한 시간이 지난 뒤였다. 요령이 없던 어머니는 무작정 버스를 타고 시내로 나가 부동산에 방을 내놨다. 그러나 마을로 유입되는 인구가 거의 없다시피 했으므로 세입자가 나타날 리 만무했다. 아무리 기다려도 방을 보러 오겠다는 사람이 없자, 어머니는 관광객을 대상으로 민박을 운영하기로 마음을 바꿨다. 낯모르는 사람들이 드나들면 집이 쉽게 상하는 법이라며 만류하던 친척들에게는 생활고를 이유로 들었다. 그러나 이를 믿는 사람은 없었다. 추락사한 태희의 아버지 앞으로 거액의 사망보험이 가입되어 있었기 때문이다. 어머니는 순진하고 아둔한데다 우유

부단하고 무능했지만, 남편 복만은 타고나 얼마나 다행인지 모른다고 장례식장에서 사람들이 수군대는 것을 태희는 똑똑히 들었다. 그것이 위로를 가장한 조소인지, 팔자에 대한 객관적인 평가일 뿐인지 미숙했던 태희는 분간할 수 없었지만, 쏟아져나오는 말을 주체하지 못하는 수많은 입의 주인들을 머릿속에 담아둘 수는 있었다.

태희는 경제활동이라곤 해본 적 없는 어머니가 민박을 하겠다고 나선 이유를 알고 있었다. 그것은 어머니가 집의 빈방들을 무서워하기 시작했기 때문이었다.

어린 시절 태희는 집에 대한 상반된 두 가지 태도를 보며 자랐다. 이곳에서 나고 자란 태희의 아버지에게 집은 유년의 추억이 깃든 영속적인 요람 같은 것이었다. 유서 깊은 집이었다. 아담하고 단정했으며 운치가 있었다. 집을 사들인 것은 장사로 가세를 불린 태희의 증조부였다. 그는 말년에 치매를 앓았다. 아흔이 다 되도록 살아남아 가족을 괴롭혔다. 치매에 걸린 증조부는 잠에서 깨어날 때면 짐승같이 고함을 질러 사람을 찾았다. 그러고는 지금이 몇년도냐고 물었다. 증조부는 꿈과 현실을 구분하지 못했고 늘 과거의 어느 시절에서 헤매고 있었다. 당시 청년이었던 태희의 아버지는 때때로 소화 15년이라고 놀리듯 대답해주곤 했는데, 그럴 때면 증조부는 공포에 몸부림치며 방을 뛰쳐나가 대청에 머리를 박아댔다. 그 모습은 매번 보아도 웃음을 참을 수 없을 정도로 해괴했지만 지나고 보니 모두 아름다운 추억이 되었다며, 아버지는 움푹 파인 마루를 어루만지며 이야기하곤 했다. 태희는 악의 없이 말간 아버지의 얼굴을 바라보며 등골이 서늘해지는 것을 느꼈다. 매사에 정성이 있었던 태희의 아버지는 물려받은 집의 고상한 외양을 건드리지 않는 선에서 지속 가능한 방식으로 내부를 현대화했다. 보일러를 들인 뒤 쓸모가 없어진 아궁이 자리에 전자레인지를 놓는 식이었다. 안뜰로 난 분합문 바깥에 두 뼘 너비의 쪽마루를 두고 그 앞에 우물 정 자 무늬의 문살을 살린 유리문을 달아 외풍을 막았다. 그러나 밤이면 계절을 가리지 않고 어디에서인지 서늘한 바람이 새어 들어왔다. 양말을 두 개씩 겹쳐 신어도 한기에 소름이 끼칠 정도였다. 특히나 고통스러워했던 것이 태희의 할머니였다. 폐질환을 앓았던 태희의 할머니는 집에서 임종을 맞았는데, 힘겹게 내뱉은 유언이 '발이 시리다'는 것이었다.

그때 태희는 다섯 살이었다. 태희의 어머니는 어린 아들을 돌본다는 이유로 장지에 가지 않고 빈집을 지켰다. 태희는 너무 어려 기억이 희미했지만, 집안 구석구석 냄새를 맡으며 돌아다니던 어머니의 모습만은 뇌리에 깊게 박혀 있었다. 어머니는 결혼한 지 칠 년이 지나도록 고택에 적응하지 못했는데, 그게 다 집에서 풍기는 냄새 때문이었다. 어머니는 오래된 나무에서 나는 맵싸한 냄새나 토벽에 스민 구릿한 메주 냄새를 견디지 못했다. 집은 닦고 또 닦아도 더럽게만 느껴졌다. 집안 공기엔 늘 물기가 서려 있어 빨래가 잘 마르지 않았고 수건으로 얼굴을 문지를 때면 시어머니의 살냄새가 떠올라 비위가 상했다. 어머니는 밥을 먹다가도 반찬을 덜어온다며 밖으로 나가 헛구역질을 하고 돌아오곤 했는데, 태희는 어머니의 벌게진 눈가를 보고는 이를 알아차렸다. 언젠가 어머니는 집안을 떠돌던 그 냄새를 계피향이 가미된 썩은 우유 냄새라고 설명해주었지만, 태희는 아무런 냄새도 맡을 수 없었다. 사실 어머니를 제외하고는 누구도 집에서 악취가 난다고 생각하지 않았다. 집은 선대가 이룬 성취를 보여주는 빛나는 증거였기 때문이다. 마루 밑에서 꼽등이나 죽은 지네가 발견될 때면 어머니는 경기를 일으키듯 자지러졌다. 그래서 어머니는 늘 이방인 같았고 아버지와 어머니 사이에는 일정한 거리감이 존재했다.

조문객과 친인척과 시어머니의 시신이 썰물처럼 빠져나간 뒤, 어머니는 어린 아들을 앞세워 집을 뒤지기 시작했다. 어머, 이게 무슨 냄새지? 어머니는 코를 막다가, 악취의 근원을 찾고 싶은 욕망을 이기지 못하고 코를 감싸쥐었던 손가락을 벌려 짐승처럼 킁킁댔다. 맨발로 안뜰을 건넜다. 태희는 발바닥을 찌르는 백자갈을 참아내며 어머니를 따라 별채로 향했다. 별채의 분합문을 열자마자, 어머니는 주먹으로 안면을 가격당한 사람처럼 코를 움켜쥐고 자리에 주저앉아버렸다. 태희는 갑자기 웃음이 터졌다. 어머니가 디딤돌 위로 엉덩방아를 찧었기 때문이었다. 한참을 소리 내어 웃던 태희는 고개를 돌려 텅 빈 방을 바라보았다. 조금 전까지 할머니의 시신이 안치되어 있던 곳이었다. 할머니는 오랜 세월 이 방에서 살았다. 한낮의 햇빛이 방안 깊숙이 스며들었다. 그러나 어쩐 일인지 할머니가 누웠던 자리만은 물을 쏟은 듯 동그랗게 어둠에 젖어 있어, 이유가 궁금해진 태희는 어머니 쪽으로 고개를 돌렸다. 자신을 빤히 바라보는 겁에 질린 얼굴 하나가 눈에 들어왔다. 여름 초입의 일이었다.

안채와 별채는 작은 안뜰을 사이에 두고 앞뒤로 놓여 있었다. 안채엔 안방과 태희가 머무는 작은방이 마주보고 있었고, 두 방을 잇는 짧은 복도와 현대식으로 개조한 부엌, 화장실이 있었다. 각 방에는 붙박이장이 있었다. 침대는 쓰지 않았다. 본래 부엌이 있던 자리에는 세탁기를 두었다. 외풍이 심한데다 문턱이 높아 상을 들고 나르기가 불편했다. 별채에는 장지문으로 나뉜 작은방 두 개와 샤워기를 설치한 간이 세면대가 있는 화장실이 있었다. 안뜰을 차지하고 있는 것은 배롱나무 한 그루가 전부였지만 꽃이 원체 화려해 여름 내내 기세가 등등했다. 흙바닥에 조경용 백자갈을 깔아두어 폭우가 내려도 물웅덩이가 생기지 않았다. 대문은 안채로 통했다. 바로 옆에 작은 쪽문이 붙어 있어, 성인 남자 하나가 간신히 지나갈 만큼 좁은 통로가 별채로 이어졌다.

할머니가 돌아가신 뒤 태희의 아버지는 별채에서 지냈다. 어머니는 그것이 죽은 할머니에 대한 아버지 나름의 애도의 표현이라고 설명하며 오래지 않아 안채로 돌아올 것이라고 말했지만, 아버지는 죽을 때까지 그곳에 머물렀다. 젊은 어머니는 기다렸다가, 화를 냈다가, 협박했다가, 회유했다가, 야속해했다. 어쩔 수 없이 상황을 받아들였다. 시간이 흐르자 외려 속이 편하다며 농담하는 여유도 부렸지만, 안채로 돌아오지 않는 아버지를 끝내 이해하진 못하는 듯했다. 아버지는 어쩌면 안채로 돌아오지 않는 것이 아니라 별채를 지키는 것인지도 모른다고 태희는 생각했다. 아버지의 내면에서 잠자고 있던 어떤 기계가 할머니의 죽음을 계기로 불현듯 작동하게 된 것일 수도 있었다. 태희는 자라면서, 부모의 서먹하고 무감한 사이가 관계의 결함이라기보단 홀로이고자 하는 충동에서 비롯된 피치 못할 결과일 것이라고 받아들였다. 태희는 아버지가 별채의 방과 방 사이를 가르고 있던 장지문을 떼어낸 뒤, 마법처럼 나타난 넉넉한 공간을 바라보며 세상을 다 가진 듯 환하게 웃던 모습을 기억하고 있었다. 밤이 되면, 배롱나무 뒤로 일렁이는 아버지의 그림자를 볼 수 있었다. 단 하나뿐인, 무엇과도 섞이지 않은 순수한 실루엣이었다. 태희는 그 점이 부러웠다. 그리고 언젠가 자신이 아버지의 자리에 머물게 되길 바랐다.

태희는 고등학교를 졸업한 뒤 민박 관리를 도맡았다. 자의는 아니었다. 별채에 가길 꺼리는 어머니 때문이었다. 태희의 장래 희

망은 아무것도 하지 않고 아무도 만나지 않는 것이었지만, 어머니와 함께 있는 한 꿈의 실현은 요원해 보였다. 태희는 인터넷의 민간 숙박 사이트에 집을 등록했다. 전통 가옥 체험을 키워드로 내걸었다. 여주인이 직접 연출한 플라워 바스켓이 손님을 맞이할 것이라는 말도 덧붙였다. 그러면 의심 많은 투숙객들의 경계심도 한결 누그러졌다. 근래 어머니는 오랫동안 손을 놓고 있었던 꽃꽂이에 다시 열의를 보이는 중이었다. 별채가 안채에 가려 볕이 덜 드는 것이 못내 신경 쓰인다며, 꽃이라도 놔야겠다고 푸념 섞인 태도로 말한 것이 시작이었다. 집에는 늘 꽃이 넘쳐났다. 어머니의 변덕 때문에 그중 절반은 지기도 전에 버려지는 신세를 면치 못했지만, 어쨌든 어머니는 꽃꽂이에 시간을 쏟았다. 여름이면 수국과 금어초, 해바라기 따위의 꽃들이 집안에 산재했다. 장미와 라일락 향기에 머리가 지끈거릴 때도 있었다. 날이 추워지면 어디선가 하얀 목화솜을 구해와 솔방울과 함께 바구니에 넣어두고 겨울 분위기를 냈다. 드물게 알레르기가 있는 손님들이 꽃을 치워달라고 요청하기도 했다. 그럴 때면 어머니는 눈에 띄게 풀이 죽어 싸리비처럼 방구석에 우두커니 서 있었다. 태희의 관심을 바라는 것 같았다. 그러나 태희는 위로의 말 같은 것을 해본 일이 없었다. 태희 자신도 위로를 받아본 일이 없었기 때문이었다. 아버지가 돌아가신 뒤 신경쇠약을 앓던 어머니의 증상이 꽃에 정성을 들이면서 차츰 누그러진 것은 다행스러운 일이었지만, 어머니는 때때로 지나치게 어린아이처럼 굴었다. 아버지에겐 끝내 다다르지 못했던 애정과 의존의 화살이 태희에게로 향하게 된 것 같았다. 그럴 때면 태희는 마음 깊이, 도망치고 싶었다. 어머니에게서 멀어지고자 하는 마음이 너무나 강렬해, 당황스러울 정도였다.

손님이 떠나면 태희는 보료를 꺼내 대청마루에 펼쳤다. 살충제를 넉넉히 뿌린 뒤 초대형 김장 비닐에 넣고 입구를 단단히 묶어 온종일 햇볕 아래 두었다.

태희는 오정의 첫인상을 선명하게 기억하고 있었다. 그는 이곳에서 일주일을 머물렀다. 일주일이란 여러모로 애매한 기간이었다. 마을은 원체 작아 느긋하게 둘러본다 해도 삼 일이면 충분했다. 요양이나 칩거를 하기엔 짧은 감이 없지 않았다. 태희는 그의 애매한 체류 일정에 약간의 호기심을 느꼈다. 관광 외에 다른 목적이 있는 것은 아닐까 짐작해보았다. 어머니는 누군가가 빈방에 온기를 불어넣어준다는 사실이 마냥 기쁠 뿐 손님에게는 아무런 관심이 없어 보였다.

초인종이 울렸을 때, 어머니는 손님을 맞아들이러 나가는 대신 태희에게 화병 하나를 들려 보냈다. 새하얀 시베리아 백합이었다.

아버지의 상을 치른 뒤 어머니는 보험금 수령을 위한 서류 준비에 골머리를 앓았다. 아버지의 사인은 추락에 의한 외상성 뇌출혈이었지만 사고사임을 입증하기 위한 증거가 더 필요했다. 그의 혈중알코올농도, 정신병력, 사망 당일 신용카드 사용 내용 등이 그러한 것들이었다. 어머니는 매 순간 날이 서 있었고 쉽게 짜증을 냈다. 태희는 우윳값을 내지 못해 곤란을 겪었다. 방과후 학습도 포기했다. 태희가 입을 떼는 순간 어머니의 얼굴이 일그러졌으므로 그에 대해 말할 수 없었다. 태희는 아버지의 죽음보다 학교에서 겪는 곤혹 때문에 더욱 괴로웠다. 그리고 그 사실에 상처받았다.

태희의 아버지는 시내의 한 건물 뒤편 논바닥에 쓰러져 있었다. 겨울이라 땅이 꽝꽝 얼어 있었는데, 두터운 안개 때문에 다음날 정오가 다 되어서야 발견되었다. 건물의 5층엔 노래방이, 6층엔 안마시술소가 있었다. 아버지는 술에 취한 채 홀로 노래방에서 노래를 불렀다. 7층 옥상으로 통하는 철문을 두드리며 문을 열어달라고 소리를 지르는 아버지의 목소리를 6층 업소 관리인이 들었다. 철문은 자물쇠가 채워져 있지 않았으므로 얼마 지나지 않아 고함소리는 잦아들었다. 그리고 다음날 새벽 아버지는 추락했다. 아버지의 마지막 행적은 그간 그가 보여준 삶의 방식과 가장 거리가 먼 것이었다. 그는 술을 마시지 않았고 결벽에 가깝게 유흥을 멀리했다. 그는 오직 자신의 방만을 사랑하지 않았던가. 그러나 그것은 어디까지나 태희의 생각일 뿐이었다. 태희는 자신이 읽은 책에 등장했던 모든 허구적 인물들의 양면성에 대해 생각했다. 그들이 지닌 부드러움과 냉정함, 상냥함과 무례함, 정직과 협잡, 신실과 위선을 떠올렸다. 그러자 정말로 아버지에 대해 알 수 없게 되어버렸다. 태희는 그렇게 조금씩 자신이 어른이 되어간다고 느꼈다.

어머니의 신경쇠약이 심해진 것은 보험금을 수령한 이후부터였다. 그즈음 어머니는 잠을 자다 소리를 지르며 깨는 일이 잦았다. 어느 날부턴가 비어 있는 별채를 바라보며 무서워서 살 수가 없다는 말을 하기 시작했다. 그러더니 별채에 뱀이 있는 것 같으니 어서 가서 확인해보라며 시도 때도 없이 아들의 등을 떠밀었다. 그러나 뱀이 있을 리가 없었다. 어머니가 악취가 난다며 아버지의 물건을 모두 불태워버렸기에 방은 완벽하게 텅 비어 있었다. 방구석에 세워둔 장지문이 아버지의 손이 닿은 유일한 유품일 정도였다. 태희는 그 방에 머물고 싶었다. 오랫동안 바라왔던 것이었지만, 어머니가 자신이 혼자 되는 것을 허락할 리 없었다. 태희는 궁금했다. 비어 있다는 것이 어떻게 무서움의 대상이 될 수 있을까. 태희는 아버지가 부재한 자리에 공포가 들어찬 어머니의 유약한 내면을 이해하지 못했다. 태희는 어릴 적 할머니의 방에서 시취가 난다며 뒤로 나자빠진 어머니의 모습을 떠올렸다. 어머니는 단지 죽음이 두려운 것인지도 몰랐다. 두려움이 냄새로, 그리고 혐오의 이미지로 치환된 것일지도 몰랐다. 그렇다면 아버지에 대해서도 그러한 감정일까. 단지 아버지가 죽었다는 사실이 무서운 것일까. 태희의 머리에 희미하게 그리움이나 죄책감 같은 단어가 떠올랐지만, 스스로 답을 내리기 어려운 것이어서 이내 사라져버렸다.

그즈음 태희는 어머니의 장롱에서 못 보던 명품 가방 하나를 발견했다. 진한 녹색 가죽가방이었다. 가방 정중앙에는 어둠 속에서도 번쩍거릴 정도로 크고 화려한 금장 로고가 박혀 있었다. 그러나 어머니가 그 가방을 들고 나가는 것을 본 일은 없었다. 태희는 가방에 대해 함구했다. 그래야 할 것 같아서였다.

태희는 한 손에 화병을 든 채로 손님을 맞이해야 한다는 사실이 못내 부끄러웠다. 백합 꽃잎이 가랑이를 활짝 벌린 사람처럼 노골적으로 피어 있었다. 꼿꼿이 서 있는 수술이, 발기한 개의 성기처럼 붉었다. 냄새가 진동했다.

오정은 고상한 외모를 하고 있었다. 한눈에 보기에도 머리숱이 무척 많았는데, 외국인의 것처럼 결이 가늘고 고왔다. 마르고 아담한 체구에 눈빛이 매서웠다. 사소한 행동에서도 예민함과 짜증이 느껴지는 사람이었다. 태희는 좁은 통로를 지나 별채로 그를 안내하고는 화병을 구석에 내려놓으며 말했다. 혹시 알레르기가 있으면 말씀하세요. 그는 미세하게 고개를 가로저었다. 태희는 찬장을 열어 유리컵과 밥그릇, 국그릇, 수저와 양은 냄비, 핫플레이트 등의 위치를 알려주었다. 두루마리 휴지와 여분의 수건, 주전자를 꺼내 보이며 그의 얼굴을 힐끔 보았다. 오정은 자기 일이 아니라는 듯 멀찍이 떨어져 있다가 즉석밥과 라면이 담긴 서랍을 열자 그제야 슬쩍 고개를 들이밀었다. 태희는 방 가운데를 차지하고 있는 좌식 책상을 한쪽으로 밀고 붙박이 장롱에서 보료를 꺼내 바닥에 펼쳤다. 태희는 그때 그가 언뜻 난감해하는 표정을 지었던 것이 인상에 남았다.

그는 뱀같이 움직이는 사람이었다. 소리 없이 집을 드나들었고 집안에 머물 때도 인기척이 거의 느껴지지 않았다. 해가 지면 마을이 찬물을 끼얹은 듯 고요해져 평범한 말소리도 크게 울렸지만, 그는 누군가와 전화 한 통 하는 법이 없었다. 음식 냄새도 없었다. 배롱나무 뒤편으로 보이는 그의 그림자로 그곳에 사람이 있음을 알았다. 밤이면 그는 대부분 책상에 앉은 채로 시간을 보냈다.

오정이 오고 이틀이 지난 뒤 태희는 우연히 대문 앞에서 그와 마주쳤다. 그는 편의점 상표가 인쇄된 작은 비닐봉지를 들고 있었는데, 봉지 밖으로 삐져나온 소시지바와 캔맥주가 언뜻 보였다. 그는 태희의 시선을 알아채고는 비닐봉지를 슬쩍 등뒤로 숨겼다. 침묵이 어색해진 태희가 인사치레로 지내는 데에 불편함은 없느냐고 입을 열었다. 그는 잠시 생각에 잠긴 듯하더니, 쪽문에 설치된 번호식 자물쇠의 버튼을 누르며 나지막이 답했다. 너무 시끄럽더구나. 시끄러워서 잠을 잘 수가 없어. 그는 자신의 목소리가 다소 신경질적으로 나온 것이 신경이 쓰였는지, 목을 가다듬고는 말을 이어나갔다. 그는 바람 소리 때문에 잠을 잘 수가 없다고 했다. 밤이면 바람이 문틀을 통째로 쥐고 흔드는 듯 덜컹거리는데, 때때로 정말 누군가가 문을 두드리는 것은 아닌지 착각이 들 정도로 위협적이라고 했다. 누가 있나 어둠 속을 빤히 바라보는 게 얼마나 무서운지 아니? 오정은 지그시 태희를 바라보고는 대답을 기다리지 않고 문을 열고 들어가버렸다. 예상을 벗어난 대답에 당황한 태희는 그 자리에 한동안 멈춰 서 있었다. 잠을 이룰 수 없었다고 토로하는 그에게 악의가 있다고 할 순 없었지만, 태희는 울컥 모멸감을 느꼈다.

그는 처음 약속한 대로 일주일을 머물렀다. 유명한 절과 덜 알려진 사유 정원, 관광 음식점과 편의점 등에서 목격되었다. 그가 밤이면 늘 맥주를 마셨고 반주로 소시지나 삶은 달걀 따위를 먹었다는 사실을, 태희는 별채의 쓰레기통을 비우며 알았다. 그리고 이듬해 봄, 오정은 다시 돌아왔다. 이번엔 여행이 아니라 아주 온 것이었다. 그는 담을 따라 피어난 동백이 특히나 아름다운 집에 짐을 풀었다. 마을 사람들은 그의 단출한 세간이 집안으로 하나씩 옮겨지는 과정을 흥미롭게 지켜보았다. 태희가 그를 다시 만난 것은 그로부터 얼마 지나지 않은 어느 날, 달걀가게 앞에서였다. 태희는 그때 비로소 그가 글을 쓰는 사람이라는 것을 알았다.

마을엔 유명한 달걀가게가 있었다. 가게 주인인 노인은 겉보기로는 구순은 되어 보였지만 실제론 이제 갓 칠순을 넘긴 정도라는 것을 가까운 사람들은 다 알았다. 그러나 노인은 사람들이 오해하도록 내버려두었다. 그편이 장사에 도움이 되기 때문이었다. 가게는 규모가 꽤 커서 앞마당에 네 대 정도의 차를 주차할 수 있었고, 내부에도 사 인용 탁자 여섯 개가 넉넉히 들어갔다. 메뉴는 삶은 반숙 달걀 하나였다. 노인은 새벽에 일어나 이백 개의 달걀을 삶아두고, 다 팔리면 장사를 접었다. 삶는 데 특별한 비법 같은 것은 없었지만, 삶은 달걀 하나만 판다는 것이 비법이라면 비법이었다. 마을 사람들은 종종 가게에 들러 달걀 두어 개씩을 까먹고 돌아갔다. 길을 잘못 접어든 관광객들 역시 이 독특한 가게를 그냥 지나치지 않았다. 우연히 발견한 보물처럼 여겼다. 그렇게 어영부영 하루에 이백 개의 달걀이 너끈히 팔렸다.

오정의 집은 달걀가게에서 멀지 않았다. 새벽이면 온 동네에 달걀 비린내가 진동해 잠이 저절로 깬다고 말하면서도 싫은 내색을 보이지 않았다. 태희는 그가 머물던 별채의 쓰레기통에서 나온 수두룩한 달걀 껍데기를 떠올렸다. 다시 돌아온 오정은 전보다 사교적인 얼굴을 하고 있었다. 부드럽게 풀린 표정 때문에 첫눈에 알아보지 못했을 정도였다. 이곳에서 정착하기 위해선 적당한 사교성이 필요하다고 판단했을지도 몰랐다. 어쩌면 다소 수다스러운 지금이 그의 본모습일 수도 있었다. 여행자들이란 경계심에서 비롯된 경직성을 갑옷처럼 장착하고 나타난다는 사실을, 태희는 민박을 운영하며 알게 되었다.

그는 오정이란 필명으로 이십오 년 전 등단한 소설가였다. 본명은 오정섭이었다. 이름이 멋이 없어 마지막 글자를 떼어버렸다.

오정은 데뷔작인 장편소설로 꽤 주목을 받았다. 그의 작품은 대단히 파격적인 것은 아니었으나 전통적인 서사 기법을 존중하는 범위 내에서 젊은 상상력이 돋보인다는 평가를 받았다. 그는 너무 이르지도 늦지도 않은 때에 두어 차례 문학상을 받았고 시간강사 생활을 하면서 글쓸 여력을 만들었다. 그는 자신을 무난한 작가라고 평가했는데, 그래서 작가 생활도 무난하게만 흘러갔노라고 말했다. 그리고 이제 와 돌이켜보건대 무난한 작가 생활이란 눈치채지 못할 정도로 완만한 내리막길을 걷는 것과 같아서 문득 정신이 들고 보니 여기, 낭떠러지 아래에 있더라, 라고 쓸쓸한 어투로 말했다. 작가라는 직업에 대해 아는 것이 없던 태희에게 그의 푸념은 도리어 몇 개의 키워드를 통해 그의 이력상 주요한 정보들을 제공하는 역할을 했다. 그의 이름을 들어본 적은 없었지만, 도시에서는 꽤 유명세를 얻고 있을지도 몰랐다. 그는 글쓰기에 관한 한 겸손하고 담백한 태도를 유지했는데, 태희는 오히려 그의 그런 모습에서 티브이에 등장하는 배우들과 같은 훈련된 연극성을 보았다. 태희는 문득 무난한 작가라는 오정의 자평이 진실일지도 모르겠다는 생각이 들었다. 그렇다면 그는 훌륭한 작가는 아닐지 몰라도 솔직한 작가이긴 한 셈이었다. 오정은 여러모로 모순된 사람 같았다.

태희는 자주 오정의 집에 갔다. 오정의 집은 작업실과 생활공간으로 분리되어 있었는데, 태희는 특히 작업실을 좋아했다. 제법 큰 앞문과 뒷문이 마주 달려 있어 바람이 드나들기 좋았다. 오정은 문과 문 사이에 커다란 책상을 두었다. 볕이 좋은 날이면 햇빛이 메뚜기떼처럼 밀려들었다. 그럴 때면 마치 책상이 빛으로 이루어진 강물 속에 잠긴 것처럼 보였다. 태희는 그 빛나는 책상을 넋을 놓고 바라보았다. 마당 구석에 등나무 벤치가 있었지만 오정은 마당 가운데에 따로 평상을 두었다. 그곳에서 바람을 쐬며 한가롭게 맥주를 마셨다. 책상에 앉아 있는 때보다 평상에 있는 때가 더 많았다. 오정은 자주 태희를 불러, 태희가 아직 읽지 않은 책에 대해 이야기했다. 태희는 작품에 대한 그의 평가가 믿을 만한 것인지 알 수 없었지만 그가 단지 말을 하고 싶어하는 것 같아 잠자코 들었다. 그는 오랜 기간 다른 사람들 앞에서 말하는 직업을 갖고 있었으므로 그때의 습관을 쉽사리 끊기 어려울 것이라고 생각했다. 오정은 작품에 등장하는 인물의 심리 상태를 묘사하다가 불쑥불쑥, 자신이 지난해 이혼을 했다거나, 이혼소송에서 패소하여 지방으로 내려올 수밖에 없었다거나, 그럼에도 아직 전 부인을 사랑한다거나 하는 식으로 자신의 과거를 토로했다. 태희에게는 오정이 설명하는 책도, 그의 인생도, 아직 경험해보지 못한 것이라는 점에서는 매한가지였다.

태희는 종종 오정에게 삶은 달걀을 사다주었다. 이 달걀이라면 매일매일 몇 개를 먹어도 질리지가 않더라는 오정의 말투가 속되게 느껴졌다.

아침부터 비가 내렸다. 계절이 바뀔 때면 늘 한바탕 비가 쏟아졌다. 한번 내리기 시작한 비는 몇 날 며칠을 끊어질 듯 끊이지 않고 이어졌다. 나무로 이루어진 집안의 모든 것이 습기를 빨아들였다. 태희는 종종 나무가 짐승처럼 느껴질 때가 있었다. 표독스럽게 물기를 빨아들여 몸을 부풀리고 뒤틀고 발정기라도 온 양 사방으로 비린내를 풍기는 지금이 꼭 그랬다. 사지가 잘려나가도, 몸통이 머리에 붙어 있지 않아도 살아 숨쉬는 그 근성이 징그럽게 느껴졌다. 장마철이면 어머니는 방에 틀어박혀 나오지 않았다. 비위가 상해 음식을 잘 먹지 못했다. 어머니는 어째서 자신과는 맞지 않는 이 집에서 악착같이 버티는 것일까. 태희는 어머니 몰래 빈 별채에 누워 어머니가 없는 자신의 행복한 미래를 상상했다. 요즘은 한번 상상하기 시작하면 멈출 수가 없었다. 어머니의 부재를 전제로 한 상상은 날이 갈수록 정교해졌다. 다양한 선택지 중 가장 근사한 것을 고르느라 시간 가는 줄을 몰랐다. 그러나 태희는 죄책감을 느끼지는 않았다. 고아가 된 모습을 상상하는 것이야말로 자신에게 주어진 유일한 보상이라고 생각하기 때문이었다.

오정은 글을 쓰기 시작하자 완전히 다른 사람으로 변했다. 그는 전보다 더 자주 술을 마셨다. 어느 날에는 태희를 불러 함께 버스를 타고 시내로 나가 서점에서 책을 서른 권이나 사들고 들어왔다. 그는 앞의 몇 장을 보는 둥 마는 둥 하더니 서른 권의 책 중 마음에 드는 책이 단 한 권도 없다며 모두 태희에게 떠넘겼다. 그는 삶은 달걀 표면에 달라붙은 난각막을 손톱으로 긁어내며 죽고 싶다고 말했다. 역작을 완성하면 미련 없이 목숨을 끊을 것이라고 호언장담하기도 했다. 태희는 그의 입술에 묻은 달걀노른자가 거슬렸다. 아직 아무것도 완성하지 않은 채 공수표를 남발하는 그가 이해되지 않았다. 그즈음 그의 모습은, 처음 그가 보여준 문학에 대한 담백한 태도가 얼마나 오랜 시간 난련된 자의식으로 구현된 것이었는지를 방증하는 것 같았다. 태희는 술에 취해 평상에 드러누운 오정 너머 작업실로 눈을 돌렸다. 그곳의 빈 책상을 바라보았다. 날이 내내 흐려 낮인지 밤인지 구분이 되지 않았다. 책상은 어둠에 잠겨 모서리가 둥글게 마모되어 보였다. 저렇게 아름다운 책상이 있는데, 그곳에서 아무것도 하지 않다니, 아무것도 하지 않은 채로 괴로워하다니, 그럴 자격이 있을까.

장마가 끝나자 본격적인 더위가 시작되었다. 민박은 호황이었다. 한 달 치 예약이 모두 찼다. 투숙객은 커플이 대부분이었다. 그들은 걸을 때마다 삐걱대는 마루 소리만으로도 서로를 바라보며 큰 소리로 웃었다. 아침이면 별채의 분합문과 유리문을 활짝 열고는 보란듯이 폭이 좁은 대청에 서로 엉덩이를 붙이고 앉아 배롱나무 잎사귀가 바람에 파닥이는 것이 신기하다는 듯 손가락으로 가리켜 보였다. 맨발로 백자갈을 밟고는 간지럽다며 새소리를 냈다. 잡은 손을 놓지 않았다.

태희는 한동안 오정의 집에 가지 않았다. 오정을 생각하면 가슴 깊은 곳에서 지루함이 솟구쳤다. 그것은 태희가 살면서 경험한 수많은 지루함들, 이를테면 야외 현장학습이나 단체 영화 관람, 담임 선생님 면담 같은 것과는 근본적으로 달랐다. 그때의 지루함은 한밤중 몸 어딘가가 가려워 깨어났을 때, 가렵다고 생각한 부위를 아무리 긁어도 끝내 가려움이 가시지 않아 쩔쩔맬 때와 같은 사소하지만 끈질긴 고통에 가까웠다. 간혹 술에 취한 오정이 태희의 집을 찾아와 대문을 발로 차곤 했다.

초여름이면 마을엔 작은 공연들이 열렸다. 공연이라고 해서 대단한 것은 아니고, 단출한 인형극을 하거나 혼자 악기를 들고 노래를 부르는 게 다였다. 그래도 마을에선 보기 드문 구경이라, 날짜를 손꼽아 기다리는 사람들이 많았다. 태희는 아주 오래간만에 다리를 건넜다. 자의는 아니었고 어머니가 원했기 때문이었다. 태희와 어머니는 외길로 쭉 뻗은 관광단지를 지났다. 길이 좁은 탓에 조금만 중심이 흔들려도 옆 사람의 팔과 부딪혔다. 사람들은 집에서 말린 거무튀튀한 곶감이나 작은 방울이 달린 동전 지갑을 사기 위해 길 중간에 멈춰 섰다. 그 바람에 걸음이 뚝뚝 끊겼다. 태희는 조급한 마음을 고쳐먹었다. 쉽게 빠져나갈 수 있는 길이 아니었다. 태희의 어머니는 사람들의 걸음 속도에 따라 대나무로 만든 채반이나 효자손을 집어 손가락으로 툭툭 두드려보고는 다시 내려놓으며 시간을 보냈다. 닭다리 꼬치구이와 소시지를 파는 노점을 지나자, 불쑥 너른 마당이 나타났다. 이미 삼십 명가량의 사람들이 반원 모양으로 둘러앉아 있었다. 태희와 어머니는 공연장으로 발을 옮겼다. 뒤에 바싹 붙어 오던 커플 하나가 뒤따라 들어왔다.

여자는 팽이를 돌리고 있었다. 붉은색 플라스틱 팽이였다. 여자는 사람들의 이목을 집중시킨 뒤 손바닥 위에 팽이를 올려놓고 돌리기 시작했다. 사람들은 팽이의 뾰족한 바늘 끝이 손바닥을 뚫지는 않을까 어어, 감탄사를 냈다. 팽이가 안정된 회전력을 얻을 때까지 기다린 여자는 다른 손으로 접부채를 집어들어, 돌아가는 팽이를 부채 가장자리에 올려두었다. 이내 왼손으로 잡았던 부채를 오른손으로 옮겼다. 길이로 잡던 부채를 수직으로 추어올려 부채의 모서리 끝으로 팽이를 몰아, 사람들을 긴장시켰다. 태희의 어머니는 태희의 팔짱을 낀 채 양 손바닥으로 나팔 모양을 만들어 입 가까이에 대고 우우, 소리를 질렀다. 태희의 팔이 인형처럼 덜렁댔다. 여자가 호응에 힘입어 칼을 빼들었을 때, 태희의 시선이 맞은편 관객에게 닿았다. 그곳에 오정이 있었다. 오정은 술에 취한 듯 몸을 미세하게 좌우로 움직이고 있었다. 오정의 어깨가 옆자리 여자의 어깨에 닿자, 여자가 불쾌한 듯 미간을 구겼다. 태희는 겸연쩍은 표정의 오정을 내내 바라보았다. 팔짱을 낀 어머니가 자꾸 박수를 치고 태희의 어깨에 머리를 기대왔다. 태희는 어머니의 머리통이 너무나 무거워 어깨가 부서질 것만 같았다. 팽이가 칼날 위에서 빠르게 회전했다. 한번 회전력을 얻은 팽이는 좀처럼 무너지는 법이 없었다. 태희는 마음이 답답했다. 지리멸렬함이, 누군가가 주먹으로 가슴을 때리는 듯 강렬하게 느껴졌다.

마을 주민들의 평균연령은 사십오 세 정도였다. 고령일수록 농사를 짓는 경우가 많았다. 마을의 평균연령을 낮추는 젊은이들의 절반은 관광단지에서 아르바이트를 하거나 노점을 해 돈을 벌었고 나머지 절반은 시외버스를 타고 인근으로 출근을 했다. 주민등록만 되어 있을 뿐 실거주지는 다른 경우도 많았다. 주말이면 마을의 노인들은 다리를 건너 관광단지로 산책하러 가곤 했다. 그곳에서 아침으로 터무니없이 비싼 한정식이나 스파게티 따위를 사 먹으며 느긋하게 환담을 했다. 관광객을 위한 기념엽서와 손수건을 진열해둔 카페에 앉아 커피를 마시고 신문에 실린 십자말풀이를 했다. 유리창 너머로 끝없이 밀려오는 사람들을 보지 않는 척, 힐끔힐끔 시선을 던졌다. 그들은 한 발 떨어진 곳에서 낯선 활기를 체험했다. 그래서 부지런히 마을에 도착한 관광객들은 눈앞에 펼쳐진 풍경에 적잖이 당황하기도 했다. 마을 주민들의 높은 연령과 그들의 세련된 여가 생활에 놀란 것이었다.

태희는 오정의 소설을 읽은 적이 있었다. 그가 노트북을 열어둔 채 평상 위에 고꾸라져 있는 것을 태희는 담 너머로 설핏 보았다. 그는 잠이 든 것 같았다. 벌어진 입가에 허옇게 침이 말라붙어 있었다. 태희는 노른자를 묻힌 채 문학과 삶과 죽음에 대해 논하던 얇고 초라한 입술을 바라보았다. 그때를 떠올리자, 헛웃음이 나왔다. 오정에게 재능이란 게 있다면 그것은 지루함일 것이었다. 태희는 평상에 드러누워 뻥 뚫린 그의 입을 올려다보았다. 그 어니보다 깊고 어두운 동굴이 그곳에 있었다.

소설은 거구의 여자 하나가 마을로 향하는 길목에 들어서며 시작한다. 여자는 세 갈래로 나뉜 길목 가운데에 놓인 대추나무 한 그루에 눈길을 돌린다. 닭발처럼 끝이 오그라든 잎사귀를 매만지다 길을 지나는 노인에게 마을로 향하는 길이 어디인지 묻는다. 노인은 동쪽 길을 가리켜 보인다. 그러고는, 자네 그런데 남잔가 여잔가? 하고 묻는다. 그녀는 상냥하게 웃으며, 여잡니다, 라고 대답한다. 그리고 노인을 목 졸라 죽인다. 소설은 신원 미상의 여자가 고요히, 마을 사람들을 절멸시키는 과정을 그리고 있다. 마을의 전경은 이곳과 무척 닮았다. 산세가 빼어나고 인간이 살기에 이롭다.

인간의 감정은 어떤 메커니즘으로 이루어져 있는 것일까. 태희는 그 과정이 무척이나 궁금했지만 이해할 수 없었다. 인간은 이토록 모순적인데, 무엇을 위해 서로를 갈구하는 것일까. 태희는 산중턱에 숨어 있는 작은 암자를 향해 걸었다. 숲 깊숙이 숨어 있어 관광객들에게 알려지지 않은 곳이었다. 대나무 숲을 이십여 분 걸으면 길 끝에 산 정상으로 이어지는 작은 오솔길이 나타났다. 이곳의 지리가 익숙하지 않으면 길인 줄도 모를 정도로 눈에 띄지 않았다. 오솔길에 접어들어 다시 십여 분 정도 오르면, 너덜 지대에 이끼가 깔린 것을 볼 수 있었다. 균일하고 푹신한 이끼 위로 고사리들이 성큼 자랐다. 바로 거기에서 고개를 들면, 자그마한 절의 처마가 보였다.

이 암자는 비구니가 만든 것이었다. 비구니는 본래 공주였다. 사랑하는 남자가 있었으나, 신분의 차이를 극복하지 못했다. 그는 정원사였다. 공주는 결국 정략결혼을 했다. 얼마 지나지 않아 허무와 공허를 견디지 못한 공주는 하녀 하나를 데리고 궁을 빠져나왔다. 궁에서 가장 멀리 떨어진 남쪽으로 도망쳐, 비구니가 되었다. 발길이 닿지 않는 곳에 암자를 짓고 아무도 보지 못하는 정원을 가꾸며 여생을 보냈다.

태희는 사랑을 해본 적이 없었다. 그러나 상상해볼 수는 있었다. 태희는 두 가지의 서로 다른 예를 떠올렸다. 하나는 어린 시절

맞잡은 K의 부드러운 손이었다. 다른 하나는 숲에 은신하여 아무도 오지 않는 이 고요한 절간이었다. 바위마다 내려앉은 이끼 위로 물방울이 알알이 맺혔다. 이름을 알 수 없는 잡초들이 손톱 반만한 크기의 꽃잎을 틔웠다. 크기가 너무 작아 코가 닿을 듯 땅 가까이 얼굴을 가져가야 볼 수 있었다. 태희는 두번째 것이 더 마음에 들었다.

음의 속성

이영은 잠자리에 들기 위해 전등을 껐다. 어두워진다고 생각했는데, 눈앞에 희미한 빛이 어른댔다. 암막 커튼 사이로 불빛이 새어 들어오는가보았다. 이영은 고개를 돌렸다. 그러자 빛이 이영의 시선을 따라 움직였다. 어둠 속으로 손을 뻗어보았지만 닿지 않았다. 생각보다 멀리 있는 듯했다. 혹은 만질 수 없을 만큼 가까운 곳에 있는 것도 같았다. 얼굴 바로 앞에. 어쩌면 눈 안에. 문득 이영은 오른쪽 눈에 이물감을 느꼈다. 봄철 꽃가루가 눈에 들어갔을 때와 비슷했다. 눈을 감았다가 떴다. 빛은 가늘고 긴 형태로 이영의 시야를 가로막았다. 눈꺼풀 안쪽에 커다란 수포가 난 듯 부피감이 느껴졌다. 이영은 눈을 비벼보았다. 그래도 사라지지 않자, 덜컥 겁이 났다. 전등 스위치를 찾으려 벽을 더듬었다. 빛이 이곳에 있는데도 어둠이 가시지 않았다. 이상한 일이었다. 이영은 불을 켰다. 눈이 부셨다. 감은 눈을 떴을 때, 각막에 들러붙어 있던 빛은 사라지고 없었다.

일주일 뒤 이영은 안과 진료 예약을 했다. 빛은 사라졌지만, 이물감이 남았기 때문이다.

이것은 소리굽쇠입니다. 피아노의 기본 음높이를 맞추는 데 쓰는 진동체로 통상 440헤르츠로 설정되어 있습니다. 발생음이 일초당 440회 진동한다는 의미입니다. 그것은 피아노의 기준음이 되는 A음, 즉 라 음이 440헤르츠로 규정되어 있기 때문입니다. 이를 국제표준음고라 부릅니다만, 이 기준은 20세기 초 영미권에서 정한 규칙에 지나지 않습니다. 우리가 생각하는 것과 달리 기준음고는 절대적이지 않습니다. 이전 세기엔 지금보다 낮은 소리인 435헤르츠의 기준음을 사용한 적도 있습니다. 이후 사회적 분위기에 따라 더욱 높은 소리를 선호하게 되었는데, 한때 445헤르츠에 이르렀다고 합니다. 맑고 화려한 소리에 매료된 탓입니다. 기준음은 여기, 여든여덟 개의 건반 중 가장 낮은 음인 라를 시작으로 마흔아홉번째 건반입니다.

강의실 맨 뒷자리 수강생의 얼굴이 흐려 보였다. 이영은 손을 들고 질문하는 그의 얼굴을 보기 위해 미간을 잔뜩 구겼다. 그래도 잘 보이지 않았다. 그의 주변에 아지랑이가 일렁이는 듯했다. 오른쪽 눈꺼풀 안쪽에서 미열이 느껴졌다. 안경을 바꾼 게 올해 초였다. 어째서 눈이 갑자기 나빠진 것일까. 더 한 것도 덜 한 것도 없는데. 이영은 초점을 맞추는 데 신경을 쓴 나머지 자신이 오리처럼 입을 죽 내밀고 있다는 사실은 깨닫지 못했다. 앞자리에 앉은 수강생 하나가 이영의 표정을 흉내내며 웃음을 흘렸다. 이영은 영문을 몰랐지만, 잘못을 저지른 듯 부끄러웠다.

속초에서 조율 의뢰가 들어왔다. 두어 달 전 신문에 짤막한 인터뷰 기사가 실렸는데, 그뒤로 지방에서도 간혹 연락이 왔다. 업계가 예전처럼 호황은 아니었기에 이영은 대부분의 의뢰가 기꺼웠다.

기자는 삼십대 초반의 젊은 여성이었다. 이목구비가 자그마해 기억하기 쉽지 않은 얼굴이었지만, 알밤 같은 목소리와 거두절미한 말투가 인상에 남았다. 잘 알려지지 않은 직업을 다루는 기획기사의 일부였기에 질문은 이영의 일에 국한되었다. 조율 경력, 진입 경로, 수입, 난관, 신념, 비전 등 대체로 이영이 깊게 생각해본 적 없는 것들이었다. 이영에게 조율사란 연주자이기를 단념한 뒤 선택할 수 있었던 유일한 직업이었기 때문이었다. 유년 시절 내내 곁에 두었던 것이 피아노였다. 그것만큼 이영에게 친숙한 것은 없었다. 조율사가 되기로 마음먹은 뒤, 이영은 조금씩 어른이 되어간다고 느꼈다. 생계를 책임지고 사람들을 만나고, 설명하기 어려운 감정을 표현하려고 노력하지 않는 세계에 들어선 것 같았다. 그 자리가 이영에게는 맞지 않는 옷을 입은 듯 늘 어색했지만, 입을 다물고 깊게 생각하지 않기로 했다. 그러면 아무도 눈치채지 못했다.

조율이란 작업은 악기를 물적 대상으로 바라보는 데에서 출발했다. 악보 해석과 연주 기교, 음악성의 자리에 피아노의 메커니즘과 고객의 요구가 놓였다. 이영은 자신이 아직 연주자와 조율사 그 사이에 있다고 생각했다. 어쩌면 애매한 채로 머물고 싶은 것인지도 몰랐다. 피아노의 영혼에 대해 상상해보던 시절이 있었다. 음악의 매혹에, 음향의 불가사의한 힘에 사로잡히던 때가 이영에게 있었다.

이영은 어렵사리 지난 시간을 복기했다. 그러는 동안, 어떤 것은 말을 통해 사실보다 그럴듯해지고 어떤 것은 초라해진다는 것을 깨달았다. 이를테면 경력이나 좌우명 따위가 전자에 해당했고, 수입이나 전망이 후자에 들어맞았다. 말이라는 것에 적당함이란 없구나. 이영은 기자의 질문에 답하며 생각했다.

소리는 귀신 같은 것이 아닙니다. 물리적인 현상일 뿐입니다.

이영은 조율 수업 첫 시간에 들었던 그 말을, 그뒤로도 여러 번 되뇌었다. 그 명제를 떠올리는 동안 마음 한구석이 조금씩 부서지는 것을 느꼈다.

사람들은 피아노의 대부분이 나무로 이루어져 있다는 것은 알지만, 부위별로 사용하는 목재의 종류가 다르다는 것은 잘 모르는 것 같습니다. 이를테면 피아노의 향판은 울림을 키우고 소리를 지속시키는 역할을 하는데, 알래스카나 독일산 가문비나무를 씁니다. 가문비나무는 금속 현의 울림 중 높은 주파수의 진동을 흡수하고 낮은 주파수의 소리를 키우는 성질을 갖고 있거든요. 결과적으로 우리 귀에 듣기 좋은 소리로 남게 됩니다. 향판에 소리를 전달하는 브리지는 너도밤나무를, 건반은 참피나무를 이용합니다. 피아노의 외장은 내구력이 좋은 장미목이나 호두나무를 쓰고요. 피아노는 전혀 다른 생육 환경에서 자라난 나무들의 특장을 정교히 조합한 결과물입니다.

이영은 언젠가 한 그루 나무로 되돌아간 버려진 피아노에 관한 애니메이션을 본 일이 있었다. 안일한 상상력이었다. 만약 피아노가 나무로 돌아간다면 그것은 팔과 다리와 얼굴과 내장의 주인이 제각각인 괴물 같은 모습일 것이라고, 이영은 생각했다.

인터뷰는 한 시간가량 이어졌다. 이영의 이야기는 사실관계에 입각한 몇 줄의 문장으로 기사화되었다. 이영은 수사가 배제된 채 일목요연하게 정리된 자신의 이력에 자꾸 눈이 갔다. 타인의 것인 듯 느껴지는 거리감이 신기했기 때문이었다.

이영은 아홉 살 때부터 피아노를 배웠다. 음대에 지원했지만 떨어졌다. 재수를 준비하던 중 아버지가 돌아가셨다. 입시를 포기하고 군대에 갔다. 제대 후 어머니의 권유로 조율 학원에 등록했다. 손가락이 굳어 더는 연주할 수 없었다. 기능사 자격증을 취득한 후, 원장이 소개해준 조율사 밑으로 들어갔다. 박봉으로 운전사 노릇을 하며 조수 생활을 했다. 이영은 사 년 뒤 독립했다. 일주일에 두 번씩 학원에서 이론 수업 강의를 했다. 부르는 곳이면 어디든 마다하지 않았다.

이영은 휴대폰 진동에 눈을 떴다. 오늘의 일정을 알리는 메시지가 액정 가운데 떠 있었다. 오전엔 안과 검진이, 오후엔 속초 출장이 잡혀 있었다.

이영은 캡슐 커피 머신의 전원을 켰다. 전기 포트에 물을 채우고 찬장에서 머그잔을 꺼냈다. 아침이면 그는 에스프레소에 뜨거운 물을 잔뜩 부어 큰 컵에 담아 마셨다. 연하고 뜨거운 커피를 천천히 마시며 밤사이 경직된 근육을 풀고 있노라면 어느새 다가온 승희가 제멋대로 커피를 빼앗아 마시던 때가 있었다. 이영에게는 그날들이 아주 먼 과거인 듯 아득하기도 했고, 어제 일처럼 생생하기도 했다.

내비게이션 어플리케이션으로 동선을 살피던 그는 문득 창밖으로 시선을 돌렸다. 눈이 내리고 있었다. 방울 사탕만한 눈송이가 뚝뚝 떨어졌다. 드물게 큰 눈송이가 아니었다면 비나 우박으로 보였을 정도로 눈은 빠르게 수직 낙하했다가 불규칙한 모양새로 군집을 이룬 다세대주택 지붕 위로 사라져갔다. 시간이 조금 지나자 눈은 양상을 바꿔 사선으로 흩날렸다. 누군가 공중에 밀가루를 뿌린 듯 창 옆구리 쪽에서 분사되어 흩어졌다. 이영은 적막 속에서 그 어수선한 바깥을 지켜보았다. 그의 집에선 눈이 지상에 사뿐히 내려앉는 광경을 볼 수 없었다. 우레와 같은 빗소리도 들리지 않았다. 이곳에 있으면 바깥의 소란은 걸러지고 내부의 소리는 더욱 크게 들렸는데, 예를 들어 이영의 목소리 같은 것이 그랬다.

그는 일 년 전 이 오피스텔로 이사 왔다. 35층짜리 건물의 28층에 살았다. 이영은 땅과 가까운 풍경을 내려다보았다. 희끄무레한 2층짜리 빌라의 정수리들을, 옥상 가장자리로 언뜻 보이는 녹색 방수 페인트와 불법 증축한 원룸 형태의 가건물을, 낮은 빌라 사이로 삐죽이 치솟은 엉성한 마감의 주차 타워를 바라보았다. 저멀리 한강이 얇은 띠처럼 창을 가로질렀다. 뿌연 시야 때문에 강은 공중에 떠 있는 것 같았다. 그러다 문득 이중창 틈으로 새어 들어오는 냉기에 놀라, 이영은 뒤로 물러났다. 눈은 사그라졌다.

안과는 도화동에 있었다. 주말이라 그런지 이른 시간인데도 병원은 사람들로 북적였다. 대부분은 어린아이와 아이를 데리고 온 부모들이었다. 아이들은 소파에 엉덩이를 대고 있는 법이 없었다. 대기실 의자 사이를 미로처럼 오가거나 산을 넘듯 부모의 무릎을 타고 어깨 위로, 머리 위로 올라가려 했다. 이영의 옆으로 다가와 배꼽인사를 하는 아이도 있었다. 이영은 조금 쑥스러운 기분이 들어 살짝 입꼬리를 올렸다 내렸다. 그는 대기실 모니터에 여덟번째 순서로 뜬 자신의 이름을 바라보았다. 부모들은 용수철처럼 튀어오르는 아이들을 어르고 달래느라 정신이 없었다. 대기실을 갈지자로 휘젓고 다니다가 덥다고 칭얼대기도 했다. 신발을 벗고 싶다고 떼를 썼다. 그러다 간호사가 아이 이름을 부르면 어른들은 어깨 뒤로 넘어간 아이의 겉옷을 서둘러 고쳐 입히고는 아이를 안아 들고 진료실로 사라졌다. 이영은 문득 어째서 이렇게 많은 아이가 안과에 온 것인지 의문이 들었다. 눈이 다 자라지도 않은 것 같은데.

아이의 시력검사를 마치고 돌아온 여자 하나가 이영의 옆자리에 앉은 남자 곁으로 걸어왔다. 시력이 0.5밖에 되지 않는다며 울상을 짓다가, 별일 아니라는 듯 웃어 보였다. 눈은 유약한 장기다. 시력은 나빠지면 자연 치유되지 않는데 어째서 가볍게 여기는 건지 이영은 이해할 수 없었다. 동그란 은테 안경을 쓴 아이가 여자의 꽁무니를 따랐다. 한 손으로 쥐어질 듯 작은 머리통을 눈으로 좇던 이영은 두더지 한 마리를 떠올렸다. 어둠 속에서 느리게 자라난 짐승을, 빛을 보지 못해 그보다도 더디게 자라다가 말아버린 눈을 생각했다.

어디가 불편해서 오셨나요? 간호사가 이영에게 물었다.

눈이 좀. 눈에 이물감이 들어서 왔습니다.

언제부터였나요?

열흘 정도 됐습니다. 밤에 흰 것이 보인 적도 있고요.

흰 것이요? 간호사의 눈이 커졌다.

네. 흰 빛 같은 것이었는데, 눈앞에 나타났다가 불을 켜니까 사라졌습니다.

그건 언제쯤인가요?

그것도 열흘 정도 됐습니다.

간호사는 이영을 대기실로 돌려보냈다. 이영은 좀처럼 줄지 않는 대기 순번을 응시하다 휴대폰으로 시선을 돌렸다. 조율 의뢰인에게 문자 메시지를 보냈다. 종종 예약한 사실을 잊고 집을 비우는 경우가 있었기 때문이다.

언젠가 이영은 의뢰인을 한 시간 동안이나 기다린 적이 있었다. 송선생의 조수로 일할 때였다. 의뢰인은 요일을 착각해 외출해버렸다. 집은 비어 있었다. 8월 말 늦더위가 기승을 부렸다. 이영은 연희동 주택가 담벼락 가까이 차를 세웠다. 에어컨 바람을 싫어하는 송선생 때문에 차창을 열어두었다. 운전석 등받이에 티셔츠가 쩍쩍 달라붙었다. 복사열에 차 안이 후텁지근했다. 이영은 차문을 반복해서 열었다 닫았다. 차 안에 고인 열기를 빼내려는 것이었지만 날씨가 워낙 더워 소용없었다. 안이나 밖이나 덥기는 매한가지였다. 송선생은 미동도 하지 않았다. 원체 말수가 적은데다 늘 침통한 표정을 짓고 있어 말 붙이기가 여간 어려운 것이 아니었다. 송선생은 이제 막 칠순을 넘긴 나이였지만 겉보기로는 열 살쯤 더 들어 보였다. 엎어진 배 모양으로 내려간 입꼬리와 툭 튀어나온 아랫입술 탓이 컸다. 선생님, 시원한 것 좀 사오겠습니다. 더위를 견디다 못한 이영이 음료수를 핑계로 차를 빠져나왔다.

올라올 때 보아둔 편의점이 있었는데, 걸어내려가려니 한참이 걸렸다. 턱끝에 매달린 땀방울을 손등으로 닦았다. 편의점은 주택가가 시작되는 삼거리 가운데에 있었다. 이영은 수박바와 냉녹차를 샀다.

크고 아름다운 집들이었다. 집마다 마당에 무궁화나 감나무 따위를 심어두어 청량한 감이 있었다. 계절이 기울면서 꽃들은 얼굴이 커지고 잎은 색이 진해졌다. 이영의 머릿속에 승희의 얼굴이 떠올랐다. 언젠가, 라는 단어를 생각하면, 자연스레 승희의 이름이 따라붙곤 했다. 그의 입가에 옅은 웃음기가 돌았다. 해가 중천에 있어 골목엔 그늘이랄 것이 없었다. 이영은 직삼각형 아이스크림의 꼭짓점 부분을 크게 베어 물었다. 차 안은 찜통일 것이었다.

이영이 차로 돌아왔을 때 송선생은 눈을 감고 있었다. 무릎에 올려둔 공구 가방을 양팔로 끌어안은 채, 조수석 깊숙이 몸을 묻고 있는 모습이 눈에 들어왔다. 검버섯이 퍼진 다갈색 피부가 시트 색에 묻혀, 흰색 모시 남방만이 둥둥 떠 보였다. 반소매 아래 팔꿈치가 까맸다. 꼭 송장 같다. 이영은 생각했다. 그때 주먹만한 무언가가 발밑으로 툭 하고 떨어졌다. 이영은 놀라 뒷걸음질쳤다. 매미였다. 그제야 사방에서 요란하게 울어대는 매미 소리가 이영의 귀에 닿았다.

안압 검사를 마친 이영은 진료실로 향했다. 흰 것이 보이신다고요? 의사는 이영의 엉덩이가 진료 의자에 닿기도 전에 다짜고짜로 물었다. 이영은 당황했다. 무엇이 잘못된 것일까. 이상한 사람이라고 생각하는 걸까. 그는 가능한 한 침착하게 대답하려고 노력했다. 잠을 자려고 불을 껐는데, 도리어 하얀 빛 같은 것이 보였습니다. 빛이라고 하셨습니까? 네. 흰 막처럼 보이기도 했어요. 막이라…… 네, 귀신같이 하얀 것이 나타났다 사라졌습니다.

선생님. 이영이 낮은 목소리로 송선생을 불렀다. 눈꺼풀이 파르르 떨리며 천천히 열렸다. 검은자위와 흰자위의 경계가 누런 띠를 두른 듯 흐릿했다. 이영은 송선생에게 냉녹차를 건넸다. 짧은 사이 식어버렸는지 녹차 캔 표면에 알알이 물방울이 맺혔다. 송선생은 느리게 손을 젓고는 남방 주머니에서 손수건을 꺼내 이마를 닦았다. 이마를 닦은 손수건을 다시 반으로 접어 바지 주머니에 넣었다. 물이라곤 없을 것 같은 메마른 육체였다. 이영은 거치대 위에 녹차 캔을 올려두었다. 송선생은 끝내 손대지 않았다.

의뢰인은 양손에 장바구니와 비닐봉지를 들고 얼굴이 벌게진 채로 나타났다. 미안한지 연신 고개를 숙였다. 의뢰인은 짐들을 땅바닥에 내려두고 옆구리에 끼고 있던 손가방을 꺼내 열쇠를 찾았다. 반소매 티셔츠 겨드랑이에 동그랗게 땀자국이 났다. 기름인지 땀인지로 뒤범벅된 피부가 번질번질했다. 바닥에 내려놓은 비닐봉지의 벌어진 틈으로 자두와 참외 따위가 설핏 보였다. 이영은 무척 목이 말랐다. 송선생의 음료수를 마시고 싶었지만 그러지 못했다. 송선생 밑에서 조수 노릇을 한 지도 삼 년째였지만 늘 그가 어려웠다. 송선생은 좋아하는 것도 싫어하는 것도 없었다. 너그럽지도 엄격하지도 않았다. 그냥 거의 말을 하지 않았다. 그래서 더욱 조심스러웠다.

의뢰인이 송선생과 이영을 집안으로 들인 뒤 부산스레 방으로 부엌으로 집을 휘젓고 다니는 동안 둘은 거실 한복판에 멀뚱히 서 있었다. 함부로 가방을 내려놓지 않는다. 허락 없이 소파나 바닥에 앉지 않는다. 집을 두리번거리지 않는다. 마실 것을 요구하지 않는다. 그것이 송선생이 만든 출장 방문 규칙이었다. 그는 의뢰인의 집 화장실을 쓰는 일이 없도록 방문 전에 공중화장실을 찾아 다녀오곤 했다. 늙은 아무개가 자기 집 변기를 쓰면 기분이 좋겠소? 송선생은 언젠가 의아해하는 이영에게 되물었다.

이영은 신발을 벗고 의뢰인의 집 안으로 들어설 때마다 작은 수치심을 느꼈다. 땀에 젖은 양말을 보이는 것도 부끄러웠고 조율 공구가 든 낡은 가방을 깨끗한 바닥에 내려놓는 것도 눈치가 보였다. 그래서 이영은 독립한 후에도 송선생이 만든 규칙을 따랐다. 그것은 낯선 이를 집안에 들인 의뢰인을 배려하기 위한 것이기도 했지만, 타인의 공간에서 작업해야 하는 자신을 보호하기 위한 오랜 노하우이기도 했기 때문이었다. 의뢰인은 에어컨을 틀고 장바구니를 부엌으로 옮겼다. 냉장고에서 주스를 꺼내고 있을 때, 송선생이 머뭇머뭇 입을 뗐다. 미안하지만 화장실을 좀 써도 되겠습니까?

꽤 오랜 시간이 지난 후에도 이영은 공구 가방을 들고 화장실로 향하던 송선생의 뒷모습을 기억했다. 소금 가마니를 지고 걷는 듯 느린 발걸음과 겸연쩍음이 묻어나는 구부정한 허리와 다 닳아 없어진 양복바지 끝자락이 마음에 남았다.

이영은 알레르기성 결막염을 진단받았다. 이물감은 안구 표면에 돋아난 염증 탓이었다. 의사는 두 종류의 안약과 인공 눈물을 처방했다. 안약 하나는 하루에 네 번, 다른 하나는 하루에 두 번, 인공 눈물은 삼십 분 간격으로 투약해야 했다. 의사는 덧붙였다. 솔직히 흰 빛의 원인은 잘 모르겠네요. 그런 일이 또다시 생기면 저에게 알려주시겠습니까? 이영은 의사의 담백함을 가장한 무성의한 진단이 탐탁지 않았지만, 예의상 고개를 끄덕였다.

이듬해 송선생은 은퇴했다. 조촐한 술자리도 있었다. 그가 대단히 훌륭한 조율사였기에 그토록 오랜 세월 일을 할 수 있었노라고, 조율학원 원장은 건배사에서 말했다. 여전히 현역 활동을 이어나갈 수도 있었겠지만, 우리 이영 같은 젊은 조율사들을 위해 자리를 내어준 것이 아니겠냐고 상찬했다. 우리 선생님은 돌아가실 때도 소리굽쇠를 입에 물고 계실 분이야. 실장의 농담에 사람들이 박장대소했다. 그리고 어색한 정적이 이어졌다. 송선생은 천천히 젓가락을 들어 자기 앞에 놓인 숙주나물 몇 가닥을 입에 넣었다.

이영은 원장의 말이 반은 옳고 반은 그르다고 생각했다. 송선생은 우리나라 1세대 조율사였다. 만져보지 않은 피아노가 없을 정도로 경험이 많은 것도 사실이었다. 그러나 그가 은퇴한 건 후배들을 위한 것이 아니라 세 시간가량 걸리는 조율 작업 동안 오줌을 참지 못했기 때문이었다. 은퇴하기 전 몇 달간 송선생은 매번 죄지은 사람처럼 고개를 숙인 채 집주인에게 화장실 사용을 허락받았다. 이영은 그가, 자신이 세운 규칙과 어찌할 수 없는 생리 현상 사이에서 무력감을 느꼈으리라 짐작했다. 오십 년 가까이 이어온 생업을 중단시킨 것은 오랫동안 앓았던 건초염 따위의 질병이 아니라 작은 수치심의 반복이었다.

피아노의 말년은 생각만큼 아름답지 않습니다. 나무로 돌아간다거나 하는 일은 동화에서나 벌어지는 일입니다.

팔려간 피아노의 대부분은 일상에서 제 역할을 하지 못합니다. 거실 구석에 장식품으로 놓여 있기 마련이지요. 사람들은 그 위에 책을 쌓아두고, 외투를 올려두기도 합니다. 피아노는 조율을 마친 순간부터 현의 장력이 조금씩 약해지기 시작합니다. 육 개월만 방치해도 음이 현저히 떨어져요. 습도의 영향을 받아 부품이 휘거나 부러지기도 합니다. 부품 대부분이 나무로 만들어지니까요. 그러다 이사철이 되면 가장 큰 애물단지로 전락하게 됩니다. 건반 몇 개를 눌러보고는 고장난 악기 취급을 하며 싼값에 업자에게 떠넘깁니다. 업자들은 외장에 흠집이 없는 것을 골라 우리에게 복구를 의뢰하지요. 피아노는 버려진다 해도 폐기되지 않습니다. 다른 곳으로 팔려갈 뿐입니다.

피아노는 무척 예민한 악기입니다. 수명이 정해진 것은 아니지만 시간이 지날수록 쇠잔해가는 것은 막을 수 없습니다. 종종 대단히 연식이 오래된 피아노를 만날 때도 있습니다. 그땐 피아노를 거쳐간 수많은 손을 느낄 수 있습니다. 연주자의 손들과 조율사의 손들입니다. 그 늙은 악기의 배를 열어 장기 하나하나를 매만질 때면, 때때로 피아노의 한숨소리가 들리는 것 같아요. 긴 여행의 피로함 같은 것 말입니다. 그러나 어찌되었든 외장이 반파되지 않는 한 피아노는 조율과 조정을 거쳐 누군가에게 판매될 겁니다. 이전보다 떨어진 가치로 말입니다. 인간은 피아노를 쉽게 놓아주지 않습니다. 더 낮은 곳으로, 가능한 한 천천히. 그것이 피아노의 운명입니다.

의뢰인의 집은 속초시 교동에 있었다. 의뢰인은 삼 년 전 중고 야마하 업라이트 한 대를 샀다. 초기 모델인 U1이었다.

이영의 차는 강변북로로 진입했다. 정오의 햇볕이 차의 앞유리를 데웠다. 얼굴에 미지근한 온기가 닿았다. 아침에 눈을 보았던 것이 꿈인 듯싶었다. 눈은 흔적도 없이 사라졌다. 강물 위로 햇빛이 떨어졌다. 물결이 일렁이는 각도에 따라 물이 미세하게 색을 바꾸며 반짝였다. 이영은 어둠 속에서 자신의 눈앞을 가로막던 길고 가늘고 빛나던 흰 것에 대해 생각했다. 그것은 환상이었을까, 증상이었을까.

어릴 적 이영은 애매한 아이였다. 손가락은 빠른 편이었지만 악보를 꼼꼼하게 보지 않아 원장에게 자주 혼이 났다. 악보 전체를 한 장의 그림처럼 모호하게 받아들였던 이영은 올림표나 내림표가 붙은 4화음은 쉽게 짚어내면서도 낮은음자리표나 2옥타브 위에 걸린 음표들을 볼 때면 마치 처음 악보를 마주한 듯 두 손을 내려놓고 멍하니 바라보는 일이 잦았다. 악보를 마음속으로 순식간에 받아들이기도 했고, 오선 하나하나를 짚어 세어본 후에야 비로소 음을 찾아내기도 했다. 그리고 잊어버렸다. 이영은 오독을 고치는 데 늘 애를 먹었기에 곡을 완성하는 데 다른 아이들보다 긴 시간이 걸렸다. 그의 연주 실력은 곡에 따라 편차가 컸고, 그것은 곡의 빠르기나 형식, 혹은 작곡가와는 무관했기에 원장은 그가 무엇을 잘하는지 파악하는 데 애를 먹었다. 이영의 재능은 종잡을 수 없었다. 그것은 재능이 없는 거나 마찬가지였다. 원장은 언제나 느긋하고 성실한 성품이 그의 가장 큰 장점이라고 말하곤 했다.

이영이 피아노를 갖게 된 것은 학원에 다니기 시작한 지 삼 년이 지난 후였다. 어느 날 인부 둘이 육중한 악기를 들고 집안으로 들어왔다. 검은색 유광 피아노였다. 영창이란다, 영창. 따라 들어오던 어머니가 현관문을 닫으며 이영에게 속삭였다. 이영은 어머니의 자부심에 찬 목소리와 밝은 안색이 낯설었다. 좀처럼 웃는 법이 없는 사람이기 때문이었다. 이영이 아버지로부터 그 오래된 피아노가 어떻게 자신의 것이 되었는지에 대해 듣게 된 것은 몇 년이 흐른 뒤의 일이었다.

이영의 어머니는 독실한 기독교 신자였다. 주일이면 당뇨 합병증으로 녹내장을 앓던 남편을 데리고 교회에 가는 것이 한 주일의 가장 중요한 행사였다. 병이 낫길 기도했다. 적어도 그의 영혼은 구원받을 수 있으리라 믿었다. 월요일부터 토요일까지는 바지락 칼국수를 만들어 팔았다. 어느 날 이영의 어머니는 교회 증축 공사가 곧 시작될 것이며, 그전에 합창실의 낡은 피아노를 처분할 것이라는 사실을 목사로부터 전해 들었다. 그녀는 아들이 붙박이장처럼 피아노 학원에서 살다시피 한다는 것을 잘 알았다. 이래봬도 영창입니다. 목사가 거드름을 피웠다. 이영의 어머니는 영창이 무엇을 의미하는지 몰랐지만, 목사가 부르는 값을 고스란히 내고 피아노를 가져왔다. 그녀로서는 대단한 호기였다.

그러나 기쁨은 오래가지 않았다. 쭈뼛거리며 피아노 의자에 앉은 이영이 뚜껑을 열어보고는 울음을 터뜨렸기 때문이었다. 피아노 건반이 군데군데 주저앉아 있었다. 상아가 들리거나 떨어져나간 것도 있었다. 이영의 머릿속에 대문니를 검게 칠한 개그맨의 우스꽝스러운 얼굴이 떠올랐다. 악기는 저학년 아이들이 사인펜으로 흰 건반마다 옥수수를 그려넣은 학원 피아노보다도 초라해 보였다. 이영의 어머니는 결국 피아노값보다 더 많은 돈을 수리에 썼다. 그래도 이게 찬송가만 연주하던 피아노란다. 어머니가 종교적 신심으로 자위하는 동안 어린 이영은 가슴 깊이 상처받았다. 그는 오랜 시간이 지나고 나서야 그때의 감정이 치욕스러움이었음을 알았다.

이영은 가평 휴게소로 차를 돌렸다. 요기라도 할 참이었다. 아침 일찍 서두르느라 끼니를 놓쳤다. 아무것도 먹지 않았다는 사실을 잊고 있었다. 오전 내내 긴장해 있었던 탓이다. 도화동을 벗어나자 갑자기 허기가 몰려왔다. 누군가에게 걷어차인 것처럼 배에 묵직한 통증이 느껴졌다. 휴게소 뒤편 산등성이에 비듬처럼 허옇게 눈이 올라앉아 있었다. 차가운 공기에 머리뼈가 쩡하고 울렸다. 이영은 핫바 하나를 입에 물었다. 휴게소 안으로 들어가 떡라면을 시켰다. 다 먹은 후엔 차에서 챙겨온 여행용 칫솔을 들고 화장실로 향했다. 커피 한 잔을 샀다.

그 시절 이영이 즐겨 쳤던 곡은 모차르트의 느린 소나타였다. 스물세 살의 모차르트는 파리를 여행하던 도중 병으로 어머니를 잃었다. 어머니의 객사로 아버지와의 관계도 돌이킬 수 없게 되어버렸다. 고아가 된 것이나 마찬가지였던 그해 여름, 모차르트는 아다지오 하나를 썼다. 서글픈 선율이 돋보이는 짧은 피아노곡이었다. 이영은 그 곡을 되풀이하는 동안 자신도 그처럼 되길 바랐다. 어머니를 잃은 자신의 모습을 반복해서 상상했다. 늘 바닥에 주저앉아 배추를 써는 어머니의 모습이 보기 싫었다. 텁텁한 고춧가루 냄새도 고역이었다. 짭짤한 조개 국물도, 진흙이 씹히는 바지락 살도 더는 먹고 싶지 않았다. 매주 아버지를 끌고 가다시피 교회로 향하는 어머니의 뒷모습을 볼 때면, 서로를 향해 엎어진 브이 자 모양으로 기울어진 야윈 어깨들을 보고 있노라면, 이영은 희미한 비참함을 느꼈다.

서울 양양 고속도로를 지나는 동안 셀 수 없이 많은 터널이 나타났다. 어둠이 익숙해질 즈음이면 환한 빛이 간헐적으로 쏟아졌다. 이영은 졸지 않았지만 매번 잠에서 깨어난 듯한 기분이 들었다.

피아노의 전신 악기인 하프시코드는 현을 뜯어 소리를 내는 건반악기였다. 음색은 명료하고 고상한 감이 있었으나 섬세한 셈여림의 표현은 불가능했다. 뇌우가 몰려오듯 크고 웅장한 소리를 내고 싶어도, 새벽녘 유리창에 빛이 스며들듯 여리게 치고 싶어도 할 수 없었다. 17세기 이탈리아의 하프시코드 제작자였던 크리스토포리는 이러한 악기의 단점을 보완하고자 새로운 액션을 고안했다. 건반과 현 사이에 장착하여 소리의 발생을 돕는 기구인 액션을, 기존의 현을 뜯는 방식이 아니라 가죽이 달린 해머로 쳐서 소리를 내는 구조로 바꾼 것이다. 그는 단지 셈여림의 풍부한 표현을 원했던 것뿐이었지만, 결과적으로 과거의 하프시코드는 사라졌다. 사람들은 이 매혹적인 악기를 그라비쳄발로 콜 피아노에 포르테, 즉 여린 소리와 센 소리를 내는 커다란 하프시코드라 불렀다.

어째서 연주자들은 그토록 한없이 여리거나 센 소리를 구현하길 바랐던 것일까. 이영은 소리의 낙차가 빚어내는 감정의 진폭에 대하여 생각했다. 감정이 풍부한 것이 아름다운 것일까. 그러한 아름다움이 삶에도 적용 가능한 것인지, 문득 의문이 들었다.

이영은 의뢰인의 안내에 따라 거실을 가로질렀다. 문을 열자 사방에 방음재가 부착된 작은 공간에 업라이트피아노 한 대가 덩그러니 놓여 있었다. 맞은편 구석에 제습기가 있었는데, 지금은 작동하지 않는 것 같았다. 이영이 공구 가방을 피아노 의자 위에 내려놓자, 의뢰인이 생각났다는 듯 피아노 위에 올려둔 악보집과 작은 액자를 집어들었다. 사진 속에는 젊은 여자가 어린아이를 가슴에 끌어안고 있었다. 이영은 못 본 척 시선을 돌려 피아노 상단 모서리의 경첩을 열었다. 뚜껑을 연 뒤, 앞판을 제거했다. 피아노의 뼈대가 훤히 드러났다. 이영은 건반을 들어냈다. 프레임에 먼지가 뿌옇게 내려앉아 있었다. 새끼 거미 한 마리가 빠르게 지나갔다.

미세하게 틀어져 있던 해머의 간격을 조정한 그는 소리굽쇠를 피아노 모서리에 가볍게 친 뒤 입에 물었다. 송선생의 방식이었다. 튜닝 어플리케이션을 쓸 수도 있었지만, 이영은 처음 배운 방법을 유지하는 것이 좋았다. 피아노의 기준음이 소리굽쇠의 주파수와 일치하지 않으면 공기의 간섭현상에 따라 음의 흔들림이 발생한다. 그럴 땐 윙윙거리는 소리가 귓가에 맴도는데, 이를 맥놀이라 부른다. 이영은 튜닝 해머를 튜닝핀에 단단히 꽂아 넣어 맥놀이가 생기지 않을 때까지 현을 조였다. 그사이 의뢰인은 거실로 나간 듯했다. 이영의 귀에 의뢰인의 나지막한 말소리가 들렸다. 그는 조율된 라 음을 기준으로 다른 옥타브의 라 음들을 조율해나

가기 시작했다.

언젠가 이영은 승희와 함께 아현동에 간 적이 있었다. 이영은 아현동에서 유년을 보냈다. 일부러 찾아간 것은 아니고 홍대에서 맥주를 마신 뒤 신촌 방향으로 길을 걷다 우연히 발길이 닿은 것이었다. 슬레이트 지붕을 얹은 단층 가옥들이 좁은 골목을 사이에 두고 마주보고 있었다. 모서리가 마모된 낮은 담장 위로 담쟁이덩굴이 방사형으로 퍼져나갔다. 밑이 깨진 장독에 흙을 채워넣고 국화나 고추를 심어둔 간이 화단들도 둘씩 짝지어 대문 옆에 자리했다. 이영은 기억 속 풍경에서 크게 변하지 않은 동네의 모습에 놀랐다. 둘은 포석이 깔린 길을 따라 주택가 깊숙이 들어갔다. 가로등이 드문드문 나타나다, 어느새 어둠 속이었다. 향수를 느낀 이영은 자신도 모르게 조금 더 깊은 곳으로 발을 내디디고 있었다. 그만 돌아갈까? 승희가 이영의 팔에 자신의 몸을 밀착시키고는 손깍지를 끼며 말했다. 승희는 동네가 낯선 듯 보였다. 어둠이 무서운 것 같았다. 그리고 그런 감정을 이영에게 내보이고 싶어하는 것도 같았다.

우리 아버지 맹인이었어. 이영은 발길을 돌리며 재채기하듯 툭, 말을 뱉었다. 승희가 발을 멈추고 이영을 바라보았다. 먼 곳의 가로등 불빛이 승희의 뒤통수에 희미하게 닿았다. 귀가 붉었다. 농담이야. 이영은 형식적으로 입꼬리를 올렸다가 내렸지만 승희는 한동안 말이 없었다. 둘은 다시 신촌 방향으로 걷기 시작했다.

이영의 말은 반은 맞고 반은 틀린 것이었지만 다시 그 이야기를 꺼내는 일은 없었다. 그뒤로 승희는 이영의 눈동자를 가만히 들여다보는 일이 잦았다. 무언가를 찾는 사람처럼 한동안 그의 눈을 응시하다가, 이영이 승희를 마주 바라보면 이내 안심한 듯 시선을 돌리곤 했다.

제 피아노 소리가 너무 가벼운 건 아닐까요? 맑긴 하지만 진중한 맛은 없는 것 같아서요.

문지방에 선 의뢰인이 이영에게 물었다. 말소리가 들리는 쪽을 향해 뒤를 돌아본 이영은 해머의 머리 부분으로 시선을 옮겼다. 해머는 양털을 압축해서 만든다. 타현할수록 양털의 거친 표면이 서로 엉겨붙어 조직이 단단해진다. 해머가 단단하면 소리는 높고 쨍하다. 악기 주변의 습도가 지나치게 높다면 해머의 조직은 성글어지게 마련이다. 그럴 때 소리는 뭉툭하고 명료함이 떨어진다.

피아노는 자신의 소리를 타고납니다. 야마하는 바삐 움직이는 벌새 같습니다. 날카롭고 청량한 아름다움이 느껴지지요. 반면 스타인웨이는 넓게 호선을 그리며 나는 독수리 같습니다. 먼 데서 들려오는 둥근 소리입니다. 정음을 한다면 미세한 교정은 가능하겠지만 본래의 소리를 바꿀 순 없어요.

그는 해머의 머리 부분에 신중히 침을 꽂아넣었다. 지나치게 단단한 조직을 성글게 하려는 것이었다. 건반 하나를 가볍게 눌러보았다. 음이 고요히 방안에 퍼져나갔다. 이영은 자신에게 다가오는 의뢰인의 인기척을 느꼈다. 그러나 뒤돌아보지 않았다.

파도

연정은 재래시장에서 대파와 삶은 유채 나물, 연근, 그리고 두부 한 모를 샀다. 갓 튀긴 방울 어묵도 조금 사고 싶었지만, 참았다. 연정은 어묵을 에워싼 채 자글대는 누런 기름을 멍하니 바라보다 뒤를 돌았다. 기껏해야 삼천원인데. 연정은 휴대폰의 메모장을 열었다. 얼마 전부터 장을 보러 가기 전에 필요한 물품을 적어두고 그 외의 충동구매는 자제하고 있었다. 연정의 머리에 이제 막 갚기 시작한 아파트 대출이자와 차 할부금이 떠올랐다. 연정의 남편은 두 달 전 연정을 설득해 제네시스로 차를 바꿨다. 영업사원한테 차는 백그라운드 같은 거야. 좋은 차를 타야 뭐라도 있는 줄 안다니까? 연정은 영업에 대해 아는 것이 없어, 그 말이 옳겠거니 했다. 의료 보험료도 삼 개월이나 밀렸다. 의료 보험료는 돈이 없어서 밀린 것은 아니었지만 삼 개월 치가 쌓이니 목돈이 되었다.

연정은 시장 입구를 향해 걸음을 옮겼다. 생선 비린내가 훅 끼쳤다가 사라지는 동안, 갓 튀긴 어묵을 엄지와 검지로 집어 한 알씩 입에 넣는 상상을 했다. 입안에 퍼지는 고소한 기름 냄새와 쫄깃한 식감, 그리고 기름으로 뒤범벅된 손가락을 혀로 샅샅이 핥을 때의 쾌감을 떠올렸다. 그런데 갑자기 양팔에 힘이 쭉 빠졌다. 팔에도 영혼이 있어서 지금 막 육체를 버리고 홀연히 사라진 것만 같았다. 그러자 모든 것이 부질없게 느껴졌다. 손에 들린 시장 가방이 납덩이처럼 무거웠다. 연정은 허리를 깊게 숙이고 네발짐승처럼 두 팔을 질질 끌며 시장 입구를 향해 걸었다. 골목이 좁아 사람들이 자꾸만 어깨를 치고 지나갔다. 연정은 뒤로 나자빠지려는 몸을 간신히 지탱했다.

연정은 시장으로 들어서는 중년 여자의 앞을 가로막았다. 시장 가방의 무게를 더는 견딜 수 없었기 때문이다. 가방을 양손으로 받쳐들고 여자의 눈앞에 가져가며 말했다. 이거 가지실래요? 연정의 말에 여자가 뒷걸음질쳤다. 네? 이거, 제가 지금 막 산 건데요, 대파랑 유채 나물이랑 두부랑 여기, 안을 보시면 밑에 연근도 있어요. 들고 가기 귀찮아서 그러는데 그냥 가지세요. 여자는 주춤댔다. 말의 진위를 가리기 어려웠기 때문일 것이다. 미친 여자라고 생각하는지도 몰랐다. 연정은 여자의 대답을 기다리는 대신 입꼬리를 올려 의례적으로 미소 짓고는 발밑에 시장 가방을 내려놓았다. 우산이 잔뜩 그려진 연초록색 나일론 가방이 무게중심을 잃고 대파 쪽으로 기울어지자, 여자가 어머 어머 감탄사를 내뱉으며 자신도 모르게 가방의 벌어진 입구를 추어올렸다. 연정은 시장을 빠져나왔다.

연정은 단지 바람을 좀 쐬고 싶었다. 삶에 회의가 들었거나 일상에 환멸을 느껴서가 아니었다. 그냥 몸이 좀 무거웠다. 머리도 아픈 것 같았다. 차가운 바람을 쐬면 나을 것 같았다. 연정은 발길 닿는 대로 천천히 걸었다. 장바구니가 없으니 팔에 조금씩 힘이 돌아오고 있었다. 그러자 굽었던 허리가 저절로 펴졌다. 뻐근한 뒷덜미를 매만지며 정수리를 곧추세워보았다. 틀어진 뼈들이 제자리를 찾은 기분이었다. 연정은 짐승에서 인간이 된 것 같다고 느꼈다. 그 생각이 재미있어서 설핏 웃음을 흘렸다. 인간이나 짐승이나.

하염없이 걷던 연정은 발을 멈추고는 새삼 고개를 들어 주위를 둘러보았다. 불광역 앞이었다. 앉은뱅이 의자에 앉아 깐 더덕을 파는 노인을 피해 입구 가까이 다가갔다. 계단이 낭떠러지처럼 가팔라 보였다. 연정은 손잡이를 짚으며 조심스레 계단을 내려갔다.

역사 안 원형 벤치 앞에서 연정은 외투 주머니를 뒤지다 말고 벽 쪽으로 몸을 틀었다. 거울에 비친 자신의 모습을 확인하기 위해서였다. 검은색 모직 코트와 엉덩이를 살짝 덮는 길이의 굵은 짜임이 들어간 베이지색 스웨터, 검은색 레깅스와 민무늬 플랫 슈즈를 차례로 훑었다. 맨발의 납작한 발등 위로 도드라진 푸르스름한 혈관들이 초라해 보였지만, 전체적으로는 나쁘지 않았다. 연정은 단발머리 한쪽을 귀에 꼈다. 좌우로 고개를 돌려보다가 다시 머리카락으로 귀를 덮었다. 작은 칼귀라 그런지 영 폼이 안 났다. 정전기 때문에 머리카락이 손가락에 달라붙어 풀풀 날렸다. 손바닥으로 머리카락을 쓰다듬자 전보다 더 심하게 뻗쳤다. 짜증이 난 연정은 개찰구 쪽으로 몸을 돌렸다. 코트 주머니에 손을 찔러넣었다. 잡히는 것은 휴대폰이 전부였다. 휴대폰 케이스에 끼워둔 교통카드 겸용 신용카드를 꺼냈다. 사용할 때마다 항공사 마일리지가 쌓이는 카드였는데, 결제 금액이 적어서인지 마일리지 적립률이 인색해서인지 사 년 동안 쌓은 마일리지로는 제주도조차 갈 수 없었다.

연정은 상행인지 하행인지 확인하지 않고 가까운 개찰구로 들어갔다. 플랫폼에 도착해보니 하행선이었다. 어느 쪽이든 상관없었다. 그냥 바람을 좀 쐬고 싶을 뿐이니까. 언제든 되돌아가면 그만이라고, 연정은 생각했다.

평일 오후라 열차 안은 한산했다. 연정은 빈자리에 엉덩이를 들이밀며 휴대폰의 문자 메시지 창을 열었다. 남편에게 문자를 보내야 하나 잠시 생각했지만, 어차피 퇴근 전엔 들어갈 것이었다. 연정은 냉장고의 마른반찬과 며칠 전 비상용으로 사둔 레토르트 육

개장을 떠올리며 휴대폰 케이스를 닫았다. 열차 시트 아래에서 온풍이 나왔다. 갑작스러운 온기에 피부가 따끔거렸다. 발등이 얼어 있었나보았다. 11월 초순이었지만 제법 바람이 찼다. 곧 발 전체가 땡땡하게 부어올랐다. 플랫 슈즈가 답답하게 느껴졌다. 연정은 신발을 반만 벗은 뒤 발가락을 쫙 폈다가 오므리곤 다시 신발에 발을 구겨넣었다. 경직됐던 몸이 노곤하게 풀리며 잠이 쏟아지기 시작했다. 무악재역 도착을 알리는 안내 방송이 아득히 멀어져갔다.

꿈속에서 연정은 임종을 앞두고 있었다. 친정아버지가 침상을 지켰다. 늙은 아버지의 얼굴이 너무도 창백하게 질려 있어, 연정은 죽어가면서도 그의 미약한 심신이 걱정될 정도였다. 아버지를 달래고 싶었지만, 말은 입 밖으로 새어나오기도 전에 목구멍에서 힘없이 사그라졌다. 퀴퀴한 냄새가 진동했다. 연정은 그것이 자신의 몸에서 나는 냄새인지 아버지에게서 나는 것인지 구분할 수 없었지만, 상관없었다. 어차피 둘 다 쇠락해가는 중이니까. 다행히 냄새는 곧 가라앉았다. 그러나 연정은 냄새가 사라진 것이 아니라 자신의 후각이 기능을 다했기 때문이라는 사실을 본능적으로 알아챘다. 숨소리가 일정한 간격으로 잦아들어갔다. 서서히 느려지는 호흡이, 마치 단조로운 선율의 경음악처럼 감미롭게 들렸다. 연정은 잠시 낭만적인 기분에 휩싸였다. 지나온 삶을 돌아보고 싶었지만, 아무것도 기억나지 않았다. 신체 말단부터 감각이 사라지기 시작했다. 드디어 죽는구나. 연정은 죽는 것이 슬프지도 기쁘지도 않았다. 아쉽지도 홀가분하지도 않았다. 죽음의 순간엔 어떠한 가치판단도 감정도 개입하기 어려운 엄연함이 존재하는 것 같았다. 그러는 사이, 순식간에 눈앞이 어두워졌다. 곧이어 더 깊은 어둠이 연정의 의식 위로 내려앉았다. 그것은 연정이 경험한 가장 완벽한 암전이었다. 적막이었다.

얼마나 지났을까. 연정은 자신의 몸을 끝없이 문지르는 누군가의 손을 느꼈다. 등에 닿는 감촉이 마치 타일 바닥처럼 축축하고 차갑고 미끈했다. 자신의 이름을 부르는 다정한 목소리가 먼 곳에서 들려오는 듯 아득했다가, 차츰 크고 또렷해졌다. 연정은 슬며시 눈꺼풀을 들어올렸다. 형광등 불빛이 눈을 쪼아댔다. 반사적으로 고개를 돌렸다. 곧이어 서서히 주변 풍경이 눈에 들어왔다. 구석에 민트색 반신욕기가 보였다. 익숙한 공간이었다. 우리집 욕실이네. 눈이 빛에 완전히 적응되자 연정은 고개를 들었다. 벌거벗은 여자 하나가 때수건으로 연정의 정강이를 밀고 있었다. 티끌 하나 없는 눈부신 나신이었다. 그런데 여자 얼굴이 낯이 익었다. 연정은 상체를 일으켜 좀더 가까이 들여다보았다. 우리 언니잖아.

여자는 연정의 죽은 언니였다. 언니는 오 년 전 미시령 톨게이트 부근에서 추돌 사고로 사망했다.

연정은 역삼동에 있는 비즈니스호텔 앞에 서 있었다. 올봄 결혼기념일에 남편과 저녁을 먹었던 뷔페 레스토랑이 이 호텔 3층에 있었다. 그날 남편은 삼십 분이나 늦게 도착했다. 눈으로 연정의 테이블을 찾아낸 그는 자리를 안내하는 레스토랑 매니저를 앞질러 큰 보폭으로 걸어왔다. 의자에 점을 찍듯 앉았다가 일어나더니 다짜고짜 가자, 라고 말했다. 연정은 변명도 사과도 없이 진열된 음식을 향해 돌진하는 남편의 뒷모습을 바라보다가, 양복 재킷 안감이 터진 채 바깥으로 빠져나와 너덜거리는 것을 발견했다. 연정은 재킷을 벗으라고 말하려다 관뒀다. 와이셔츠 역시 볼품없이 구겨져 있을 것이 뻔했다.

연정이 접시에 샐러드와 냉국수, 버섯볶음과 참치초밥 두어 개를 오밀조밀하게 담아오는 동안, 남편은 LA갈비를 산처럼 쌓아왔다. 다른 손에는 물김치가 담긴 작은 볼도 들려 있었다. 그는 자리에 앉자마자 서버를 불러 메뉴에는 없는 흰밥을 한 공기 시켰다. 갈비와 함께 먹을 생각 같았다. 이게 여기서 단가가 제일 셀걸. 빠른 속도로 갈비만을 공략하는 그는 여러모로 능숙해 보였다. 너무 자주 와서 더 볼 것도, 기대할 것도 없다는 듯 굴었다. 남편의 그러한 태도는 연정에 대해서도 마찬가지였다. 결혼기념일이라고 해서 달라지는 건 없었다. 이제 겨우 세번째인데. 연정은 납작한 갈비뼈를 갈고리 모양으로 잡고 있는 그의 엄지와 검지를 바라보았다. 넓적한 미색 손톱과 개구리 발처럼 둥글고 투박한 손끝이 육즙과 기름으로 뒤범벅되어 있었다. 그뒤로 남편은 네 번 더 LA갈비를 가져다 먹은 뒤에야 맥주 한 잔을 받아왔다.

파스타를 담던 연정은 빈 LA갈비 트레이 앞에서 접시를 든 채 서성이는 남편을 발견했다. 트레이 너머로 요리사가 빠른 속도로 석쇠 위의 고기를 뒤집고 있었다. 남편은 염치를 모르는 사람처럼 석쇠를 뚫어져라 바라보았다. 자리로 돌아가기 전에 연정은 물김치를 떠다 먹었는데, 남편과 같은 이유는 아니었고 체기가 있었기 때문이었다.

연정이 호텔 투숙을 결정한 것은 다분히 충동적이었다. 열차 안에서 잠이 깬 연정은 자신 앞에 병풍처럼 빼곡히 들어찬 사람들을 보고 놀랐다. 누구도 연정을 쳐다보진 않았지만, 모두가 위에서 그녀를 내려다보는 모양새를 하고 있었기에 연정은 죄지은 양 주눅이 들었다. 침이라도 흘렸을까 싶어 입가를 닦아냈다. 열차가 멈춰 서자 연정은 역을 확인할 새 없이 문으로 몸을 던졌다. 교대역이었다.

연정은 역사를 빠져나왔다. 교대역은 친정아버지의 한약을 지어주러 온 적이 있었다. 원장이 워낙 유명해, 예약 후 진료를 받는 데까지 삼 개월이나 걸렸다. 그 덕인지 친정아버지는 지금껏 연정의 유일한 혈육으로 살아남았다. 아버지는 연신내의 허름한 빌라에서 홀로 살았다. 퇴직금으로 아래층 집을 사들여 세를 놓았다.

워낙 외진 데 위치한 투룸 빌라여서 용돈벌이 정도밖에 안 됐다. 연정의 아버지는 월세와 연금으로 생활비를 충당하며 연정에게 손 벌리지 않고 독립적으로 살아갔다. 성실한 삶에 대한 작은 보상이었다. 그것은 연정에게 대단히 다행스러운 일이었지만, 달리 말하면 아버지가 살아생전 연정에게 줄 수 있는 건 아무것도 없다는 뜻이기도 했다.

연정은 큰길을 따라 무작정 걸었다. 익숙한 풍경인데도 곳곳에 변화가 있어 지루하지 않았다. 곧 낯선 거리가 이어졌지만 집으로 되돌아가고 싶지는 않았다. 나온 지 얼마 되지도 않았는데. 두어 차례 지하보도를 오르내리자 번화가가 나타났다. 대형 멀티플렉스와 티브이에서 명소로 소개된 햄버거집, 4층짜리 스파 브랜드의 옷가게들이 줄지어 있었다. 사람들의 연령대나 옷차림도 사뭇 달랐다. 커피색 스타킹에 짧은 청미니스커트를 입고 품이 큰 야구점퍼를 걸친 십대 무리가 지나갔다. 젊고 밝았다. 걸음이 빠르고 활기가 있었다. 강남역을 지나자 역삼역을 가리키는 도로 표지판이 나타났다. 연정은 불현듯 멀지 않은 곳에 위치한 비즈니스호텔이 떠올랐다. 뷔페 레스토랑의 이름도 기억났다. 레스토랑의 상호가 '카페'여서, 남편에게 여러 번 되물은 기억이 있었다. 레스토랑이 아니라 카페야? 거기서 밥도 팔아? 아니 멍청아, 레스토랑 이름이 카페라고.

남편은 늘 친구처럼 편안했다. 격의도 없었다. 때론 너무 예의가 없다고 느껴졌지만, 부부 사이에 예의란 게 다 무슨 소용인가 싶기도 했다. 편안함과 설렘을 동시에 가질 순 없는 노릇이었다.

문득 연정의 머릿속에 기억이란 수족관의 광어 같은 것일지도 모른다는 생각이 스쳐갔다. 밑바닥에 몸을 숨기고 있던 것이, 뜰채로 휘저어 수면 위로 건져올리면 생생하고도 격렬하게 팔딱거리지 않는가.

호텔 입구에 도착한 연정은 다리가 아팠다. 플랫 슈즈의 밑창이 너무 얇아, 발바닥 근육이 찢어질 것만 같았다. 뉘엿뉘엿 해가 저물고 있었다. 초고층 빌딩의 유리 마감재 위로 주황색 빛이 비스듬히 내려앉았다. 연정은 시간을 확인해야겠다고 생각했지만, 주머니에서 손을 꺼내고 싶지가 않았다. 볼이 얼얼했다. 엘리베이터 문이 열렸다. 연정은 자연스레 로비로 향하는 버튼을 눌렀다. 조금 쉬었다가 가는 것도 나쁘지 않을 것 같아서였다. 연정은 스탠더드 더블 베드룸을 결제했다. 돈이 조금도 아깝지 않다고, 마음속으로 되뇌었다. 사 먹지 못한 삼천원어치 어묵이 머리를 스쳐갔다. 이 정도는 자신에게도 쓸 권리가 있었다. 객실은 9층에 있었다.

욕조에 물을 받는 동안 연정은 세면대에서 브래지어와 팬티를 빨았다. 오래 입은 속옷은 이염과 마모로 원래 색을 알아보기 어려웠다. 물에 젖은 브래지어의 레이스가 너덜너덜했다. 훅 주위로 일어난 보풀들을 잡아 뜯었다. 패드의 물기를 쥐어짜다 고개를 들자, 나체로 속옷을 빨고 있는 자신의 모습이 거울에 비쳐 보였다.

세면대 아래 수건걸이에 속옷을 널어둔 연정은 욕조에 발끝부터 조심스레 몸을 담갔다. 견디기 어려울 정도로 물이 뜨거웠지만, 그렇다고 찬물을 섞고 싶진 않았다. 수만 개의 세침에 찔린 듯 물에 잠긴 피부가 따끔거렸다. 연정은 손가락 끝이 허옇게 불어날 때까지 욕실에 머물렀다. 오랜 시간 공들여 몸을 닦았다.

너 어디야? 아, 내가 말 안 했나? 무슨 말을 해, 니가? 나 대학 동기 모임 왔어. 저녁 먹고 갈 거야. 무슨 대학 동기 모임을 해, 너 친구 없잖아? 왜 이래, 나 친구 있어. 너 친구 만나는 거 본 적 없는데? 친구 없는 사람이 어딨어? 아 몰라, 언제 와? 저녁만 먹고 갈게.

침대에 누워 티브이 채널을 돌리던 연정은 남편에게서 전화를 받았다. 연정은 리모컨으로 소리를 줄이고 대수롭지 않게 통화를 했다. 미리 생각해둔 것은 아니었지만 거짓말도 자연스레 나왔다. 남편의 목소리에 짜증이 묻어 있긴 했지만 크게 신경쓰지 않는 듯했다. 남편은 원래 무신경했다. 연정은 살면서 그것이 대단히 훌륭한 덕목으로 여겨질 순간이 오리라고는 생각해본 적 없었다. 연정은 남편을 좋아했다. 남편은 장점도 많았다. 생활력이 강했고 자신에게 맞벌이를 강요하지도 않았다. 가족계획에 대해서도 느긋한 편이었다. 자기과시적이고 속물적인 경향이 있었지만, 그것을 위선으로 포장하지 않는 것은 단점을 상쇄할 만한 장점이었다. 남편은 거래처로 보내는 명절 선물 중 가격이 저렴해 티가 덜 나는 것들을 빼돌려 연정의 아버지에게 보내곤 했다. 아버지는 때마다 화과자나 곶감, 생강청 등을 받았다. 단것을 좋아하지 않는 아버지는 그것들을 받는 족족 세입자에게 나누어주곤 했지만, 마음만은 고맙게 여긴다고 입버릇처럼 말했다. 연정은 '마음만은'을 발음하는 아버지의 목소리 끝자락에 매달린 아쉬움을 진즉 알아챘지만 모르는 척했다.

언니의 죽음 이후 연정은 도망치듯 결혼을 서둘렀다. 아버지와의 관계가 돌이킬 수 없게 된 것 같았다. 모두가 상처받았기에 누구도 위로해줄 수 없었던 탓이었다. 서로의 아픔을 보듬으며 함께 치유해나가는 서사는 그야말로 전래 동화 같은 것이었다. 그것은 구성원 중 누군가는 덜 상처받아야 가능한 것이었다. 덜 고통받거나, 다른 이들보다 빨리 상처를 극복한 누군가가 있을 때. 그런데, 그런 것이 가능한 걸까?

그날 이후 연정에게 집은 지옥이나 다름없었다. 연정은 결혼 전까지 마지못해 아버지와 함께 살면서 아버지가 언니에게 저질렀던 사소한 악행들을 떠올렸다. 아버지가 저지른 일상적인 잘못들이 쌓여 언니를 사고가 일어난 그곳으로 밀어넣은 것 같았다. 대학 시절 용돈을 끊어 무리하게 아르바이트를 하게 만들었던 것이며, 학자금 대출을 갚아주지 않아 죽기 직전까지 빚에 허덕이게 한 것 등이 불쑥불쑥 떠올랐다. 자립심을 키워준다는 명목으로 악착같이 자신의 노후만을 챙기는 아버지가 신물이 났다. 아버지에게 따져 묻고 싶었다. 그때 왜 언니가 만나던 남자를 탐탁스럽지 않아했는지, 그래서 언니가 남자친구와 여행을 가기 위해 가족 모두에게 숨기고 새벽에 몰래 집을 빠져나가게 했는지, 그래서 한 번 더 볼 수 있었던 그 얼굴을 못 보게 했는지, 이른 아침 살얼음 낀 고속도로가 아니었다면, 어쩌면 죽지 않았을 수도 있었는데, 어째서 아버지는 매번 나쁜 결정을 내리는지, 왜?

연정은 입고 있던 샤워 가운을 벗었다. 배가 고팠다. 오래간만에 땀을 뺐더니 시원한 맥주 한 모금이 간절했다. 연정은 수건걸이에 걸어둔 팬티를 집었다. 브래지어는 하지 않을 참이었다. 옷이 두꺼워 어차피 티 나지 않았다. 남편은 종종 브래지어를 하지 않은 채 티셔츠를 걸치고 외출하려는 연정을 붙잡아 세웠다. 야, 미쳤어? 다 티 나. 연정은 코웃음을 쳤다. 하나도 티 안 나는데? 누가 다른 사람 가슴만 뚫어져라 보냐며 얼버무리려는 연정을, 남편은 기어코 다시 불러 세웠다. 어떤 놈 팔에 스치기라도 하면 어쩔래? 그는 브래지어를 할 때까지 연정의 가슴을 빤히 쳐다보았다. 정확히는 유두가 있을 것으로 추측되는 자리를 노려보았다. 그 모습이 연정에게는 놀이터 모래사장에서 오십원짜리 동전을 찾는 더벅머리 아이처럼 보였다. 별거 아닌 일에 사활을 거는 어리석음, 그 얄팍한 소유욕이 귀여우면서도 치사했다.

연정은 수건으로 팬티를 감싸 물기를 대강 제거하고는 헤어드라이어로 말렸다. 나일론 재질이라 오래 걸리지 않았다.

바는 2층에 있었다. 홀은 크게 두 개로 나뉘어 기능했다. 왼쪽엔 출입구와 프런트 데스크로 이어지는 로비가 있었다. 출입구 계단을 내려가면 호텔 뒤편 옥외 주차장이 나왔다. 그 옆엔 객실을 오가는 엘리베이터가 있었다. 오른쪽 공간은 칵테일 라운지로 꾸며놓았다. 간이 바가 있었는데, 비즈니스호텔이라 그런지 간단한 주류와 음료수 정도만 판매하는 것 같았다. 라운지 가장 안쪽엔 노트북 등을 연결할 수 있도록 콘센트가 설치된 대형 테이블이 있었다.

연정은 2층을 크게 한 바퀴 돌았다. 체크인을 마친 사람들의 손에 인형이 하나씩 들려 있었다. 여행 가방을 끄는 곰 인형이었다. 그러고 보니 프런트 데스크 한쪽에 샘플 인형이 놓여 있는 것이 아닌가. 아까는 왜 보지 못했지? "십 주년 기념"이라고 적힌 작은 패널이 직립한 곰의 뒷다리에 기대어 있었다. 연정은 어째서 자신은 인형을 받지 못했는지 의문이 들었다. 직원이 깜박한 것일 수도 있었다. 특정한 호텔 검색 사이트와 연계된 기념품인 것도 같았다. 인형이 갖고 싶은 것은 아니었지만, 연정은 가벼운 소외감을 느꼈다. 여자 혼자 왔기 때문이었을까? 행색이 초라하다고 느꼈던 것일까? 연정은 자신의 옷매무새를 살폈다. 레깅스의 무릎 부분이 늘어나 쪼글쪼글했다. 플랫 슈즈 앞코가 미세하게 닳아 있는 것도 지금 막 발견했다. 연정은 객실로 돌아가 룸서비스를 시킬까 고민하다가 라운지에 머물기로 했다. 자신도 이곳에서 즐길 권리가 있었다. 연정은 오기가 생겼다. 연정은 칵테일 라운지 안쪽의 대형 테이블에 자리를 잡았다. 소파에 앉고 싶었지만, 빈자리가 없었다.

연정은 맥주를 시키려 했다. 그러나 바 담당 서버가 보이지 않았다. 주위를 둘러보았지만 프런트 데스크를 제외한 어디에도 호텔 직원은 없었다. 난감했다. 그리고 거북했다. 공교롭고도 사소한 이 모든 일들이, 이곳이 연정과는 어울리지 않는 곳임을 드러내 보이는 것만 같았다. 연정은 휴대폰을 열었다. 시계는 여덟시 삼십분을 가리키고 있었다. 무료했다. 전화를 걸거나 문자를 보낼 만한 사람도 없었다. 남편 말대로 연정은 친구가 없었다. 참석할 송년회 하나 없이 집에서 연말을 보낼 때면 남편은 술에 취해 들어와 연정에게 끝없이 시비를 걸었다. 너 왕따냐. 넌 어떻게 된 애가 친구 하나가 없냐. 너 왕따냐고 묻잖아, 엉? 그러나 연정은 대수롭지 않게 넘겼다. 성격이 모나서 친구가 없는 것이 아니라, 지나치게 평범해서 눈에 띄지 않았던 것뿐이라고 자위했다. 이제는 남편이 곁에 있었다. 그걸로 충분하다고 생각해왔다.

연정은 포털 사이트 상단에 링크된 신문 기사를 차례로 열어 보며 직원이 나타나길 기다렸다.

맥주 드실래요?

연정은 갑작스러운 목소리에 놀라 고개를 들었다. 대각선 맞은편에 앉은 남자가 연정을 바라보고 있었다. 연정은 남자가 자신에게 말을 건 게 맞는지 확신하지 못해 눈만 껌벅댔다. 저 지금 맥주 주문하러 바에 갈 건데, 같이 주문해드릴까요? 기다리는 것 같아 보여서요. 남자는 연정을 응시하며 다시 한번 나긋나긋한 말투로 설명했다. 그는 줄곧 노트북으로 무언가를 하고 있었다. 너무나 몰두하고 있어서 투명한 벽으로 둘러싸인 것 같다는 느낌마저 들었다. 그런데 그가 연신 두리번거리는 자신을 보고 있었다니, 연정은 일순 부끄러움이 몰려왔다. 아, 네. 연정은 머리를 주억거리며 대답했다. 남자가 가볍게 미소를 지어 보이더니 바를 향해 걸었다. 바에는 내내 없던 직원이 자리해 있었다.

그는 자신을 여행 작가 교실의 간사라고 소개했다. 내일 군산으로 출사를 갈 예정인데, 세부 일정을 확인하느라 여념이 없었노라고, 묻지도 않은 설명을 덧붙였다. 무척이나 목이 말랐던 연정은 그가 말을 하는 동안 금세 맥주 한 잔을 비웠다. 연정이 빈 잔을 테이블에 내려놓자마자 남자는 손을 들어 직원을 불렀다. 그토록 기다려도 나타나지 않던 직원은 그가 손을 가볍게 드는 것만으로도 먼 곳에서 알아채고 잰걸음으로 다가왔다. 내가 찾았을 땐 어디에 있었던 것일까? 곰 인형과 마찬가지로 단지 운이 없었던 것

뿐이었을까? 서로 타이밍이 맞지 않았던 것이었을까? 연정은 아무래도 좋았다. 이제야 자연스럽게 상황이 흘러간다고 느꼈다. 순간 의자도, 맞은편에 앉은 그도, 이 호텔도 편안하게 느껴졌다. 그는 연정에게 묻지도 않고 맥주를 한 잔 더 주문했다. 직원은 연정의 맥주잔 옆에 놓인 객실 카드를 확인해 방 번호를 적었다.

이야기의 주제는 자연스레 여행 작가 교실로 흘러갔다. 그는 회원수가 만 명가량 되는 인터넷 카페를 운영하고 있다고 했다. 오프라인 강좌도 분기별로 열리는데, 한 강좌당 수강생 수가 오십 명에 이른다고도 했다. 그는 매달 명사들을 불러 특강을 열었다. 그가 대는 이름 중 반수는 연정도 들어본 적이 있었다. 인문학자, 소설가, 시인, 방송국 피디 등 분야도 다양했다. 그는 그 자신이 세 권의 여행기를 낸 작가이면서 카페의 주인장이고, 여행 작가 교실의 강사이자 간사라고 설명했다. 그는 해야 할 일이 너무 많아 때때로 다 그만두고 싶지만, 회원들의 열정과 지속해서 배출되는 좋은 글들 덕분에 가까스로 버티고 있노라고 말했다.

여행 에세이 창작에서 중요한 것은 깨달음입니다. 사실 우리는 일상의 사소한 요소를 통해서 새로운 깨달음을 얻을 때가 있지 않습니까? 여행기는 그 반대입니다. 우리 눈앞에 펼쳐지는 낯선 풍경, 경이로운 자연경관, 인상적인 순간을 통해 인생의 보편적 진리를 깨닫고 삶을 겸허히 수용하는 법을 배우는 것이죠. 그래서 여행기는 흐름이 중요합니다. 소설이랑 비슷해요. 혹시 소설 써보셨나요? 작중인물이 부푼 꿈을 안고 모험길에 올라 성장한 뒤 귀환하지 않습니까? 여행기 역시 이러한 전통적 서사 원리 안에 있어야, 읽는 이의 감동을 유발한답니다. 여행중 마주치는 어려움을 우연과 인연, 재기로 이겨내고 무사히 집으로 발길을 돌릴 때의 기쁨과 아쉬움을 진득하게 써주는 것이 좋습니다. 결정적으로 소설과 다른 점이 있다면, 아마도 진실성이겠죠? 여행기는 너무 꾸미면 안 돼요. 투박하더라도 내면의 진정성을 고스란히 보여주는 것이 핵심입니다.

그는 나이를 가늠하기 어려웠다. 인상도 순식간에 변했다. 여행과 글쓰기에 관해 이야기할 땐 청년처럼 순수하고 자긍심에 찬 눈빛을 하다가도, 은밀한 등산 모임에 대해 이야기할 때는 닳고 닳은 느낌이 들었다. 산에서 종종 바지 한쪽을 정강이까지 걷어붙이고 다니는 사람들 본 적 있습니까? 그게 일종의 짝짓기 표식이랍니다. 수꿩이 암컷을 향해 깃을 활짝 열어 보이는 거랑 같은 의미라는 겁니다.

연정은 그의 농담에 맞장구치며 웃어 보였다. 그리고 자신의 웃음소리가 묘하게 들떠 있음을 알아챘다. 그러자 이내 자리가 거북하게 느껴졌다. 종잡을 수 없는 그의 성격과 유부녀라는 자각이 무방비한 연정의 내면에 제동을 걸었다. 직원이 연정의 방 번호를 적어갈 때 그가 힐끔 쳐다본 것도 같았다. 연정은 유리컵 바닥에 고인 맥주를 마저 입에 털어넣었다. 자리를 파할 셈이었다. 그러나 연정이 입을 열기 직전, 그가 재빠르게 말을 낚아챘다.

우리 그만 일어날까요?

연정은 객실로 돌아가기 전에 편의점에 들렀다. 컵라면 한 개와 맥주 두 캔을 집어들었다. 소시지도 하나 골랐다. 술을 좀더 먹고 싶었다. 살짝 취기가 오르니 허기가 졌다. 편의점 창 너머로 어둠 속에서 빛을 발하는 빌딩의 허리께가 보였다. 계산을 마친 연정은 편의점 문을 나섰다. 테헤란로를 따라 물길을 막는 거대한 둑처럼 초고층 빌딩이 도열해 있었다. 건물 뒤편으로 잎맥처럼 섬세하게 퍼져나간 골목에 술집들이 덕지덕지 달라붙어 있었다. 연정은 깊게 한숨을 쉬었다. 공중에 입김이 서렸다.

남자는 헤어지기 직전, 연정에게 명함을 내밀었다. 여행 작가 김경석. 연정은 저도 모르게 소리 내어 발음해보았다. 남자의 이름 아래엔 이메일 주소와 휴대폰 번호가 적혀 있었다. 내일 군산 출사, 같이 가지 않을래요? 남자는 어느덧 한없이 순수하고 열정적인 청년의 얼굴로 돌아와 있었다. 내일은 이십 명 정도가 참여합니다. 사진작가분도 참여하실 예정이라, 눈으로 보기만 해도 꽤 재미있을 겁니다. 원래 참가비가 센데 저의 재량으로 그냥 조용히 따라오시기만 하면 됩니다. 남자는 정중했다. 크게 강요하지도, 재미를 과장하거나 부풀리지도 않았다. 그가 믿을 만한 사람인지 믿을 만한 사람인 척하는 것인지 연정은 판단할 수 없었지만, 제안에 솔깃한 것은 사실이었다.

연정은 책상 위에 명함을 올려두었다. 내일 아침 일곱시 삼십분에 용산역 광장 에스컬레이터 앞에서 집결한다고 남자는 말했다. 연정은 서둘러 맥주 캔을 땄다. 전기 포트에 물을 올렸다.

연정은 벨소리에 잠에서 깨어났다. 협탁 위를 더듬어 휴대폰을 찾았다. 남편이었다. 남편은 새벽 여섯시부터 서른 통의 전화를 걸고 일곱 개의 문자를 보냈다. "너 미쳤어?"로 시작된 메시지는 "무슨 일 있는 거야? 문자 보면 제발 연락 줘"라는 애절한 내용으로 변했다가, 곧 "집에 들어오면 가만 안 둘 줄 알아, 이년아"라는 협박으로 이어졌다. 연정은 남편에게 답장하려다가 시간을 확인하고는 부리나케 욕실로 뛰어갔다. 여섯시 사십분이었다.

택시를 타고 도착한 용산역에는 아무도 없었다. 이른 시간이라 오가는 사람 없이 한산했다. 연정은 시간을 확인했다. 일곱시 이십육분이었다. 연정은 용산역 광장을 좌우로 가로질러보았다.

이십여 분을 기다린 연정은 주머니에서 남자가 준 명함을 꺼냈다. 휴대폰 배터리가 얼마 남지 않았다. 그사이 남편에게서 두 통의 전화가 더 걸려와 있었다. 지금쯤 남편은 출근중일 것이었다. 남자는 연결음이 두어 번 울리자 곧장 전화를 받았다.

김경석씨 되시나요? 저 한연정이라고 하는데요. 어젯밤 바에서…… 네, 좋은 아침이네요. 그런데 광장에 아무도 없어서요. 제가 시간을 착각한 것일까요? 아…… 일곱시 삼십분 열차였었군요…… 집결이 아니라…… 아, 아니에요. 괜찮습니다. 제가 살짝 취해 있어서 잘못 들었나보네요. 아, 지금이요? 아…… 한번 알아볼게요. 네. 네에. 아…… 여보세요?

연정은 여덟시 삼십육분발 열차표를 샀다. 그가 군산항 근처의 중국집 이름을 대는 동안 전화기 전원이 꺼져버렸다. 배터리가 다 된 것이었다. 열차를 기다리는 동안 역사 안 편의점에서 생수 한 병을 샀다. 급하게 나오느라 일어나서 지금껏 물 한 모금 마시지 못했다. 연정은 꺼진 휴대폰 액정을 가만히 들여다보았다. 남편에게 연락했어야 했는데, 공교롭게도 그러지 못했다. 연정은 어제 시장에 간 일이 꿈결처럼 느껴졌다. 그곳에서 맡았던 어묵 냄새가 어린 시절 추억처럼 아득했다. 그로부터 너무나 많은 시간이 흘러서 이젠 돌이킬 수 없게 된 것만 같았다. 용서를 빌고 잘못을 바로잡을 수 있는 때를 오래전에 놓치기라도 한 듯, 모든 게 새삼스럽게만 느껴졌다. 연정은 시장에서 자신이 무엇을 했는지 곱씹어보았지만 잘 기억나지 않았다. 내가 무엇을 샀던 걸까. 누군가에게 선물을 준 것 같은데. 애초에, 시장에 왜 갔던 거지. 시장에 가긴 갔던 걸까. 연정은 생각을 거듭할수록 기억이 지워지는 기이한 경험을 하고 있었다. 남편이 얼마나 목이 빠지게 연락을 기다리고 있을지, 군산에 도착하면 그들을 만날 수는 있는 것인지 짐작할 수 없었다. 알 수 없는 것이 너무 많아 맥이 풀렸다.

열차가 서서히 출발했다. 잠이 쏟아졌다. 아침부터 찬바람을 맞은 탓인가보았다. 숙취 때문인 것도 같았다. 연정은 점점 빠르게 뒷걸음질치는 풍경을 바라보았다.

연정은 종종 이런 꿈을 꾸었다.

언니의 장례식이었다. 그런데 상주인 아버지가 보이지 않았다. 연정은 건물 계단을 오르내리며 아버지를 찾았다. 엘리베이터는 운행이 중지되어 있었다. 연정은 계단을 오르내리느라 온몸이 땀에 젖었다. 상복 솔기에 겨드랑이가 쓸려 쓰라렸다. 다른 빈소를 두리번거렸으나, 아버지는 어디에도 없었다. 연정은 언니의 빈소로 돌아왔다. 빈소 옆에 마련된 방에 들어서자, 친척들이 모여 고스톱을 치고 있었다. 호상도 아닌데. 연정은 그들이 야만적으로 느껴져 방문을 거칠게 닫았다. 뒤를 돌아보자, 아버지의 모습이 눈에 들어왔다. 저만치서, 조문객들 틈에 끼어 밥을 먹고 있었다. 연정은 아버지에게 달려들 기세로 뛰어갔다. 육개장에 밥을 말아 훌훌 마시는 아버지의 플라스틱 밥그릇을 빼앗아 던져버렸다. 아버지는 아랑곳하지 않았다. 생선전을 먹었다. 가자미식해를 손으로 집었다. 연정이 아무리 그릇을 빼앗아도 아버지의 식탁엔 계속해서 접시가 올라왔다. 아버지가 게걸스레 절편을 입에 욱여넣었다.

연정은 그 꿈을 너무 자주 꿔서 이제는 꼭 실제로 있었던 일 같았다. 그래서 아버지에게 전화를 걸어 고함을 지르고 욕을 하고 싶을 때가 있었다.

군산항의 중국집엔 아무도 없었다. 어쩌면 이미 점심을 먹고 다음 목적지로 떠났을지도 몰랐다. 연정은 그들보다 한 시간가량 뒤처져 있었기 때문이었다. 연정은 그들의 다음 일정을 알지 못했으므로, 한동안 중국집 홀 가운데에 멍하니 서 있었다. 주머니 속 명함을 만지작거렸다. 전화기를 빌려 남자에게 연락해볼 수도 있었다. 그러나 연정은 그만두기로 했다. 남자는 충동적으로 제안한 것일지도 모른다. 가볍게 던진 말이었는데, 자신이 순진하게 걸려든 것일지도 모른다. 눈치 없이 이곳까지 따라와 끈질기게 달라붙는 것처럼 보일 수도 있었다. 최악의 경우, 그의 말이 모두 거짓일 가능성도 있었다. 만약 거짓이라면, 그는 어째서 그렇게 수고를 들여서 자신을 속인 것일까? 속이는 것에 성공했다는 사실 외엔 얻는 게 아무것도 없는데.

연정은 가게문을 열었다. 문틈으로 미지근한 바람이 훅 들어왔다. 연정은 몸으로 바람을 밀며 바깥으로 나섰다. 따듯했다. 그래도 남쪽이라 이건가. 연정은 이제 어디로 가야 할지 생각해야 했다. 입이 바짝 말랐다. 코트 주머니에 쑤셔넣은 생수병을 꺼냈을 때, 누군가 연정의 이름을 불렀다. 연정이 소리가 들린 방향으로 고개를 들자, 가게 앞 주차장에 세워둔 승합차에서 남자 하나가 내렸다. 그였다. 그가 연정을 향해 성큼성큼 다가오고 있었다.

차는 해안도로를 달렸다. 회원님들을 철새 도래지에 내려주고 오는 길입니다. 엇갈리면 어쩌나 걱정했어요. 그는 미세하게 들뜬 목소리로 말을 이어나갔다. 연정은 자신에게 다가오던 그 모습을 떠올렸다. 그의 뒤편으로 일렁이던 햇빛을 생각했다. 그 순간 밀려오던 안도감과 그 즉시 찾아온 가벼운 긴장감을, 그리고 그 모든 것을 압도하는 거북함을 복기했다.

연정은 한낮의 바다를 바라보았다. 물결은 잔잔했다. 수면 위로 기름이 자글대듯 햇빛이 부서져내렸다.

창가에 뺨을 대고 정수리를 치고 지나가는 바람을 느끼던 연정은 오랫동안 잊고 있었던 어릴 적 추억 하나를 기억해냈다.

연정이 일곱 살 무렵의 일이었다. 연정의 가족은 목포의 작은 해수욕장으로 피서를 갔다. 연정은 세 살 터울인 언니를 따라 바다로 갔다. 얕은 해변에서 물장구를 치며 놀던 연정의 언니는 조금씩 더 깊은 곳으로 발을 디뎠다. 수영을 곧잘 했던 연정의 언니는 두려움 없이 나아갔다. 연정은 물 밖으로 나가고 싶었다. 무서웠다. 이윽고 발이 지면에 닿지 않게 되자 연정은 덜컥 겁이 났다. 언니의 목에 매달렸다. 그만 나가자고 떼를 썼다. 그러나 언니는 고개를 끄덕일 뿐, 수심이 더욱 깊은 곳으로 향하고 있었다. 그사이 물살에 휩쓸린 연정이 언니의 목을 놓쳤다. 사실 자신이 언니의 목을 놓친 것인지, 언니가 자신의 팔을 뿌리친 것인지 정확히 기억나지 않았다. 그러나 연정의 뇌리에 생생히 떠오르는 한 가지 장면은 있었다. 그것은 물에 빠져 허우적대는 자신을 지켜보던 언니의 냉담한 얼굴이었다.

연정은 마음에 파도가 이는 것을 느꼈다. 그것이 되살아난 기억 때문인지, 운전석에 앉은 남자 때문인지는 알 수 없었다. 그러나 확실한 것은 그것이 이전의 삶으로는 결코 되돌아갈 수 없을 만큼 커다란 파도라는 사실이었다.

대지의 노래

* 케네스 맥밀런이 안무한 작품의 제목.

선은 꿈에서 깨어났다. 명치 부근에서 묵직하고 따듯한 기운이 느껴졌다. 선의 고양이 렌이었다. 렌은 터키시앙고라와 아메리칸 쇼트헤어의 교잡종으로 누리끼리한 바탕색 위에 푸른색 마블 무늬가 희미하게 떠 있어 모양새가 애매했다. 선은 곧 가슴이 답답해졌다. 얼마 전 중성화 수술을 받은 후로 렌은 부쩍 살이 쪘다. 몸을 틀어 모로 눕자, 렌이 미끄러지지 않으려고 균형을 잡는 듯하더니 침대 아래로 재빠르게 뛰어내렸다. 온기가 순식간에 사라지자 선은 자세를 바꾼 것을 후회했다. 렌은 거실의 일인용 소파로 잠자리를 옮길 것이었다. 선의 눈앞에 남편의 얼굴선이 희미하게 드러나 보였다. 가파른 이마와 움푹 파인 눈두덩이, 가운데가 살짝 융기한 두툼한 콧날이 있었다. 규칙적인 숨소리와 함께 미지근한 콧김이 선의 인중에 닿았다. 선은 침대에서 몸을 일으켰다. 발끝으로 바닥을 더듬어 실내화를 찾았다. 마룻바닥의 찬기가 발끝을 찌를 때마다 뒷목이 뻣뻣해지도록 신경이 곤두섰다. 선은 얇은 리넨 커튼을 조심스레 젖혔다. 아직 빛은 오지 않았다. 대문 너머 가로등이 정원 잔디를 어슴푸레 비추고 있었다.

선은 어둠 속에서, 더욱 어둡게 흔들리는 나무 한 그루에서 눈을 떼지 못했다. 나무는 불에 탄 재 같기도 했고, 다른 세계로 통하는 거대한 맨홀처럼 보이기도 했다. 눈앞에 펼쳐진 희미한 풍경 위로 간밤 꿈속에서 보았던 광경이 겹쳐 보였다. 꿈속에서, 선은 높게 쌓아올린 장작더미와 그 위로 아무렇게나 던져놓은 시신을 응시하고 있었다. 조각보를 짜듯 얼기설기 끼워맞춘 팔다리가 세 쌍이었다. 한 뼘 남짓한 길이의 종아리가 푸르스름했다. 시신에 불이 붙었다. 선의 세쌍둥이가 불타고 있었다.

선은 거실 구석에 놓아둔 일인용 발레 바를 향해 다가갔다. 요가 매트를 펼치고는 맨발로 올라섰다. 공기는 차고 습했다. 젖은 풀 비린내와 흙내가 뒤섞여 썩은 분뇨 냄새가 났다. 이곳에 터를 잡은 지 일 년 가까이 지났지만, 그 냄새엔 영 익숙해지지가 않았다. 그러나 선은 이곳에 대해 어떠한 불평도 하고 싶지 않았다. 불만을 늘어놓자면 끝도 없었다. 냄새는 새벽녘에 정점에 이르렀다가 해가 뜬 뒤 서서히 사그라졌다. 선은 터틀넥 스웨터를 덧입었다. 아크릴섬유의 까슬까슬한 촉감이 턱끝에 닿았다. 봄은 요원했다.

선은 평온한 삶을 원했다. 지금보다 더 안정된 삶을, 경쟁이나 사회적 의무, 강요된 사교성으로부터 자유로운 일상을 바랐다. 선이 지금의 남편을 선택한 것도 비슷한 이유에서였다. 그는 선보다 스무 살이 많았다. 선은 그에게서 나이든 남자의 안정과 성숙, 삶에 대한 타협적 자세 따위를 기대했다. 동네 내과의였던 그가 일찍이 일선에서 물러나 연고도 없는 지방에 자리잡고자 했을 때, 선은 선뜻 동참했다. 운영하던 발레 교습소도 미련 없이 접었다. 마음의 평화, 영혼의 안식. 선은 누구도 자신을 알지 못하는 곳에서라면 그런 것이 가능하리라 믿었다.

선은 바 앞에 섰다. 발뒤꿈치가 배꼽 앞으로 오도록 오른다리를 들어 바 위에 올렸다. 발의 바깥쪽 날이 바를 감싸듯 휘어졌다. 철제 바는 차디찼다. 툭 불거진 선의 발등이 완만한 경사의 구릉 같았다. 높은 발등은 선의 오랜 자부심이었다. 타고난 신체에 혹독한 훈련을 더해 완성한 결과물이었다. 선은 옹이가 진 발가락 마디를 주물렀다. 빠지고 새로 나기를 수차례 반복한 발톱이 깨진 보도블록 같았다. 선은 지난 이십오 년간 하루도 빼놓지 않고 바를 잡았다. 왼다리를 귀 옆으로 잡아올리며, 굳게 닫힌 세쌍둥이의 방문을 힐끔거렸다. 선은 문을 열어 아이들의 모습을 확인하고 싶었다. 꿈 때문이었다. 빈 침대만이 자신을 맞이할지도 모른다는 불안이 마음속에서 번져갔다. 그러나 단지 꿈이었다. 근거 없는 감정에 휘둘려선 안 된다. 선은 이내 마음을 다잡았다. 몸은 간단한 준비 동작만으로도 금세 데워졌다. 근육은 언제든 뛰어오를 수 있도록 항상 적절한 긴장을 유지하고 있었다. 선의 육체는 여전히 젊고 활력이 넘쳤다. 이내 목 부근이 갑갑해진 선은 입고 있던 스웨터를 벗어 바 아래쪽에 던져놓았다. 선은 오 년 전 사설 발레단에서 조용히 은퇴했다.

선이 발레단을 은퇴한 후 가장 먼저 한 일은 머리카락을 자르는 것이었다. 선은 태어나서 단 한 번도 머리를 짧게 잘라본 적이 없었다. 언제나 하나로 묶어 올린 탓에 자연스레 발제선이 뒤로 밀려나 이마가 넓었다. 선은 허리께에 이르던 머리칼을 귀와 이마가 훤히 보이도록 짧게 쳐냈다. 뒷목이 서늘했다. 남편은 동기간에게 하듯 선의 머리칼을 마구 헝클어뜨렸다. 그때의 남편은 꼭 소년 같은 표정을 지었다.

선은 침실을 나서는 남편의 발소리를 들었다. 그는 언제나 잠에서 깨어나자마자 서재로 향했다. 철제 캐비닛이 한쪽 벽면 전체를 차지하고 있었다. 각종 신경안정제와 진통제, 소염제에서부터 위염, 당뇨, 고혈압 치료제에 이르기까지 다양한 종류의 약이 쓰임새별로 정리되어 있었다. 절반은 남편이 처방받은 약이었고, 절반은 제약회사에서 암암리에 판촉용으로 제공한 것이었다. 그는 병원을 정리하며 수액과 멸균 글러브 따위를 따로 챙겨두었다. 캐비닛 하단에는 백 개들이 일회용 주사기 상자가 쌓여 있었다. 선은 남편의 수집이 좀스럽다고 생각했다. 몇백 개의 주사기는 평생에 걸쳐도 다 쓰지 못할 것이었다. 주사기 옆에는 비매품 스티커가 붙은 핸드크림과 립밤, 포도당 사탕 따위가 가득했다.

남편의 발소리가 가까워졌다. 그는 혈관확장제 한 알을 혀에 올려놓은 뒤 서재를 나섰을 것이다. 곧 잔걸음으로 걸어가 부엌 냉장고를 연 뒤, 볼이 부풀어오를 정도로 물을 가득 머금고는 소리 내어 입안을 헹구고 약을 삼킬 것이었다. 그는 고혈압을 앓았다. 남편은 가족력이라고 말했지만, 선은 쇠락하는 육체가 보내는 몇 가지 죽음의 징후 중 하나일 것이라 짐작했다. 남편이 매일 아침 혀에 얹고 나오는 약이 혈관확장제라는 것을 알았을 때, 선은 발레단의 몇몇 남자 무용수들이 가방에 넣고 다니며 장복하던 헬스 보충제를 떠올렸다. 그들이 근육을 키우기 위해 먹었던 약 역시 가벼운 혈관확장제였다. 약은 인위적으로 몸을 데워, 운동량을 늘려도 피로감이 들지 않도록 돕는 역할을 했다. 그들은 종종 선에게 팽팽한 근육 위로 튀어나온 실핏줄을 자랑삼아 보여주었다. 갯지렁이 같은 실핏줄 위로 손가락을 가져갈 때마다 선은 묘한 긴장감을 느꼈다. 선은 크고 작은 근육으로 이루어진 무용수의 육체와 지방이 들어차 점점 좁아지는 남편의 혈관 사이에 어떠한 공통점이 있는지 알 수 없었다. 선은 약에 무지했다. 아직은 약이 필요 없는 탓이기도 했다. 선은 남편 몸속의 혈관을 떠올렸다. 피는 차츰 점도를 높여 언젠가는 단단히 굳을 것이었다.

나는 꼭 군君과 사는 것 같아.

선은 부엌의 아일랜드 식탁 앞에 서서 사과를 깎고 있었다. 사과는 베이킹 소다로 겉껍질을 닦은 후 과일 전용 세제로 재차 씻어둔 것이었다. 선은 오래전 읽었던 채식주의 입문서에서, 모든 과일은 껍질에 독을 품고 있다는 글을 본 적이 있었다. 열매의 껍질은 천적으로부터 자신을 보호하기 위한 최전선 방어 기지이며, 껍질에 가까울수록 과육의 당도가 높고 씨앗 쪽으로 갈수록 신맛이 강해지는 것 역시 종자를 지키기 위한 과일 나름의 생존 방식이라는 것이었다. 그날 이후로 선은 어떤 과일 껍질도 먹지 않았다. 의심과 경계가 강한 선에게 이론은 설득력이 있었다.

남편은 레깅스를 입은 선의 엉덩이를 손으로 쓸어 보이며 짐짓 유쾌한 어조로 말을 걸었다. 얇은 면티셔츠 위로 선의 납작한 가슴과 툭 튀어나온 유두가 노골적으로 드러났다. 그는 선의 가슴께로 슬쩍 시선을 주었다가 거뒀다. 양볼이 붉게 상기되어 있었다. 선은 처음, 홍조 띤 그의 볼이 부끄러움을 많이 타는 성격 탓이라고 생각했다. 나이답지 않게 수줍어하는 모습이 신선했다. 결혼 후에야 그것이 고혈압 약의 부작용 중 하나라는 사실을 알았다.

선은 과장되게 눈을 흘겨 보이는 것으로 농담에 답했다. 선은 그의 무던함이 마음에 들었다. 쓸데없이 고집부리지 않는 점도, 적당한 현실 감각도, 내밀한 속물근성을 다독일 줄 아는 능숙함도 믿음직스러웠다. 선은, 그가 농담과는 달리 자신의 육체에 가벼운 경외감을 느끼고 있다는 사실을 잘 알았다.

선은 조심스레 방 문고리를 돌렸다. 문틈으로 한 침대에 나란히 누운 세쌍둥이의 모습이 조금씩 드러났다. 선은 안도했다. 작은 머리통이 당구알 같았다. 동그란 이마가 반질반질했다. 땀에 젖은 다갈색 곱슬머리가 사방으로 뻗어나갔다. 가늘고 연약한 머리칼은 경계 없이 서로 뒤섞인 채 베개를 뒤덮고 있었다. 소박한 곡선으로 이루어진 이목구비가 한없이 부드러웠다. 이토록 섬세한 얼굴을 가진 아이가 셋이나 된다는 사실이 가끔 꿈만 같았다. 꼭 감은 눈, 성긴 속눈썹 아래 작게 그늘이 졌다.

세쌍둥이는 일란성이었지만 생김새는 미세하게 달랐다. 첫째는 두상이 컸고 둘째는 목이 조금 더 가늘었다. 막내는 앞선 두 아이보다 몸집이 작고 피부가 까무잡잡했다. 선이 처음부터 아이들을 정확히 구분할 수 있었던 것은 세쌍둥이에 대한 애정 때문만은 아니었다. 선은 뼈의 생김새를 읽는 데 익숙했다. 세쌍둥이는 자랄수록 미묘하게 다른 개성을 갖추어갔다. 선에게 아이들은, 때때로 완전히 다른 외형을 지닌 것처럼 보이기도 했다. 그러나 다른 사람들은 아이들을 단번에 구분하지 못했다. 세쌍둥이는 집안 곳곳에서 유령처럼 나타나 손님들을 놀라게 하거나, 구분하기 어려운 외모를 이용해 사소한 거짓말을 했다. 아이들은 한몸인 듯 붙어다녔다. 선은 형제가 없었으므로 자신과 닮은 누군가를 마주 대하는 기분을 상상할 수 없었다.

아이들은 선과 남편, 둘 중 누구와도 닮지 않았다. 아무런 고통 없이 얻은 아이들이기에 한순간에 잃어버릴 수도 있다는 불안감이, 선은 세쌍둥이의 방문을 열 때마다 들었다.

아이들은 이불을 턱밑까지 추켜올리고 있었다. 연한 하늘색 이불보에 뭉게구름이 떠다녔다. 세쌍둥이는 선의 인기척에 미동도 하지 않았다. 불현듯 얼굴만 내놓은 아이들의 모습이 효수한 시신처럼 보였다. 공중에 떠 있는 작은 머리통들 앞으로 구름떼가 유유히 흐르고 있었다. 선은 가슴이 철렁했다. 세쌍둥이는 죽은듯 고요했다. 불길했다. 선이 아이들을 깨울 요량으로 팔을 뻗었다. 그때, 첫째가 감은 눈을 찡그리더니, 물을 뿜듯 피식, 웃음을 흘렸다. 그러자 나머지 두 아이가 기다렸다는 듯 따라서 콧바람을 불었다. 아이들은 젖니를 드러내며 동시에 웃음을 터뜨렸다. 웃음이 꼬리에 꼬리를 물고 끝나지 않을 듯 이어졌다. 방안에 웃음소리가 쩌렁쩌렁 울렸다. 머리통들이 웃고 있었다. 드러난 잇몸이 붉었다. 선은 어리둥절했다. 아이들은 이미 잠에서 깨어나 있었다. 어째서 자는 척했던 것일까.

웃음이 잦아들자, 이불 속에서 짐승의 희미한 울음소리가 들렸다. 팽팽한 이불 위로, 복중의 태아가 발길질을 하듯 작은 형체가 솟아났다 가라앉는 것이 보였다. 선은 그제야 이불 끝단이 매트리스 아래로 고정되어 있는 것을 발견했다. 이불은 삼면이 막혀 있었다. 둘째의 목덜미 옆을 비집고 나오려는 짐승의 분홍색 코가 보였다. 렌이었다. 아이들은 까르르 웃으며, 동시에 이불을 걷어찼다. 둘째가 이불을 빠져나가는 렌의 몸통을 터뜨릴 듯 끌어안았다. 렌은 비명을 지르며 뒷걸음질쳐 아이의 품을 간신히 벗어났다. 첫째가 빠져나가는 렌의 꼬리를 붙들고 놓아주지 않았다. 렌이 이를 드러내며 첫째를 향해 발톱을 세웠다.

선은 애매한 표정을 지었다. 아이들이 꿈속에서처럼 죽지 않은 것을 다행으로 여겨야 할지, 자꾸 그런 장면을 떠올리는 자신을 자책해야 할지, 고양이를 괴롭히는 첫째와 둘째에게 주의를 주어야 할지 알 수 없었기 때문이었다. 렌이 온몸의 털을 곧추세우고 아이들을 향해 으르렁거리자, 세쌍둥이가 침대에서 미끄러져 내려와 선에게로 달려들었다. 팔과 다리에 매달려 힘껏 체중을 싣는 아이들의 정수리가 훤히 들여다보였다. 선의 몸이 무게를 견디지 못하고 휘청거렸다. 가느다란 곱슬머리 아래, 두피가 울긋불긋했다. 침대 위 구겨진 이불이 난도질당한 가축의 가죽 같았다. 선은 오늘이 어제와는 사뭇 다르다는 사실을 깨달았다. 꿈꾼 후에 무언가 변했다. 모든 것은 꿈을 꾼 후에. 렌은 이미 시야에서 사라지고 없었다.

마음이 불안해진 선은 난생처음 밟았던 발레 교습소의 마룻바닥을 떠올렸다. 그것은 선이 긴장하거나 두려움을 느낄 때 마음을 진정시키는 오래된 훈련법이었다. 어린 선은 양손으로 바를 잡았다. 억지로 골반을 벌려 턴 아웃한 다리 때문에 상체가 고꾸라질 듯 앞으로 쏠렸다. 무릎이 부들부들 떨려, 선은 바에 올라탈 기세로 힘껏 체중을 실었다. 발가락이 바닥을 움켜쥐듯 오그라들었다. 선이 교습소를 다니는 동안 가장 자주 들었던 말은 발바닥이 지면에 닿는 느낌을 기억하라는 것이었다. 발바닥의 모든 면이 바닥에 닿도록 하여 새끼발가락이 뜨거나 무게가 한쪽으로 쏠리는 일 없이 바닥을 부드럽게 밀어낼 수 있게 될 때에야 비로소 상체를 한없이 자유롭게 운용할 수 있었다. 선은 그 추상적인 주문을 이해하는 데 오랜 시간이 걸렸다. 그리고 모든 턴과 점프는 땅을 완벽히 디디는 것으로부터 출발한다는 사실을 몸으로 익히는 데에는 더욱 긴 시간이 필요했다. 대지에 닿는 면적을 최소한으로 줄이기 위하여, 대지로부터 좀더 오랫동안 멀어지기 위하여, 선은 누구보다 예민한 땅의 감별사가 되었다. 선은 자신이 디디고 있는 바닥을 느꼈다. 여기 이곳에. 선은 자신이 땅 위에 있다는 사실에 마음이 놓였다.

남편은 잔디를 깎고 있었다. 오리털 점퍼를 입은 그의 뒷모습이 한 마리 불곰 같았다. 정원에 사철 잔디를 깔자고 한 것은 남편이었다. 그는 정원이 사시사철 푸르기를 바랐다. 무엇이든 호불호가 없는 남편이었지만 정원에 대해서만큼은 고집이 있었다. 선은 계절의 변화에 따라 자연스레 풀이 시들고 다시 살아나는 것이 좋았다. 겨우내 죽은듯 몸을 웅크리고 있다가 봄이면 슬쩍 대가리를 쳐드는 풀의 생명력은 유연한 데가 있었다. 유연한 것이 강한 것이라고 선은 생각했다. 고가의 서양 잔디는 겨울에도 금세 웃자랐다. 추위에 강했다. 선의 집은 한겨울에도 푸르른 풀밭 때문에 마을 어디서고 눈에 띄었다. 선은 그 부자연스러움이 늘 눈에 밟혔지만 잔디를 깎기 위해 남편이 규칙적으로 몸을 움직인다는 점은 마음에 들었다. 그는 본래 기골이 장대한 편이었으나, 나이가 들면서 조금씩 팔과 어깨가 가늘어졌다. 책상 앞에서 오랜 세월을 보낸 목뼈가 곧 고꾸라질 듯 기울었다. 남편의 척추는 침몰하는 배처럼 골반 쪽으로 조금씩 내려앉고 있었다. 머지않아 그의 무릎이 하중을 견디지 못하고 말썽을 일으킬 것이 분명했다. 선은 그의 신체를 냉정하게 판가름하고 있는 자신을 발견하고는, 이내 시선을 거뒀다. 남편의 몸에서 문젯거리를 찾자면 끝이 없었다. 아이들은 그의 주변을 빙글빙글 돌며 강아지처럼 뛰어다녔다. 세 덩어리의 곱슬머리가 풀풀 날렸다. 쌍둥이들은 스웨터만 걸치고도 추운 줄 몰랐다. 양볼이 타오를 듯 붉게 달아오른 사람이 네 명이었다.

부부는 아이들을 유치원에 보내지 않았다. 세쌍둥이는 대부분의 시간을 이 고장의 산천을 뛰어다니며 보냈다. 꽃과 나무가 그들의 스승이 되어주길, 부부는 바랐다. 렌이 선의 무릎 위에 앉아 꼬리를 핥았다. 첫째가 세게 잡아당긴 꼬리가 불편한 모양이었다. 선은 렌의 부드러운 등을 매만졌다. 렌이 선만을 따르는 것은 당연한 결과인지도 몰랐다. 창밖 풍경은 평화로웠다. 선의 내면이 겪는 불안과 기묘한 변화와는 무관한 세계였다. 풍경은 선의 부재로 더욱 아름다웠다.

담장 위로 푸르스름한 밤의 기척이 내려앉고 있었다. 풀들은 밤이 오면 다시금 습기를 머금을 것이었다. 선은 현관을 나섰다. 늦은 오후 집을 나선 아이들이 아직 돌아오지 않았다. 세쌍둥이는 때때로 돌아오지 않을 것처럼 먼 곳까지 나아갔다. 아이들은 늘상 경쟁적으로 서로에게 용기를 얻는 법이라 함께 있을 때면 평소보다 몇 배는 더 대담해졌다. 선은 언젠가 아이들이 마을의 경계를 이루는 언덕 너머로 작은 점이 되어 사라지는 광경을 목격한 적이 있었다. 불러도 뒤돌아보지 않는 세쌍둥이의 뒷모습이, 신탁을 받고 먼길을 떠나는 신화 속 주인공 같았다. 선은 세쌍둥이의 부모를 알지 못했다. 입양기관에서 제공한 정보에 생모에 관한 이력은 없었다. 아이들은 복지회관으로 통하는 길목에서 발견되었다. 세쌍둥이의 부모는 어떤 사람일까. 선은 궁금했다. 그리고 생각했다. 아이들은 인간이긴 할까. 꽃이나 벌레, 혹은 작은 짐승이 아닐까. 언젠가 물처럼 흘러내려 땅속으로 스며들어버리는 것은 아닐까.

남편이 오후 내내 깎은 잔디가 군인의 머리통처럼 파르랬다.

선의 집은 마을 외곽에 있었다. 부부는 넉넉한 부지를 원했다. 날이 풀리면 뒤뜰에 작은 연못을 만들기로 했다. 남편은 그곳에 비단잉어를 키우자고 했다. 비단잉어의 수명은 인간과 비슷했다. 물고기는 살아서 대물림될 수도 있었다. 선과 남편은 평생 시달린 도시로부터 가능한 한 멀어지고자 했다. 이곳에서 여생을 보낼 생각으로 아이들의 이름을 딴 과실수 묘목도 심었다. 남편은 아이들을 데리고 나가 직접 땅을 파고 물을 주도록 했다. 너의 나무란다. 손이 더딘 아이들은 손바닥이 붉게 달아오를 때까지 땅을 팠다. 나의 나무. 우리의 나무. 아이들은 붉은 손을 들어 가느다란 나무줄기를 꼭 끌어안았다.

마을 사람들은 외지에서 온 부부를 좀처럼 받아들여주지 않았다. 외출할 때면, 호기심과 적개심이 뒤섞인 은밀한 시선이 둘을 뒤따랐다. 사람들은 대체로 쌀쌀맞고 무뚝뚝했다. 인심도 박했다. 그러나 부부는 개의치 않았다. 도시에서 나고 자란 부부는 고립과 고독에 익숙했다.

마을에서 멀지 않은 곳에 바다가 있었지만, 양식업이나 어업에 종사하는 인구는 없었다. 마을은 집성촌에 가까웠다. 사람들은 두세 식구 입을 채울 만한 크기의 텃밭을 가꾸어 자급자족했다. 논과 밭 사이에 자연스럽게 길이 났다. 곳곳에 버드나무가 있어 이정표 구실을 했다. 여름이면 버드나무의 길고 메마른 가지가 땅에 쓸려 너저분했다. 바다는 숲 너머 기암절벽 아래에 헤아리기 어려울 정도의 깊은 수심으로 존재한다고, 부동산업자가 말했었다. 선은 숲에 가본 적이 없었다. 바다는 보이지 않았지만 비린내로 기척을 느낄 수는 있었다. 마을은 바다와 숲과 언덕으로 겹겹이 둘러싸인 방공호 같았다.

선은 골목을 지나며 아이들을 불렀다. 아이들이 익숙한 목소리를 듣고는 잠에서 깨어난 듯 멀어지는 발걸음을 되돌리길 기대했다. 그러나 아무리 불러도 세쌍둥이의 기척은 없었다. 불안해진 선은 마을회관을 지나 빠르게 걸었다. 시멘트 길 옆으로 곳곳에 쌓여 있는 흙더미가 가묘 같았다.

그리고 선은 흙더미 사이에 대를 꼿꼿이 세운 해바라기 한 송이를 보았다.

선은 꿈을 꾸는 것 같았다. 해바라기가 겨울에 피는 꽃이었나. 그럴 리 없었다. 꽃이 피기에는 일조량이 터무니없이 적었다. 바람도 아직 찼다. 그런데도 해바라기는 골목을 향해 자신의 치부를 노골적으로 드러내놓고 있었다. 선은 불쾌했다. 만개한 해바라기는 출근길 길목에서 자신의 성기를 드러내놓은 변태 성욕자 같았다. 이 고장에 우리 가족이 모르는 비밀 같은 게 있는 것은 아닐까. 선은 해바라기를 향해 다가갔다. 조화일지도 몰라. 그러나 꽃은 생생했다.

선은 해바라기를 뽑아버리기로 했다. 비정상적인 꽃의 생육은 선이 온종일 느꼈던 불안감에 기름을 부은 것이나 다름없었다. 선은 해바라기 줄기를 양손으로 붙잡았다. 꽃의 검고 큰 얼굴이 선을 올려다보고 있었다. 줄기와 꽃잎에 돋아난 억센 잔털들이 찬바람에 곱은 선의 손등과 손바닥을 찔렀다. 생채기가 났다. 선은 해바라기 뒤 담벼락에 한쪽 발을 대고는 줄기를 잡아당겼다. 땅이 단단히 굳어 미동도 하지 않았다. 관자놀이를 타고 땀이 흘렀다. 선은 무언가에 홀린 듯이 주변을 두리번거렸다. 벽 한쪽에 쌓인 콘크리트 더미를 발견했다. 선은 가장 날카로워 보이는 조각 하나를 주웠다. 해바라기 주변의 땅을 파기 시작했다. 콘크리트 조각을 들어올려, 힘차게 내리찍었다. 땀이 턱끝으로 떨어졌다. 꽃의 뿌리가 조금씩 드러나자, 선은 다시 줄기를 잡았다. 있는 힘껏 잡아당겼다. 뿌리는 흙을 움켜쥐고 저항하는 듯하더니, 한 번에 쑥 뽑혔다. 미처 빠져나오지 못한 잔뿌리들이 다닥다닥 소리를 내며 잘려 나갔다. 해바라기의 뿌리는 꽃보다 표면적이 두 배가량 넓었다. 원뿌리를 중심으로 잔뿌리가 탐욕스럽게 뻗어나갔다. 꽃이 뽑힌 자리는 젖니가 빠진 잇몸처럼 움푹 파여 있었다. 선은 파낸 흙을 발로 대충 덮어 땅을 다졌다. 거칠게 숨을 몰아쉬었다.

선의 세쌍둥이는 마을 어디에도 없었다. 간헐적으로 개가 짖었다. 선은 몸에서 피가 모조리 빠져나가는 것 같았다.

선은 숲으로 향했다. 세쌍둥이들은 그곳에 있을지도 몰랐다. 숲에선 해가 얼마나 빨리 지는지, 해가 진 숲이 얼마나 위협적인지도 모른 채, 버려진 무덤에서 미끄럼을 타며 뒹굴고 있을지도 몰랐다.

시멘트로 포장된 길이 사라지고 흙길이 나타났다. 숲이 가까워지고 있었다. 흑염소 몇 마리와 씨름중인 노인을 지나쳤다. 들에 매어놓았던 가축들을 집으로 들여보내려는 듯했다. 노인은 꽃을 쥐고 숲을 향해 빠르게 걸어가는 선을 기이한 얼굴로 바라보았다. 염소가 뜻대로 움직이지 않는지 욕지거리를 하며 들고 있던 마른 나뭇가지로 짐승의 엉덩이를 내리쳤다. 염소 울음소리가 선의 귀를 파고들었다.

숲은 먹이를 향해 한껏 몸을 낮춘 맹수의 형상을 하고 있었다. 낙조가 번졌다. 숲 전체가 붉게 물들었다. 선은 경계를 늦추지 않은 채, 입구에 발을 디뎠다. 얇은 단화 밑창으로 바싹 마른 나뭇가지와 바스러지는 낙엽이 고스란히 느껴졌다. 숲은 서양 소나무와 전나무로 울창했다. 나무는 기둥이 곧고 키가 컸다. 빠르게 해가

지고 있었다. 선은 마음이 다급했다. 아이들을 찾아야 했다. 그런데 줄곧 찝찝한 기분이 들었다. 숲은 어딘가 이상했다. 까닭을 알 수 없이 섬뜩한 데가 있었다. 선은 고개를 들었다.

숲이 붉은 것은 낙조 때문만이 아니었다. 침엽수의 기둥과 가지, 날카로운 잎들이 모두 붉게 병들어 있었던 것이다. 나뭇가지 사이로 오늘의 마지막 햇빛이 떨어졌다. 낙조를 덧씌운 나무들은 피칠갑을 한 것처럼 보였다. 숲은 지나치게 고요했다. 나무와 잎이 부딪혀 내는 소곤거림도, 조용히 발을 옮기는 들짐승의 기척도, 멀리 우짖는 새의 울음 따위도 들리지 않았다. 병든 침엽수로 가득찬 숲은 전쟁이 훑고 간 폐허나 다름없었다.

선이 몸이 굳을 정도로 겁에 질린 것은, 단순히 나무가 붉어서가 아니라 숲에 살아 있는 것이 아무것도 없다는 사실을 깨달았기 때문이었다.

선은 힘겹게 대문을 열었다. 남편과 세쌍둥이가 기다렸다는 듯 달려나왔다. 아이들이 선의 허리를 감싸안았다. 엄마. 엄마. 엄마. 아이들의 부름이 돌림노래처럼 선의 귓가에 메아리쳤다. 낯설었다. 그 호칭이 자신에게 걸맞은 것인지 순간 의심이 들었다. 어디에도 없던 아이들은 집에 있었다. 세쌍둥이는 정말 물일지도 몰랐다. 마음대로 형체를 바꾸고, 원하는 곳으로 흘러들어갈 수도, 스며들 수도 있는 존재 같았다. 사위는 이미 어두웠다. 남편의 얼굴이 가로등 불빛에 희미하게 드러나 보였지만 표정을 읽을 수 없었다. 그가 땀으로 범벅이 된 선의 머리칼을 흐트러뜨렸다. 꽃을 따러 갔었구나. 목소리는 늙고 다정했다. 선은 그제야 자신이 줄곧 해바라기 줄기를 쥐고 다녔다는 사실을 깨달았다. 깜짝 놀라, 꽃을 바닥에 던졌다. 내내 손에 힘을 주었던 터라 오그라든 손가락이 잘 펴지지 않았다. 상처에 풀독이 오른 듯 손바닥이 따끔거렸다. 한겨울에…… 해바라기가…… 피어 있잖아…… 선이 속삭이듯 말했다. 기특한 녀석이네, 한겨울에. 남편은 농담으로 받아넘겼다. 그는 한겨울에 해바라기가 핀 것이 대수롭지 않다는 듯이 바닥에 널브러진 해바라기를 향해 고개를 돌렸다가 금세 시선을 거뒀다. 그는 선의 손목을 잡고 집안으로 데려갔다. 백열등 불빛 아래 온통 붉은 선의 오른손이 드러났다. 해바라기를 에워싼 세쌍둥이가 덫에 걸린 짐승의 생사를 확인하듯 운동화의 앞코로 꽃을 툭툭 건드리는 것을 뒤로한 채, 선은 흙으로 뒤범벅된 단화를 벗었다.

선은 자신이 춤을 추는 이유에 대해 생각해본 일이 없었다. 어째서 이십오 년간 단 하루도 쉬지 않고 바를 잡았는지, 발가락과 무릎에 염증을 달고 다니면서도 고통을 지우처럼 받아들였는지 의심하지 않았다. 선을 처음 발레 교습소로 데려간 것은 유행에 민감했던 선의 어머니였다. 선의 타고난 발등과 유연한 고관절을 대단한 것인 양 치켜세운 원장의 태도는, 단지 원생을 좀더 모으기 위한 공치사에 불과했을지도 모른다. 선의 어머니는 곧 발레 이론의 전문가가 되었다. 레슨 시간에도 연습실에 남아 원장과 함께 선을 지도했다. 어머니의 유난스러움에 다들 혀를 찼으나, 선은 그 사실을 특별하게 생각하지 않았다. 어머니는 늘 그래왔기 때문이었다. 사람들도 심사위원들도 전부 호박 덩어리들이라고 생각해. 어머니는 경연장에서 순서를 기다리는 선에게 선보다도 더 긴장한 채로 입버릇처럼 말하곤 했다. 선은 호박 덩어리 앞에서 춤을 추고 싶지는 않았으나 이를 입 밖에 꺼내본 적은 없었다. 세월이 흘러 문득 고개를 들었을 때, 선은 춤을 추는 것 말고는 할 수 있는 게 아무것도 없는 사람이 되어 있었다. 자신의 의지와 무관하게 상황에 이끌려 살아왔다는 점에서, 선의 인생은 실패에 가까웠다.

선은 탈지면에 알코올을 적시는 남편을 지켜보았다. 남편을 처음 만났을 때가 떠올랐다. 그때 선의 눈에 가장 먼저 들어온 것은 그의 충혈된 흰자위였다. 이마는 기름이 잔뜩 끼어 반질거렸다. 컴퓨터 모니터로 돌아앉는 뒤통수가 새집을 지었다. 흰 의사 가운의 목덜미가 누렇게 변색되어 있었다. 중년의 내과의는 피로해 보였다. 피로 외에는 아무것도 느껴지지 않았다.

남편은 선의 오른손을 능숙하게 닦아내기 시작했다. 선의 손을 향해 절을 하듯 고개를 숙이고 있는 그의 정수리가 훤히 드러나 보였다. 선은 온전한 손을 들어 반백의 머리칼을 쓰다듬었다. 머리카락 사이로 두피가 울긋불긋했다. 선은 손가락을 빗 삼아 머리칼을 뒤적였다. 아침에 본 세쌍둥이의 붉은 정수리가 떠올랐다. 선이 자신의 두피를 살펴보고 있는 것을 알아챈 남편이 고개를 들었다. 안 그래도 약을 먹는데, 효과가 없네. 남편이 겸연쩍은 듯 입을 열었다. 선은 자신의 붉은 손과 아이들과 남편의 정수리와 붉은 숲을 차례로 떠올려보았다.

선을 침대에 눕힌 남편이 선의 푹 파인 볼을 쓰다듬었다. 살냄새가 났다. 남편의 체취는 해가 갈수록 진해졌다. 훗날 그의 몸이 땅에 묻힌 뒤에도 냄새만은 살아남을 것 같았다. 졸음이 몰려왔다. 선의 어깨를 쓰다듬던 그의 손이 허리께로 내려갔다. 옷 속으로 손을 넣어 가슴을 매만지던 남편의 손이 일순 사라지자, 아득해지던 정신이 되돌아왔다. 선은 가늘게 눈을 떴다. 침대 옆 협탁 서랍을 여는 남편의 동그란 등이 보였다. 남편이 익숙한 자세로 서랍에서 무언가를 뒤적이더니 몸을 일으켰다. 여성용 자위 기구였다. 선은 갑자기 구역질이 치밀었다. 입을 틀어막고 침대를 빠져나갔다. 선을 부르는 당황한 목소리가 뒤따랐다. 선은 아이들 방으로 도망쳤다.

발레에서 독무는 솔리스트 이상의 무용수들이 춘다. 솔로 베리에이션의 평균 공연 시간은 일 분 삼십여 초다. 안무는 짜임새와 완결성을 기본으로 극중 배역의 성격과 부합해야 한다. 무용수는 자신의 뛰어난 균형 감각과 힘, 섬세한 테크닉을 과시하듯, 혹은 이 정도는 아무것도 아니라는 듯이 주어진 안무를 음악 위에서 가볍고 아름답게 수행한다. 하나의 베리에이션을 완료하면 온몸이 땀에 젖는다. 그러나 미소만큼은 여유롭다. 한번 더 출 수 있다는 듯이, 아니 영원히 출 수 있다는 듯이. 발레는 다양한 변주와 코다, 공연의 정점인 파드되, 그리고 사이사이의 여백을 채우는 군무로 이루어져 있다. 선은 발레단에 입단한 이후 육 년간 군무로 무대에 섰다. 선이 각종 콩쿠르와 입시 경쟁을 거치며 익힌 베리에이션이 무용해지는 순간을 경험했다. 수십 명이 하나의 동작을 수행하는 군무에서, 선의 장기인 피루엣이나 백팔십 도에 가까운 데벨로페는 중요치 않았다.

선은 은퇴하기 전 마지막 삼 년간, 작은 발레단의 솔리스트로 무대에 섰다. 선이 이제 막 생겨난 이름 없는 발레단으로 이적한 것은 코르드발레에서 벗어날 수 있을지도 모른다고 생각했기 때문이다. 이적한 발레단에서는 조연급 배역을 몇 번 맡았다. 〈지젤〉의 미르타나 세 마리 백조가 그중 하나였다. 그러나 얼마 지나지 않아 선은 자신이 주역이 되는 일은 영원히 없을 것이라는 사실을 구립회관의 조악한 무대 위에서 깨닫게 되었다. 고르지 않은 무대 바닥 때문에 토가 자꾸 엇나갔다. 정해진 연속 트리플 피루엣을 더블 피루엣으로 마무리해야 했던 구립회관에서의 〈오달리스크〉가 선의 마지막 베리에이션이었다. 선은 은퇴 후에도 여전히 바를 잡았으나, 다시는 토슈즈를 신지 않았다.

선은 세쌍둥이 곁에 누웠다. 무엇을 하던 중이었니. 아이들이 선의 품으로 파고들었다. 이야기 대회중이었어요. 세쌍둥이의 방에는 본래 2층 침대와 싱글 침대가 각각 하나씩 있었다. 그러나 아이들은 각자 자는 법이 없었다. 더이상 싱글 침대에 세 명이 누울 수 없을 정도로 몸이 자란 후에도 아이들은 서로 포개어 잤다. 서로가 한몸이라는 듯. 함께 있는 것만큼 자연스러운 건 없다는 듯이. 부부는 결국 아이들의 방에 킹사이즈 침대를 놓았다. 침대만으로도 방이 가득찼다. 아이들은 부부가 읽어준 동화책의 내용과 각자가 꾼 꿈이나 꾸며낸 삽화들을 꿰어 새로운 이야기를 만들었다. 이야기는 허무맹랑하고 비논리적이어서 끝을 예상할 수 없었다. 누군가는 이야기를 늘어놓다 중간에 포기해버리기도 했다. 선은 이야기를 만들어낼 수 없었으므로, 자신이 숲에서 본 것을 말했다. 붉은 숲의 시체들과 시체를 빠져나와 나무에 달라붙은 유령들에 대해 말했다. 그러니까 그곳엔 절대 가면 안 돼. 선의 이야기에는 계도의 목적이 숨어 있다는 점에서 아이들의 것과 큰 차이가 있었다. 그래서 선의 이야기는 아이들의 것보다 덜 아름다웠다. 아이들은 반발했다. 왜요? 왜요? 왜요? 세쌍둥이는 서로의 말을 똑같이 따라 하는 것이 재미있는 모양이었다. 선은 언젠가, 더이상 아이들이 서로의 말을 따라 하지 않고, 서로의 몸이 하나가 아니라는 사실을 받아들이는 쓸쓸한 순간에 대해 생각했다. 선은 재차 말했다. 붉은 숲에서 본 시체들과 시체를 빠져나와 나무에 달라붙은 유령들과……

선은 진통중이었다.

집 마룻바닥에서 홀로 분만했다.

선은 한 마리 염소를 낳았다.

선은 날카로운 비명소리에 꿈에서 깨어났다. 주위를 더듬었다. 침대는 비어 있었다. 선은 급하게 몸을 일으켰다. 창문으로 햇빛이 쏟아졌다. 선은 잠자리를 박차고 일어나 문을 열었다. 거실 한가운데 첫째가 볼을 감싸쥐고 바닥에 주저앉아 있었다. 둘째와 셋째가 그 뒤에 어정쩡하게 서 있었다. 비명은 첫째의 것이었다. 선은 거실을 향해 발을 떼었다. 그러자 소파 뒤, 첫째의 맞은편에 몸을 한껏 낮추고는 금방이라도 달려들 듯 공격 자세를 취한 렌이 보였다. 아이들이 또다시 렌을 괴롭힌 것이 틀림없었다. 선이 렌을 진정시키기 위해 다가가려는 순간, 무언가가 날아들어 렌의 몸통에 명중했다. 놀란 짐승이 울음을 터뜨리며 공중으로 튀어올랐다. 짐승이 사라진 자리에 플라스틱 약병이 바닥을 뒹굴었다. 선은 약병이 날아온 방향으로 고개를 돌렸다. 서재 문턱에 서 있는 남편의 일그러진 얼굴이 눈에 들어왔다. 그 얼굴 위로 선이 프러포즈를 하던 날, 당혹감으로 얼룩지던 그의 모습이 겹쳐 보였다. 렌이 열린 창문으로 도망쳤다. 남편은 첫째에게로 달려갔다. 아이가 볼에서 손을 떼자, 붉은 빗금이 볼을 가로질러 있었다. 손바닥에 피가 배어났다. 선은 렌이 사라진 창문을 바라보았다. 지체 없이 현관문을 열었다.

렌은 정원 어디에도 없었다. 선은 끝없이 렌을 불렀다. 고양이가 낮은 담장을 넘는 것은 일도 아니었다. 선은 대문을 나섰다. 봄이 온 듯이 어쩌면 여름이 온 듯이 햇볕이 내리쬐었다. 고르지 못한 시멘트 바닥이 가뭄 끝의 빗물을 받아들이듯, 햇빛을 흡수했다. 발바닥이 타들어가는 것 같았다. 선은 마을회관을 지났다. 렌은 그곳에 없었다. 텃밭과 버드나무도 지났다. 텃밭은 갑작스레 찾아온 햇볕 아래 붉은 속살을 드러내고 있었다. 렌은 어디에도 없었다. 렌이 어느 방향으로 사라졌는지 묻고 싶었지만 아무도 보이지 않았다. 꼴을 먹이기 위해 풀어놓던 소도, 염소의 엉덩이를 후려치던 노인도 없었다. 선은 자신도 모르는 사이 숲의 입구에 다다랐다. 아가리를 벌린 숲이 그곳에 있었다. 선은 망설임 없이 그 고요한 폐허로 들어섰다.

선은 때때로 아이를 갖는 상상을 해보곤 했다.

선이 렌의 이름을 불렀다. 숲에 파문이 일었다. 선의 목소리는 멀리 퍼지지 못한 채 금세 되돌아왔다. 어디선가 렌의 울음소리가 들리는 것만 같았다. 렌이 이곳에 머문다면 숲의 유일한 생명체가 될 것이었다. 죽은 숲의 주인이 될 수도 있었다. 선은 숲 사이사이로 떨어지는 햇빛과 빛을 받아 더욱 노골적으로 빛나는 붉은 나뭇가지들을 보았다. 오솔길은 완만한 오르막길이었다. 숲은 광대했다. 선은 렌이라는 이름을 너무 많이 불러 그 이름이 낯설게 느껴질 때까지, 렌을 불렀다. 길은 사라졌다가 다시 나타나기를 반복했다. 선은 숲 안쪽으로 향했다. 목이 쉰 탓인지 목소리는 입술 주변을 맴돌 뿐, 더이상 먼 곳으로 나아가지 못했다. 아이들이 집에서 선을 맞이했던 것처럼, 되돌아가면 렌이 일인용 소파 위에서 몸을 둥글게 만 채 잠들어 있을지도 몰랐다. 그러나 생각과는 달리, 발은 숲의 내밀한 곳으로 주인을 이끌고 있었다. 발은 언제나 선의 의지보다 앞서 움직였다. 순간 발바닥에서 정수리까지 치고 오르는 듯한 고통을 느꼈다. 온몸에 소름이 돋았다. 발을 내려다보았다. 선은 그제야 자신이 맨발이라는 사실을 알았다. 선은 발바닥에 박힌 가시를 뽑아냈다. 흙으로 뒤범벅된 발은 주변의 썩은 나뭇가지와 구별되지 않았다. 발을 디딜 때마다 산산이 바스러지는 낙엽을, 선은 비로소 느낄 수 있었다. 바다 냄새가 났다. 한동안 잊고 있었다. 숲 너머에는 바다가 있었다.

선이 숲의 가장 높은 지대에 다다랐을 때 본 것은 부동산업자가 말한 기암절벽도, 가늠키 어려운 수심을 가진 바다도 아니었다. 숲이 끝나는 곳에는 거대한 콘크리트 벽이 있었다. 구름에 닿을 듯 높은 장벽이었다. 장벽 너머로 돔의 꼭대기가 슬쩍 보였다. 어째서 촌락에 이토록 압도적인 건물을 지었는지 알 수 없었다. 건물의 용도는 짐작조차 가지 않았다. 선은, 이 고장이 진실로 남모르는 비밀을 숨기고 있다면, 이 콘크리트 벽과 벽 너머의 돔이 그 실체일 것이라 생각했다. 바람이 불자 바다 비린내가 훅 끼쳤다. 바다는 아마도 벽 너머에 있으리라.

순간, 섬광이 번쩍였다. 눈앞이 완벽히 백색으로 보였다. 차츰 분열했다가 이내 증식하여 저들이 온 곳으로 돌아가는 빛의 입자들이 보였다. 선은 그 빛에 홀려 전진했다. 선은 오래전 책에서 보았던 최초의 빛을 떠올렸다. 곧이어 벽 너머에서 연기가 피어오르는 것이 보였다. 연기는 고요하고 풍성하게 먼 곳으로 나아갔다. 무슨 일이 벌어진 것일까. 확실한 건 무슨 일이든 벌어졌다는 것이었다. 선은 비로소 안도했다. 자신을 괴롭혔던 불길한 예감이, 불안과 공포가 허상이 아님을 깨달았기 때문이었다. 선은 자유를 느꼈다. 귀가 웅웅 울렸다. 잘 들리지 않는 것도 같았다. 숲은 본래 고요했으므로, 확신할 수 없었다. 축축한 무언가가 귓불을 지나 쇄골로 떨어졌다. 땀인 것 같았다. 날이 놀랍게 따듯해졌으니까. 선은 이제야 발바닥에 닿는 대지의 감촉을 느꼈다. 대지를 밟고 탄력적으로 나아가는 것이 어떤 느낌인지, 그리하여 비로소 느끼는 자유가 무엇인지 이해할 수 있을 것 같았다. 선은 춤을 추면서 느끼는 진정한 자유 따위의 말들을 믿지 않았었다. 그런 것이 가능할 리가 없었다. 선은 작별을 고하듯, 두 팔을 크게 휘저으며, 춤을 추듯 과장된 몸짓으로, 콘크리트 벽을 향해 달리기 시작했다.

글렌

진은 1982년 10월 15일에 태어났다. 그날은 기억할 만한 일이 일어나지 않았다. 사건도, 재해도 없었다. 그가 다닌 유치원에선 매달 마지막 주에 생일잔치를 했다. 10월생들은 차고 넘쳤다. 그는 열 명이 넘는 10월생 아이들의 틈바구니에서 생일 축하 노래를 불렀다. 탁자 끄트머리에 앉아 색종이로 고리를 이어 만든 목걸이를 두르고 자갈치를 집어먹었다. 그는 미지근하게 자라났다. 발육이 남다르지도, 더디지도 않았다. 말썽을 일으킨 적도 없었지만, 교사들에게 명민한 인상을 남기지도 못했다. 덥지도 춥지도 않은 계절에 태어나 성정이 유순한 것이 장점이라고들 했다. 내성적인 편이었으나 오래 보아온 사람들과는 곧잘 농담을 나눴다.

고등학교에 입학할 무렵 그는 책 한 권을 읽었다. 캐나다인 피아니스트의 평전이었다. 책 말미에 지병이 악화되어 죽었노라고 기록되어 있었다. 1982년 10월 4일의 일이다. 십일 일 후, 음악회 형식의 추도 예배가 진행되었다. 진은 사진 하단에 작게 적힌 1982년 10월 15일이라는 날짜를 발견했다. 연필로 희미하게 밑줄을 그었다. 반가웠다. 그는 피아니스트의 이름을 기억해두었지만, 음반을 들을 기회가 없었으므로 오래지 않아 잊었다.

진은 거울 앞을 서성이고 있었다. 그는 오후 모임 때 입을 옷을 고르느라 애를 먹었다. 진이 가진 간절기 정장은 세 벌이었다. 상의에 단추 세 개가 달린 진한 감색 양복, 푸른빛이 감도는 비둘기색 투버튼 양복, 그리고 회색 스트라이프 양복은 옷깃에 스티치 장식이 들어가 있었다. 진은 감색 재킷을 걸쳤다가 벗었다. 점잖아 보이긴 했지만, 장례식에 온 듯 어두운 인상을 남기고 싶지는 않았다. 회색 스트라이프 양복은 결혼식에 즈음해 아내의 취향대로 맞춘 것이었다. 자리의 의미를 생각하면 이것을 입는 게 옳았다. 진은 약간의 광택이 들어간 재킷을 만지작거렸다. 아무리 그래도 이건 너무 화려하다. 양복 끝단을 따라 줄줄이 박힌 스티치 장식 역시 너무 멋을 낸 것 같았다. 진은 옷을 맞출 때부터 내키지 않았지만, 아내와 재단사의 입김이 거셌다. 진은 결국 비둘기색 정장을 골랐다. 옷은 여러모로 어정쩡했다. 격에 맞지도, 남다른 의미가 있지도 않았다. 진은 그 옷이 잠시 후 참석할 자리에서의 자신의 위치를 대변하는 것만 같았다.

양복을 고르고 나자, 넥타이 선택이 다음 과제로 떠올랐다. 피로했다. 눈꺼풀 안쪽에 불쾌한 열기가 느껴졌다. 혓바닥이 유막에 싸인 듯 미끌거렸다. 진은 오늘이 토요일임을 상기했다. 주중의 피로가 고스란히 쌓여 몸을 짓눌렀다. 술을 줄여야 하나. 퇴근 후, 저녁 대신 절인 오이에 맥주를 마시는 것은 진의 오랜 습관이었다. 서두르는 법 없이 세 캔 정도의 맥주를 마시면 근육의 긴장이 풀리며 잠이 스며들었다. 근래 술의 양이 조금 늘었는데 그것이 유난한 피로감의 원인인 듯했다. 진은 밖에서 술을 마시는 법이 없었다. 사람들은 그가 술 한 잔 하지 못하는 숙맥이거나 종교적 이유로 금주하는 팍팍한 인사일 것이라 짐작했다. 그는 매일 술을 마시는 대신 휴일엔 금주하는 것으로 건강을 유지하려 했다. 가능한 한 오랫동안, 홀로 술을 마시고 싶었기 때문이다.

진의 집은 시 외곽에 있었다. 이 2층짜리 단독주택으로 이사 온 것은 그가 열다섯 살이 되던 해였다. 벽돌과 대리석을 시루떡처럼 켜켜이 얹은 양옥이 유행이던 시절이었다. 내부가 전혀 드러나지 않는 집은 완고해 보였다. 창이 곳곳에 있었으나 크기가 작아 채광에는 별 도움이 되지 않는 듯했다. 등에 멘 배낭이 너무 무거워서 조금만 무게중심을 옮겨도 뒤로 나자빠질 것만 같아, 진은 의식적으로 어깨를 둥글게 말았다. 가방의 열린 지퍼 사이로 간신히 욱여넣은 교과서와 문제집, 공책들이 튀어나와 있었다. 진의 양손엔 교복과 옷가지가 든 여행 가방과 실내화 가방이 들려 있어, 몸이 고꾸라질 듯 점점 앞으로 기울어졌다. 진의 아버지는 대문에서 현관으로 이어진 대리석 타일을 따라 앞서 걸었다. 아버지가 집의 구조를 설명해주었지만, 진은 좀처럼 집이 눈에 들어오지 않았다. 굽은 등 때문에 절로 고개가 수그러졌기 때문이었다. 마당엔 고목 하나가 있었다. 몸통에 비해 유난히 가느다란 가지가 맥없이 처졌다. 종을 구별하기 어려울 정도로 앙상한 나무는 을씨년스럽기 이를 데 없었다. 부자는 나무에 대해 아는 것이 없었고 관심도 없어서 그래도 괜찮았다.

어느 날 아침, 진은 마당에 흐드러지게 핀 꽃 무더기를 발견했다. 눈앞이 순간 환해졌다. 연한 보랏빛 꽃 사이사이 돋아난 작은 잎들이 참새 부리 같았다. 진은 한발 늦게 밀려오는 꽃향기에 코가 아렸다. 부자는 이사 온 지 반년 만에 그 고목이 라일락이라는 사실을 알았다.

전화벨이 울렸다. 장모였다. 짜증과 체념 사이를 오가며 진은 시간을 확인했다. 누군가에게 전화를 걸기엔 터무니없이 일렀다. 게다가 오늘은 휴일이 아닌가. 장모는 수화기 너머로 들리는 진의 목소리에 잠기운이 남아 있음을 알아챘는지, 모임 참석을 재차 확인받은 후에야 진을 놓아주었다. 약속 시간까진 여유가 있었다.

장모는 필요 이상으로 걱정이 많았고 흘러넘치는 불안을 습관적으로 주변 사람들에게 떠넘기는 사람이었다. 진은 자신이 여전히 그 희생자 중 하나라는 사실이 마음에 들지 않았다. 주말 외출 역시 못마땅했다. 다른 경우라면 어떻게든 구실을 만들었을 것이다. 그러나 일주일 전 장모의 전화를 받은 순간, 진은 전의를 상실했다. 가능한 한 빨리 통화를 끝내고만 싶었다. 설득이 가능한 인사가 아니었다.

진은 이십 년 가까이 유지해온 유선전화를 없애는 것에 대해 잠시 생각하다 이내 그만두었다. 장모는 유선전화가 아니라면 휴대전화를, 휴대전화마저 받지 않는다면 집으로 찾아오고도 남았다. 장모는 늘 진의 상상 이상으로 무례했다.

진은 부엌으로 발길을 돌렸다. 밀린 설거지를 할 요량이었다. 쌓인 설거짓거리래봤자 유리컵 대여섯 개와 절인 오이를 담았던 밀폐 용기가 전부였다. 진은 주중에는 요리를 하지 않았다. 아침은 우유 한 잔으로 대신했다. 집안일을 주말에 몰아서 하기 위해 보름치의 유리컵과 속옷, 양말, 와이셔츠를 구비해두었다. 세척과 보관이 용이하도록 같은 종류의 것을 여러 개 마련했다. 진은 단순하게 살고 싶었다. 따라서 몇 가지 규칙을 마련하는 일은 불가결했다. 그런데 싱크대가 텅 비어 있었다. 누군가 이미 컵을 닦아 선반에 올려둔 것이었다. 진은 냉장고를 열었다. 군내가 확 끼쳤다. 미간이 절로 찌푸려졌다. 악취의 원인은 밑반찬이었다. 크기가 제각각인 유리 용기들이 냉장고 가운데 칸에 두서없이 쌓여 있었다. 절인 오이가 담긴 밀폐 용기는 가장 아래 칸으로 밀려나 있었다.

모두 영이 한 일이었다. 진은 불쾌했다. 영은 주기적으로 진의 집에 들러 살림을 살피고 청소를 하고 물건을 임의로 채워놓았다. 진이 시끄러운 것을 극도로 싫어한다는 사실을 알고 난 뒤에는 진이 출근해 있는 동안을 이용했다. 영은 처음, 과일 몇 가지를 사들고 왔다. 혼자 사는 남자가 일부러 과일을 챙겨 먹진 않을 것이라고 생각한 듯했다. 진이 입도 대지 않아 과일이 무르고 썩어나가길 반복하자, 영은 종목을 밑반찬으로 바꿨다. 찬장에 즉석 밥도 채워놓았다. 진은 그것들에도 손을 대지 않았다. 최근엔 냉장고에 상시 구비해놓은 우유를 보고 영감을 얻었는지, 시리얼을 사다놓기도 했다. 진은 그 모든 노력이 허사임을 몇 차례 주지시켰으나 소용없었다. 영은 장모와 마찬가지로 설득이 불가능했다.

진은 유리컵에 우유를 따랐다. 우유에서 김치 냄새가 나는 것 같았다. 비위가 상해 반쯤 마시다 식탁에 내려놓았다. 탁자 끄트머리에 놓인 낯익은 물건에 눈길이 닿았다. 검은색 원통형 고무줄이었다. 진은 머리끈을 들어올렸다. 가느다란 갈색 머리카락 한 올이 줄에 딸려 올라왔다가 바닥으로 떨어져 종적을 감췄다. 영의 것이었다. 영은 아내의 대학 동창이었다.

집에 첫발을 디딘 날, 진은 거실 가장자리의 2층으로 이어지는 원목 계단을 발견하곤 자신도 모르게 와, 하고 탄성을 내뱉었다. 천장엔 촛대 수십 개를 이어붙인 듯한 모양새의 샹들리에가 달려 있었다. 텔레비전에서나 볼 법한 화려한 내부 장식이었다. 아버지는 하염없이 천장을 올려다보고 있는 진을 데리고 계단을 올랐다. 서로 마주보고 있는 두 개의 방과 제법 큰 베란다가 나타났다. 아버지는 진에게 2층을 내어주었다. 모두 진의 것이라고 말했다. 진은 방이 두 개나 필요하지 않았다. 둘 중 크기가 작은 방에 가방을 내려놓았다. 진은 작은 공간이 좋았다. 나머지 방은 빈 곳으로 남겨두었다. 아버지는 1층에 짐을 풀었다. 거실 삼면에 책장을 놓고는 한가운데에 사 인용 소파와 안락의자 하나를 놓았다. 거실 전체가 작은 도서관 같았다. 그는 매일 책에 둘러싸인 채 소파에서 쪽잠을 잤다. 진의 아버지는 이십여 년간 소규모 출판사를 운영했다. 평전이나 수필, 종교 서적을 주로 다뤘다. 어느 날 갑자기 회사를 헐값에 매각하고는 출판계를 떠났다. 자금난을 이유로 들었다. 아내가 죽고 이 년이 지난 후였다. 업계 관계자들은 때 이른 은퇴의 까닭으로 자금난보다는 상처喪妻에 무게를 실었다.

은퇴한 그에게 남은 것은 책이 전부였다. 천장에 닿을 듯한 책장 위쪽의 책을 꺼내려면 사다리를 이용해야 했다. 그러나 진이 기억하기로, 아버지가 사다리를 사용한 적은 없었다. 사다리는 책장의 부속품처럼 한자리에 머물렀다. 진의 아버지는 책 자체를 좋아했을 뿐, 독서가는 아니었다. 쌓인 책의 부피감, 각기 다른 표지 디자인이 주는 불규칙성 속의 은근한 통일감이 근사하다고 생각했다. 그는 수집가에 가까웠다. 항상 더 많은 책을, 가능한 한 오래된, 시장에선 이미 사라졌으나 누군가의 책장 구석에서 잠자고 있을 책들을 원했다. 그래서 진의 기억 속에 집은 늘 책으로 둘러싸여 있었다. 진에게는 책이 벽지 무늬 같았다.

네 개의 방 중 실제로 쓰이는 것은 진의 방 하나뿐이었다. 아버지는 1층 방에 철제 행어를 두고 옷을 걸어두거나 겨울 이불, 전기장판, 공구함 등 잡동사니들을 가져다놓았다. 그는 넓고 탁 트인 거실이 편한 듯했다. 부자는 나머지 방들을 텅 빈 채로 남겨두었다. 그래도 이상하지 않았다. 진은 아버지가 어째서 단둘이 지내기엔 터무니없이 큰 집을 선택했는지 의문이 들곤 했지만, 이유를 물어보진 않았다. 둘은 각자의 공간에서 개별적으로 살았다. 식사를 같이하는 법도 없었고 딱히 대화를 나누지도 않았지만, 그것은 이전에도 마찬가지였으므로 이상할 것도 없었다. 시간이 지나자 진은, 아버지가 미성년자인 아들을 두고도 독립적인 생활을 유지할 방안을 고심한 끝에 이 집을 사들인 것인지도 모르겠다고 생각했다.

몇 년 후 아버지는 뇌출혈로 죽었다. 진은 닳아가는 세간과 수많은 책과 텅 빈 방 들 사이에 홀로 남았다. 그 무렵 진은 거실 한

가운데에 서서 아, 하고 소리 내어보곤 했다. 메아리인 듯 여리게 돌아오는 자신의 목소리를 들었다.

진의 아내는 그림을 그리는 사람이었다. 거래처 부장의 질녀였다. 아내는 대학 졸업 후 유학길에 올랐다. 이국에서 사 년을 보낸 뒤 돌아왔다. 두세 번의 단체전과 서너 차례의 개인전을 열었다. 인터넷 포털 사이트에 아내의 이름을 치면 미술 전문 잡지에 실린 인터뷰가 가장 먼저 보였다. 아내는 유래를 짐작조차 할 수 없는 이질적인 예명을 썼다. 부장은 습관적으로 질녀를 아명으로 불렀다. 진은 아내가 가진 세 개의 이름 중 무엇으로 불러야 할지 잠시 고민하다, 호적상 이름으로 부르는 게 무난할 것이라 결론지었다. 세 개의 이름 중 그것이 가장 평범하기도 했다. 맞선 전날, 진은 아내의 개인전 관람 후기를 포스팅한 블로그 하나를 찾았다.

그림의 나무는 혀를 빼문 짐승처럼 붉은 과육이 드러난 열매를 주렁주렁 매달고 있었다. 아내는 그림 가장자리에 관람객과 나란히 서 있었다. 날짜상으론 그것이 아내의 가장 최근 모습이었다. 진은 인터뷰도 조금 읽어보았지만 요지를 파악하기 어려웠다. 아내는 단순한 이야기를 복잡하게 하는 사람 같았다. 진은 미술에 소양이 없었기에 더는 이해하려고 노력하지 않았다. 진은 주먹만 한 링 귀걸이를 한 사진 속 아내를 유심히 보았다. 그림도 사람도 야했다. 상사의 압력에 가까운 부탁이 아니었다면 마주앉을 기회조차 없을 만큼 자신과 동떨어진 부류의 사람 같았다. 진에게 선 자리는 업무의 연장선상이나 진배없었다.

컴퓨터를 끄기 전, 진은 검색엔진에 자신의 이름을 입력해보았다. 각기 다른 직업과 나이, 성별을 가진 개별적인 진들이 끝없이 쏟아졌다. 자신의 정보는 없었다. 진은 인터넷 동호회도, 쇼핑도, 블로그도 하지 않았다. 검색 페이지의 끝을 알기 어려울 만큼 많은 진이 그곳에 있었다.

진은 양치질을 하다 말고 욕실 선반 위에 놓인 샘플 화장품을 유심히 바라보고 있었다. 여성용 수입 화장품 브랜드였다. 하나는 에센스였고, 다른 것은 아이크림이었다. 진은 화장품들이 언제부터 이곳에 있었는지 기억을 더듬어보았다. 희미했다. 주중에는 주변을 둘러볼 여유가 없었다. 진은 머리끈과 마찬가지로 화장품 역시 영의 것이라 짐작했다. 이 집을 드나드는 것은 불심검문을 하듯 간헐적으로 찾아오는 장모와 영뿐이었다. 게다가 영은 집 열쇠를 가지고 있었다. 진은 샤워기의 물 온도를 조절하면서도 선반 구석에 나란히 놓인 샘플 화장품들에서 시선을 떼지 않았다. 영 눈에 거슬렸다.

영이 집에 드나들기 시작한 것은 진이 혼자되고 얼마 지나지 않았을 무렵부터였다. 영은 진보다도 비통한 얼굴로 찾아왔다. 진은 과도하게 슬픔에 젖은 영을 바라보며, 자신이 위로받아야 하는 입장인지 위로해야 하는 것인지 잠시 헛갈렸다. 아내는 처음 진에게 영을 소개할 때, 친자매나 다름없는 사이라는 표현을 썼다. 형제가 없던 진은 그 말이 무척 친하다는 것 이외에 어떤 의미가 있는지 알지 못했다. 영은 말수가 적은 진 대신 많은 말을 했다. 주로 아내의 대학 시절과 아내가 유학할 당시 떠돌았던 소문에 관한 것이었다. 영의 말법은 교묘한 데가 있었다. 영은 자신과 단짝이던 아내의 대학 시절을 아름답게 미화하는 대신, 아내가 유학하는 동안 떠돌던 좋지 않은 풍문에 대해선 신뢰감이 느껴지는 담백한 말투를 썼다. 소문 속의 아내는 스스럼없이 약을 하고 현지인과 동거를 하다 아이를 지우고 휴대전화로 애인들의 성기를 찍어 수집하는 여자였다. 진은 그것이 다소 과장되긴 했지만 아주 없는 이야기는 아닐지도 모른다고 생각했다. 그것은 진이 아내를 불신해서가 아니라, 그녀가 아내이기 이전에 예술가인 탓이었다. 아내의 도덕관념이 자신과 같은 일반인의 상식선보다는 느슨할 것이라고 짐작했기 때문이었다. 진은 아내의 과거에 아무런 관심이 없었지만, 영은 그것을 눈치채지 못했다. 영은 둔한 데가 있었다. 영은 때때로 왕비를 잃으면 아내의 자매를 후처로 들였던 과거 왕들의 일화를 농담처럼 건네곤 했다. 진은 그 태도가 친자매와 다름없다는 표현이 무슨 의미인지를 대변한다고 생각했다.

진은 식탁 위에 놓여 있던 머리끈을 떠올렸다. 머리끈은 실수로 놓고 간 게 아닐 것이다. 영은 고등학생처럼 손목에 늘 고무줄을 두세 개씩 차고 다녔다. 손목에 매어두지 않으면 다 도망가버린다고, 언젠가 진이 자신의 손목을 의아하게 바라보고 있음을 눈치챈 영이 말했다. 진은 영이 집으로 찾아와 요리나 설거지를 하는 것이 홀로 남은 자신에 대한 측은지심이나 가까운 이를 잃은 동병상련에서 비롯된 것만은 아니라는 것을 짐작하고 있었다. 아내의 경우가 그러했듯, 진은 자신에게 호의를 보이는 영의 마음을 잘 이해하지 못했다. 사실 알고 싶지도 않았다. 단지 영이, 직접 만든 음식으로 냉장고를 채우는 것을 넘어 점진적으로 영역을 넓혀가고 있는 것에 심기가 불편할 따름이었다. 영은 아내처럼 호전적인 타입은 아니었다. 영은 상대방 앞에선 곧잘 순응하며 따르는 척하지만, 뒤돌아서면 자신의 페이스를 유지하는 독불장군에 가까웠다. 영은 치밀한 전략가처럼 자세를 낮추고는 공략의 기회를 엿보고 있었다. 어쩌면 이미 관계를 오해하고 있는지도 몰랐다. 진은 갑자기 영이 부담스러워졌다. 샘플 화장품이나 머리끈 따위의 여성용 소품을 놓고 가는 것도 구차해 보였다. 진은 샤워기 아래 섰다. 어깨와 정수리로 떨어지는 물줄기가 바늘로 찌르는듯 따가웠다. 진은 아내가 죽은 지 얼마나 지났는지 머릿속으로 계산해보았다. 팔 개월이었다. 영이 이 집을 드나든 지도 꼭 반년이 지났다.

이사한 이듬해, 아버지는 산에 가자고 했다. 진은 군말 없이 따라나섰다. 아버지가 무언가를 제안하는 것은 드문 일이었다. 날이 찼다. 드문드문 해가 났다가 맥없이 사그라졌다. 두어 시간 산을 올랐을 무렵, 통나무집 한 채가 나타났다. 처마밑에서 돼지가 그려진 작은 간판이 덜렁거렸다. 아버지는 아무런 언질 없이 통나무집을 지나쳐 뒤뜰로 갔다. 진은 자갈이 깔린 앞뜰에 남았다. 아버지가 농장주와 이야기를 하고 있었다. 드문드문 가격을 흥정하는 듯 숫자가 오갔다. 진은 아버지가 무엇을 하려고 두 시간이나 산을 올랐는지 여전히 알지 못했다. 궁금했지만 번번이 질문할 기회를 놓쳤다. 진이 얇은 자갈층 아래 무른 흙을 운동화 앞코로 찍으며 무료함을 달래고 있을 때, 아버지가 목줄을 한 돼지 한 마리를 끌고 진 쪽으로 다가왔다. 농장주 역시 돼지를 앞세우며 아버지의 뒤를 따랐다. 농장주는 대형견을 산책시키듯 노련하게 가축을 다뤘다. 진이 놀라 뒷걸음질쳤다. 살아 있는 돼지를 본 것은 처음이었다.

농장주와 아버지는 산길을 올랐다. 산중턱에 이르자 완만한 경사로 이루어진 참나무 숲이 나타났다. 훈련된 돼지들이 코를 땅에 처박고는 흙을 뒤지기 시작했다. 돼지가 말라비틀어진 작은 열매와 솔방울과 그 아래 이미 썩어 흙의 상태로 돌아가려는 축축한 낙엽을 코로 들춰내자 검붉은 흙이 드러났다. 진은 처음으로, 땅이 여러 겹의 보호막을 지니고 있음을 알았다. 진은 말린 돼지 꼬리를 좇았다. 농장주와 아버지는 목줄을 쥐지 않은 다른 손에 작은 모종삽을 들고 있었다. 돼지들이 한자리에 미동 없이 서서 장시간 땅에 코를 박고 있다가 앞발로 흙을 파내려 할 때, 둘은 기다렸다는 듯 재빠르게 목줄을 잡아당기고는 주머니에 넣어온 사료를 먹였다. 돼지들이 사료에 눈길을 주는 사이, 모종삽으로 돼지들이 파려다 만 자리를 뒤적거렸다.

셋은 아무런 성과 없이 오랫동안 숲을 헤맸다. 숲은 순식간에 고요해졌다. 진의 귀에는 돼지와 농장주의 숨소리만이 번갈아 들렸다. 나무 사이로 빛이 잦아드는 것을 깨달은 농장주가 수색을 멈췄다. 그는 저만치 떨어져 있는 아버지를 큰 소리로 불렀다. 작은 형체는 일렁이기만 할 뿐 커지지는 않았다. 농장주는 좀더 큰 소리로 아버지를 불렀다. 농장주의 돼지 뒤꽁무니를 따르던 진이 그제야 퍼뜩 정신을 차렸다. 아버지를 향해 달렸다. 아버지는 바닥에 주저앉아 모종삽으로 땅을 파고 있었다. 찾는 것은 어디에도 없었다. 땀에 젖은 등산복이 등에 달라붙었다. 바짓단이 얼룩덜룩했다.

아버지.

온종일 한마디도 하지 않았던 진의 목소리가 가시에 걸린 듯 뒤틀려 나왔다.

농장주는 냉장고에서 작은 밀폐 용기를 꺼냈다. 진은 어깨너머로 농장주가 키친타월에 겹겹이 싸인 거무스름한 무언가를 집어

드는 것을 보았다. 꼭 짐승의 배설물을 말린 것 같았다. 진은 눈살을 찌푸렸다. 농장주는 그것이 우리가 그토록 찾던 진귀한 버섯이라고 말했다. 버섯은 검은색인데다 땅속에서 자라, 훈련된 암퇘지가 아니면 찾아내기 어렵다고 했다. 아버지와 농장주는 좋아하는 버섯을 찾아 산을 헤매도록 돼지를 내버려두고, 돼지가 애써서 찾아낸 먹이를 강탈하기 위해 반나절 동안 신경이 곤두서 있었던 것이었다. 농장주는 냉장고에서 여남은 개의 달걀을 모두 꺼내 스테인리스 볼에 넣고 휘젓기 시작했다.

농장주는 얇게 썬 버섯이 군데군데 박힌 달걀말이를 내왔다. 고작 커다란 토끼똥을 닮은 버섯이 들어간 달걀말이를 위해 숲을 헤집고 다녔다니. 진은 허탈했다. 농장주는 버섯 채취에 실패할 때를 대비해 여분의 것을 준비해두고 있었다. 그는 값비싼 식재료를 가장 소박한 방식으로 소비하는 것이야말로 품위 있는 행동이라고 말했다. 진은 그때의 품위라는 표현이 싫지 않았다.

아버지는 어린아이처럼 얌전히 탁자에 앉아 있었다. 자신 앞에 놓인, 김이 모락모락 나는 달걀말이를 물끄러미 바라보더니, 갑자기 울기 시작했다. 아버지는 통곡했다. 맞은편에 앉은 진은 안절부절못했다. 아버지는 어째서 우는 것일까. 직접 버섯을 찾아내지 못해 억울한 것일까. 농장주가 말한 품위라는 표현이 못마땅한 것일까. 진은 태어나서 단 한 번도 맡아본 적 없는 기이한 향의 달걀말이를 눈앞에 두고 있었다. 석유나 본드, 시너 냄새 따위가 떠올랐다. 진은 이곳에서, 아버지의 우는 얼굴도, 살아 있는 돼지도, 기름 냄새가 나는 달걀말이도, 모두 처음 보았다. 불편했다. 그 자리에서 사라져버리고 싶었다.

가로수 가지가 좌석 버스 차창에 닿을 듯 길게 손을 뻗었다. 입 안 가득 물을 머금어 금방이라도 뿜어져 나올 듯 나무 내부에 물이 차오르는 계절이었다. 물기가 많은 나뭇가지는 엿가락처럼 길게 늘어진다는 것을, 진은 매년 마당 한가운데에서 죽었다가 부활하는 라일락을 통해 알았다. 나무는 유연했다. 조금 더 많은 빛을, 조금 더 많은 물을 얻기 위해 최대치의 잎을 틔웠다. 나무는 근면했다. 진은 문득 상처의 유전에 대해 생각했다. 아버지가 어머니를 잃었듯이 자신 역시 아내를 잃었다. 아버지가 쪽잠을 자던 사인용 소파에서 잠들 때면 다스릴 백성이 없는 왕좌라도 물려받은 기분이었다.

대학교 2학년 때 아버지가 죽자 진은 대출받은 학비를 갚기 위해 마지막 학기가 시작될 무렵 소규모 회사에 취직했다. 전공과는 무관했다. 아버지의 통장 잔액은 진이 아르바이트로 십시일반 모은 돈보다도 적었다. 집은 팔리지 않았다. 진은 집을 담보로 대출을 받아 각종 세금과 공과금과 이자를 메웠다. 진은 자신에게 벌어진 모든 일을 담담히 받아들였다. 개별적으로 슬퍼하기엔, 진의 곁에는 죽음이 너무 많았다.

아내는 남들과 다르게 살고 싶어했다. 진은 다르게 산다는 게 구체적으로 어떻게 사는 것인지 감이 오지 않았다. 아내가 어째서 세상 누구와 견주어도 손색없을 정도로 평범한 자신을 선택했는지 이해할 수 없었다. 그러나 세상에는 이해할 수 없는 일들이 도처에 있었다. 부부는 결혼한 뒤 진이 살던 집에 신접살림을 차렸다.

피로연은 집에서 하기로 했다. 아내가 부른 손님은 오십 명에 달했다. 여러모로 밖에서 하는 편이 합리적이었지만, 아내가 집에서 하자고 했다. 빈방에 수십 병의 와인과 백 병이 넘는 맥주, 그리고 보드카를 들였다. 아내의 친구들은 약속이라도 한 듯이 저마다 독주 한 병을 옆구리에 끼고 나타났다. 방은 주류 백화점 같았다. 아내는 출장 뷔페를 부르는 것이 어떻겠느냐는 진의 제안을 못 들은 체했다. 안주는 과자 부스러기와 피자 네댓 판이 전부였다. 안주가 부실한 탓에 모두 빠르게 취기가 올랐다. 진은 귀가 터질 듯한 음악소리 때문에 술을 마시지 않아도 취한 듯 속이 울렁거렸다. 진은 그 자리의 주인공이면서도 친구들을 따라 처음 클럽에 온 대학생처럼 쭈뼛댔다. 빈 술병을 치우거나 재떨이를 비운다는 명목으로 빈방에 들어가 눈을 붙였다. 진이 눈앞에서 보이지 않으면 아내는 음악보다 더 큰 목소리로 진의 이름을 불러댔다. 그날의 아내는 사납고 시끄럽고 제멋대로였다.

선 자리에서 처음 만난 아내는 단정한 투피스 정장을 입고 있었다. 차분한 갈색 머리를 귀 뒤로 넘기고 있어, 진은 몇 번이나 블로그의 사진과 실물을 확인한 뒤에야 자리에 앉았다. 아내는 예상보다 상식적인 사람이었다. 정확히는 상식적인 수준의 대화가 어떤 것인지 잘 아는 듯했다. 그녀는 적당히 대화를 이끌고, 말을 더듬는 진의 긴장을 풀어주기 위해 부드럽게 미소 지어 보이는 여유를 부렸으며, 자리가 무르익자 자연스럽게 진을 술자리로 이끌었다. 진이 기억하는 그날의 가장 인상적이었던 장면은, 술집을 나선 아내가 발이 아프다며 하이힐을 벗더니 발뒤꿈치를 들고 맨발로 아스팔트를 걷던 모습이었다. 벗어던진 하이힐을 챙긴 진은 아내의 창백한 발가락이 소리 없이 움직이는 것을 멍하니 바라보았다. 아무리 걸어도, 아무리 귀를 기울여도, 아무런 소리도 들리지 않았다. 그것은 진이 여태껏 본 것 중 가장 고요하게 마음을 뒤흔드는 광경이었다. 진은 그때, 아름다움이란 게 일상에서 구현될 수도 있다는 사실을 깨달았다. 삶이 무료한 일상과 불현듯 들이닥치는 사고의 교차로 이루어진 것이라면, 예상할 수 없는 것의 자리에 아내가 놓여도 좋을 것 같다고 생각했다. 그럴 가치가 있어 보였다. 그러나 어떻게 감당해야 할지에 대해선 깊게 고민하지 않았다. 둘은 만난 지 삼 개월 만에 결혼식을 올렸다.

피로연이 시작된 지 한 시간도 안 돼 아내는 술에 취했다. 진에게 자신을 진심으로 좋아하느냐고 물었다. 진은 아내의 발음이 정확하지 않아 이해하는 데 시간이 걸렸다. 아내는 진이 대답을 망설인다고 생각했는지, 피로연이 파할 때까지 질문 공세를 멈추지 않았다. 진은 자주, 너무 많이 대답해, 아내를 좋아한다는 사실이 낯설게 느껴지기까지 했다.

피로연에 마지막까지 남은 손님은 영이었다. 영이 사방에 널린 술병들을 한곳에 모으고 있는 것이 보였지만, 진은 손가락 하나 까딱할 힘이 없었다. 취기보다 피로가 극심했다. 아내는 안락의자에서 금방이라도 흘러내릴 듯 등을 기대고 있는 진을 일으켜세웠다. 진은 기어가듯 2층으로 끌려 올라갔다. 선물이 있어. 아내는 진을 침대에 내팽개치듯 내려놓고는 방을 나섰다. 진이 누운 채로 셔츠의 단추를 풀고 있을 때, 아내가 방안으로 영을 데려왔다. 셋이 하자. 아내가 영의 뒤에 서서 그녀의 가슴을 만지며 말했다. 술에 취한 진은 자신이 제대로 들은 것이 맞는지 판단이 서지 않았다. 진은 풀던 단추를 다시 채우며 고개를 갸우뚱했다. 아내와 영이 웃었다.

갤러리 입구에 걸린 현수막엔 아내의 옆모습이 인쇄되어 있었다. 결혼 전 사진인지 볼이 동그스름했다. 순한 얼굴이었다. 단정한 글씨로 아내의 예명과 함께 마지막 전시회라는 타이틀이 붙었다. 진은 결혼 후에도 아내를 호적상 이름으로 불렀다. 아내는 그 이름을 좋아하지 않았기에, 아내의 가족과 친구 중 누구도 그녀를 그 이름으로 부르는 사람은 없었다. 그러나 진은 예명이 도무지 입에 붙질 않았다. 의식하지 않으면 자연스레 본명이 튀어나왔다. 아내는 몇 차례 고쳐주다, 이내 포기했다. 이름 부르기는 진이 아내에게 부린 거의 유일한 고집이었다. 진은 아내의 본명이 마음에 들었다. 아내가 가진 것 중에서 드물게 과장되지 않았기 때문이었다.

아내는 집을 고치자고 했다. 집은 낡고 어두웠지만, 세월의 손때가 묻어 고풍스러운 맛이 있었고 여전히 튼튼했다. 그러나 아내는 각종 리모델링 서적을 들고 와 진에게 보여주며, 오래된 집을 세련되게 고쳐 비싼 값에 되파는 것이 유행이라고 했다. 진은 아내에게 그런 계산속이 있다는 것에 놀랐다. 진은 리모델링을 반대하는 건 아니었지만, 적극적이지도 않았다. 집은 너무 오래 살아 지겨운 감도 있었지만 그만큼 익숙하기도 했다. 그러나 아내의 말도 일리는 있었다. 진은 상황에 순응하기로 했다. 공사는 아내의 주도로 이루어졌다. 아내는 유학 시절 알고 지낸 인테리어 디자이너를 데려왔다. 그는 한옥을 개축한 빈티지 카페로 히트를 쳤다고 했다. 아내는 인테리어 잡지에 실린 사진 몇 장을 진의 눈앞에 갖다 댔다. 진이 보기엔, 조금 유치했다. 주로 원목을 이용했지만 부위별로 색과 무늬가 달라 어수선했고, 원색 타일로 곳곳에 포인트를 주어 아기자기한 느낌이 강했다. 진은 인테리어에 대해 아는 것이 전혀 없었으므로 말을 아꼈다.

디자이너는 거실의 한쪽 벽면을 모두 트고 이중창을 달 것이라고 설명했다. 진은 기계적으로 고개를 끄덕거렸다. 아버지의 책은 방으로 피신했다. 방진 마스크를 쓴 시공업자들이 신발을 신고 집 안으로 들어와 망치로 콘크리트 내벽을 부쉈다. 오래된 파벽돌은 그 자체로도 비싼 값에 팔거나 인테리어에 재사용할 수 있었기에 한결 조심스럽게 다뤘다. 그즈음 진은 통곡하던 아버지의 모습이 떠오르곤 했다. 산중의 밤, 아버지의 일그러진 얼굴 뒤로 부드러운 빛을 발하던 별들이 있었다. 오랫동안 잊고 있었다. 생각해보면 잊은 것이 수없이 많았다.

얼마 지나지 않아 공사는 중지되었다. 아내가 갑자기 입원했기 때문이었다. 아내는 지병이 있었다. 가족 중 아내에게 병이 있는 것을 몰랐던 사람은 진이 유일했다.

진이 갤러리에 들어서자, 볼이 푹 꺼진 장모가 안쪽에서 걸어나왔다. 아내가 살아남아 늙어가는 모습을 목격했다면, 꼭 지금 장모의 얼굴과 같았을 것이라는 생각이 뇌리를 스쳤다. 장모는 뼈와 가죽밖에 남은 것이 없어 보일 정도로 깡말랐다. 검은색 플레어스커트에 폭이 넓은 벨트로 허리를 옥죄고 있었다. 한껏 부풀린 머리카락 때문에 모래시계 같았다. 장모는 진이 입은 양복이 못마땅한 듯 위아래로 훑어보았다. 진은 장모의 시선이 닿는 곳마다 두드러기처럼 피로가 돋아나는 것을 느꼈다.

전시회를 연 건 아내의 그림을 처분하기 위함이었다. 아내는 이제 막 이름을 알리기 시작한 화가였을 뿐, 유명세를 탄 적이 없었기에 죽음이 작품의 시세에 영향을 끼치진 못했다. 가족장으로 간소하게 치렀던 장례식을 대신해, 장모는 아내의 지인들을 초대했다. 약간의 조의금을 내고 원하는 그림을 가져가게 했다. 오늘은 아내의 생일이었다.

아내는 병원에서 오 개월을 보냈다. 마지막 한 달은 친정집에서 지냈다. 진의 집이 공사중이라 환자에게 유해하다는 것이 그 이유였다. 진은 변명처럼 느껴졌지만, 환자를 사이에 두고 줄다리기를 하는 것 같아 잠자코 있었다. 기실, 진은 아내의 명목상 남편일 뿐 별다른 힘이 없었다. 아내는 진과 고작 팔 개월을 살았을 뿐이었다. 아내와 아내의 가족이 왜 병을 숨겼는지, 어째서, 누구도 자신에게 아내의 병을 귀띔해주지 않았는지 모든 것이 의문으로 남았다. 진은 다시 혼자로 돌아갔다. 때때로 농락당했다는 억울함에 화가 목구멍 끝까지 치밀어올랐다. 그러나 아는 것이 아무것도 없어 무력했다. 입원한 지 얼마 지나지 않았을 무렵 이미 아내는 몸 전체가 누렇게 떠 있었다. 그 이후엔 면회도 거절되었다. 진은 아내의 상태를 장모를 통해 전해 들었다. 결혼 전 생활로 돌아갔다. 매일 출근했다. 퇴근하면 홀로 맥주를 마시다 잠이 들었다.

허문 벽을 정리하고 이중창을 세우는 것으로 리모델링 작업은 마무리되었다. 아내가 바랐던 시스템 부엌과 아일랜드 식탁은 없던 일로 했다. 진은 더이상의 소란을 원하지 않았다. 아내의 남동생에게 장례식과 입관 일자를 전해 들었다. 진은 홀로, 짧지 않은 시간 동안 이별의 절차를 밟았다. 진은 자신이 그간 해왔던 노하우대로, 슬픔과 분노, 고통으로부터 저만치 떨어진 채로, 그것이 진흙 구덩이라도 되는 듯 빠지지 않기 위해 조심스레 발밑을 더듬으며 아내를 보냈다.

진은 참을 수 없는 불편함을 견디는 것이 오늘의 임무임을 알고 있었다. 아내의 가족과 지인들은 갤러리 한가운데, 여러 개의 책상을 이어붙인 긴 탁자 주변에 자리를 잡았다. 그들은 고인이 오랜 투병 생활 끝에 편안한 모습으로 눈을 감을 수 있어 다행이었다며, 서로에게 위로의 말을 던졌다. 진은 오랜 투병 생활을 보지 못했기에 위로받지 못한 채, 탁자 구석에 자리를 잡았다. 사람들은 아내의 유년 시절 사소한 사건까지 들추어 사랑스러운 추억으로 미화했다. 진은 그들의 이야기 중 절반은 알았고 절반은 금시초문이었다. 진은 그들과 아무런 추억도 공유하고 싶지 않아 잠자코 있었다.

그녀는 성실한 아내였습니까? 옆자리에 앉아 있던 남자가 진에게 물었다. 예, 그런 편이었죠. 당황한 진이 얼버무렸다. 상상이 잘 되질 않는군요. 영원한 자유주의자일 줄 알았는데. 남자는 웃음기가 묻어나는 목소리로 대답했다. 남자의 어투는 묘하게 진을 깔보는 듯했다. 갤러리에 있는 대부분의 사람이 그러하듯, 아내를 잘 아는 사람이거나 잘 아는 것을 과시하려는 이 같았다. 진은 자유주의자가 무엇을 뜻하는지 곰곰이 생각하다가 대답할 타이밍을 놓쳤다. 둘 사이에 어색한 침묵이 흘렀다. 진은 다만 그 자리에서 연기처럼 사라지고만 싶었다.

아내의 남동생이 케이크를 들고 나타났다. 영이 폭죽을 들고 뒤를 따랐다가 자연스럽게 진의 옆자리에 앉았다. 케이크가 탁자 위로 올라오자, 사람들이 기다렸다는 듯 와인 잔을 들었다. 남동생이 생일 축하 노래를 선창했다. 곧 사람들이 따라 부르기 시작했다. 사람들은 웃어야 할지 울어야 할지 갈피를 잡지 못하는 듯 묘한 표정을 지으며 연신 장모의 표정을 살폈다. 축하하는 것이 옳은 일인가. 그전에, 가능하기는 한가. 진은 헛웃음이 새려는 것을 억지로 참았다. 노래는 종반부에 이르러 연기처럼 맥없이 사라졌다. 폭죽이 터지며 분위기가 일단락될 것을 모두가 간절히 바라고 있을 때, 폭죽을 쥔 영이 울음을 터뜨렸다. 진은 절망적이었다. 지금이라도 자리를 박차고 일어나 집으로 돌아가고 싶었다. 영이 눈물을 흘리며 손으로 진의 팔꿈치를 만지작거렸기 때문이었다. 진의 얼굴이 타오를 듯 붉어졌다. 영과의 관계를 누구에게도 들키고 싶지 않았다. 거리낄 것은 없었지만, 진은 사람들의 입방아에 오르는 것을 원치 않았다. 장모에게 특히나 그랬다. 영의 울음에 당황한 사람들이 일순 입을 다물었다. 대학 동창 몇이 엉덩이로 의자를 밀고 일어나 티슈 몇 장을 뽑아들고 영에게 다가오며 침묵이 깨졌다. 그때 옆자리에 앉은 남자가 남동생에게 생일 선물이라며 붉은 포장지에 싸인 작은 물건을 건넸다. 장모와 남동생은 지나치게 고마워했다. 남동생은 조심스럽게 포장지를 벗겨냈다. 시디였다. 남자는 그녀가 클래식을 좋아했다는 사실은 아무도 몰랐을 것이라며 으스댔다. 사람들은 과장되게 놀라워하며 분위기를 맞췄다. 많은 이들의 노력에도 불구하고 다시 침묵이 찾아왔다. 남동생은 당장 들어봐야겠다며 자리에서 벌떡 일어나더니 갤러리 뒤편으로 사라졌다. 그때 진은 여기 참석한 모든 사람이 자신과 마찬가지로 온 힘을 다해 어색함을 견디고 있다는 사실을 깨달았다.

옆자리의 남자가 진에게 음반에 대해 설명하기 시작했다. 진은 그와 이야기를 나누고 싶지 않았지만, 지금의 끔찍한 침묵보다는 나았다. 그것은 1981년, 캐나다 출신의 피아니스트가 죽기 직전 연주한 피아노 변주곡집이었다. 자신이 평생에 걸쳐 연주하고 녹음했던 그 곡을, 그는 오랜 지병 때문에 거의 소진된 체력으로 재차 녹음했다. 그 변주곡을 처음 녹음한 것은 1955년이었다. 그때 1번 아리아의 연주 시간은 일 분 오십 초가량이었다. 이십육 년이 지난 1981년 같은 곡을 다시 연주했을 때, 연주 시간은 삼 분을 넘겼다. 남자는, 길어진 연주를 채우는 것은 단순히 늘어진 음이 아닌 짧은 묵음의 순간들이라고 말했다. 진은 그 말이 매우 추상적으로 들렸지만, 느낌이 나쁘지는 않았다. 묵음의 순간들. 진은 자신에게도 그런 순간들이 필요하다고 생각했다. 피아니스트는 그 이듬해 사망했다. 남자의 설명이 끝나자, 진은 어렴풋이 잊고 있었던 기억 하나를 떠올렸다. 진은 이 연주자를 알고 있었다. 그의 장례식은 1982년 10월 15일에 열렸다. 그가 오랫동안 기억하리라며 책에 밑줄까지 그었으나 금세 잊었던, 평생을 고독하게 살다 홀로 죽었다, 로 마침표가 찍힌 바로 그 피아니스트였다. 진의 입가에 희미하게 미소가 떠올랐다. 진은 잃어버린 소중한 추억 하나를 되찾은 기분이었다.

피로연 날 밤, 진은 영과 아내의 나체 사이에서 무던히 노력했으나 결국 발기가 되지 않았다. 진은 과음 때문인지, 부담감 때문인지, 둘 다인지, 머릿속에서 변명거리를 찾느라 고개를 들지 못했다. 영은 침대 밑에 떨어진 팬티를 집어 조용히 다리 사이에 꿰었다. 아내는 소리 내어 웃었다. 그리고 진의 머리통을 꼭 껴안았다. 시시한 남자네. 아내의 목소리는 무척이나 다정해서, 진은 바짝 긴장한 몸이 눈 녹듯 풀리는 것만 같았다. 나는 시시한 사람이구나. 그래도 진은 기분이 나쁘지 않았다. 아내의 품이 더없이 따듯했기 때문이었다.

집으로 돌아온 진은 사 인용 소파에 앉았다. 전면 창에, 만개한 라일락이 가득찼다. 진은 항상 뒤늦게 꽃이 핀 것을 안다. 초봄, 꽃을 틔우기 위해 나무가 내보내는 수많은 사소한 전조들을, 진은 본 일이 없다. 그래서 진에게는 꽃나무의 풍경이 갑자기 주어지는 선물 같다. 진은 맥주 한 캔을 땄다. 토요일이라 금주를 해야 했지만, 오늘만은 마실 자격이 있다고 생각했다. 맥주는 차고 부드러웠다. 진은 입안 가득 술을 머금으며 자신 앞에 남아 있는 수많은 고독의 날들을 응시했다.

해설

당신의 안무이자 악보가 될 이야기들

김나영(문학평론가)

현실에서부터 현실 아닌 곳으로

「대지의 노래」는 작가가 각주를 통해 밝힌 대로 세계적인 안무가 케네스 맥밀런의 〈대지의 노래Das Lied von der Erde〉에서 제목을 따온 작품이다. 익히 알려져 있듯, 이는 구스타프 말러의 유명한 교향곡 제목이기도 하다. 맥밀런은 말러의 음악을 바탕으로 안무를 했고, 그렇게 '대지의 노래'는 클래식 음악에서 발레로, 다시 소설의 제목으로 연결된다. 이후에 안무가 존 노이마이어 역시 같은 작업을 했는데, 백여 편의 창작 안무를 발표한 그가 뒤늦게 〈대지의 노래〉로 안무를 창작한 후에 했던 인터뷰의 한 대목은 인상적이다. 말러의 곡으로 여러 작품을 만들었으면서도 유독 이 유명한 곡의 작업이 뒤늦게 이뤄진 이유에 대해 묻자 그는 이렇게 답한다. "오십여 년 전 젊었을 때, 슈투트가르트 발레단 시절이었죠. 케네스 맥밀런이 안무한 〈대지의 노래〉에 춤을 추었었어요. 당시 이 작품이 내겐 신선한 충격이었어요. 고전적인 기술을 현대화해서 재해석했었는데, 안무 스타일이 독특했어요. 그리고 음악과 글의 아름다움에 매혹되었죠. 마치 시가 춤이 된 것 같았어요. 그리고 오랫동안 말러와 맥밀런의 걸작에 손을 댈 수 없었죠."*

존 노이마이어 역시 기존의 것들을 재해석하는 동시에 현실적인 의미를 새롭게 만들어내는 일에 관심이 있으며 그의 안무가 전체적으로 고전적인 느낌을 주면서도 마치 내레이션처럼 끊임없이 무언가를 전달하려는 데에 그 특징이 있다는 점을 상기해본다면, 이 인터뷰는 그가 밀러와 맥밀런의 작품을 거듭 새롭게 해석하고 그를 통해 전달할 수 있는 또다른 이야기를 구상하는 데에 자기만의 시간이 필요했던 것이라고 이해해볼 수도 있겠다. 노이마이어가 그랬듯이 김유진 역시 「대지의 노래」에서 밀러와 맥밀런과 노이마이어, 그리고 알려지거나 알려지지 않은 수많은 〈대지의 노래〉를 바탕 삼아 전혀 다른 이야기를 들려준다. 그것은 단순히 요약할 수 있는 작품의 주제 같은 게 아니라, 음악과 무용과 문학을 각각 이루는 감각적 요소들의 해체와 재조립을 기본으로 하되 그와 같은 작

* http://www.datanews.co.kr/news/article.html?no=75240

업이 이뤄지는 현실이라는 무대에 대한 작가의 예민한 관심과 사유와 감각이 빚어내는 이야기다. 애초에 말러의 곡이 중국 시에서 영감을 받아 쓰였다는 사실은 거듭 설명하지 않아도 될 것 같다. 김유진의 소설이 일러주듯 말과 소리와 음악은 서로 뒤섞이고 한덩어리를 이루면서 그 각각의 고유함과 가치를 더하기 때문이다.

이번 작품집에서는 김유진의 소설이 보여주는 독보적인 형식, 즉 말(언어)로 쓰이고 존재함에도 불구하고 몸짓과 소리를 떠올리게 함으로써 그 의미를 증폭시키는 이야기라는 점이 더욱 강화되어 드러난다. 맥밀런이 자주 시에서 영감을 얻어 안무를 만들었다는 점을 거꾸로 말하면 김유진의 소설이 쓰이는 방식이 아닐까 싶을 정도로, 그의 소설 곳곳에는 어떤 소리와 몸짓의 흔적들이 언어의 형태로 기록되어 있다. 〈대지의 노래〉는 그야말로 대지를 딛고 두드리며 생성되는 소리와 몸짓을 아울러 부름직한 것일 텐데, 결국 이 노래가 울려퍼지는 곳은 대지 아닌 곳, 말하자면 대기처럼 대지를 벗어난 공간이기도 하다. 이처럼 노래가 가능하기 위해서는 대지 아닌 곳이 필요하다는 〈대지의 노래〉의 역설은 김유진 소설의 언어가 노리는 지점이기도 하다. 그의 이야기는 지극히 사소한 일상의 세부로부터 길어올려지는 듯하지만, 그 면면은 일상을 벗어나는 지점을 향하고 있다. 잊고 있었던 기억이나 이유 모를 꿈의 형태로 불쑥 일상을 침범해서 한순간 인물을 불안과 위기에 빠뜨리고 허우적대게 만드는 것, 그것은 설명할 수 없지만 분명하게 삶을 압도하며 각자의 현실을 거듭 현실로 확인하게 만드는, 보이지 않는 현실의 이면이다. 김유진의 소설은 현실을 그리는 언어로 쓰이지만 결국 현실 바깥의 어떤 곳을 상상하게 하는 힘으로 읽힌다.

경계를 지우는 몸으로

거듭 이야기되어왔지만, 지금까지 김유진이 보여준 작품세계에는 분명 독보적인 데가 있다. 언어와 음악과 몸짓이 구분 없이 뒤섞이는 순간을 발견하고, 그 순간에 집중할 때 발생하는 또다른 세계의 분위기와 형상을 채집한 것이 그의 소설이다. 또한 소설의 인물들은 그 순간들로 채워진 세계를 감지하는 한 순간을 체험하면서도 그 체험을 쉽사리 단발적인 경험으로 치부하지 않는다. 그들은 그 한 순간을 마치 일생으로 여기듯 예상하지 못한 방식으로 자신을 이끄는 그 순간의 체험에 대체로 순응하며, 결과적으로는 한 사람의 삶이라는 게 어떤 식으로 흘러갈 수 있는지를 담담히 보여준다.

김유진의 소설에 소리와 냄새, 온도와 습도, 이물감과 통증처럼 오감과 관련한 것들이 중요한 소설적 장치로 등장하는 것은 이와 무관하지 않다. 인물들과 그들이 겪는 크고 작은 사건들, 그 시간과 공간이 그려내는 세계의 모습은 무엇보다도 그러한 감각적 소여들에 의해 비로소 '살아 있는', 혹은 '현실감 있는' 것으로 꾸려지고 나타난다. 사실 직접적으로 얻는 감각적 경험만큼 리얼한 건 없다는 점에서 이를 지극히 현실적인 세계의 포착이라 보는 것도 가능하겠다. 하지만 그의 소설이 사소한 감각적 경험을 통해 노리는 것은 오히려 흔히 상식적이라 판단되는 세계의 평범함 이면에 있는 듯하다. 감각의 포착과 그에 관한 이해를 거듭 뒤집으면서 실상과 환상의 경계를 무화시키는 듯한 전시를 보고 나서 "그러니까, 무엇이든 꼭 진짜일 필요는 없는 거야, 안 그래?"(「비극 이후」, 17~18쪽)라고 말하는 B의 모습에서 그 취향의 단순함 내지는 "대중성과 명료함"(18쪽)을 생각하는 '나'는 현실의 표면을 의심하고 그 이면을 노리는 눈을 가진 자의 태도를 보여준다. 이런 인물들은 일상 속에서 상상, 환상, 환각, 혹은 하나의 기억이나 감각에 과도하게 집착할 때 발생하는 불안과 공포 같은 것으로 초래되는, 이른바 비현실적인 체험을 놓치지 않고 채집하여 특유의 세계를 만들고 확장하는 자와 다르지 않다.

아마도 작가 역시 보이지 않아도 늘 우리의 일상에 존재하는, 뿐만 아니라 언뜻 알아차릴 수 없는 방식으로 우리의 일상을 지배하는 무언가를 예민하게 감지하며, 그 무언가로 인해 소설을 쓰게 되는 것일지도 모르겠다. 그 무언가는 가령 이번 소설집의 전반에 등장하는 '물'과 같은 것이다. 물(습기)은 소설집의 곳곳에 고여 있거나, 흐르거나, 흩어진 채로 떠 있다. 그것은 존 에버렛 밀레이의 〈오필리아〉 속 냇물처럼 삶과 죽음 양쪽에 닿아 있으면서, 삶과 죽음이라는 관념적이고 추상적인 것을 전혀 의식하지 않고 살아가던 인물들의 일상에서 불현듯 의미 있는 작용을 하지만 정확히 어떤 방식으로 그렇게 하는가를 명확히 잡아챌 수 없는 방식으로, 말하자면 의미와 무의미의 경계로 놓여 있다.

그런 점에서 「비극 이후」는 김유진 소설이 끈질기게 탐구하는 주제, 이것과 저것의 경계로서 여기에도 속하고 저기에도 속함으로써 결국 아무 곳에도 머물지 않는 애매모호한 지점을 절묘하게 형상화한다고 하겠다. 특히나 실상과 허상을 어떻게 분별할 수 있는지, 실상과 허상의 무경계성을 현실의 편에서 어떻게 이해할 수 있는지를 질문하는 이 소설은 다음의 장면으로 요약될 수도 있다.

갤러리에 들어서자 수인을 맞이한 것은 어둠 속에서 발광하는 거대한 뿌리였다. 방사형으로 퍼져나가는 수많은 잔뿌리가 섬세한 곡선과 대담한 방향성을 동시에 보여주고 있었다. 사진은 뿌리 일부분을 포착한 형태로 그 자체가 음각 판화처럼 명암의 대비를 이뤘다. 자연 발생적 구조가 지니는 역동적인 운동성이 그 주제인 듯싶었다. 그러나 수인이 가까이 다가가 확인한 작품명은 '들판에 내리치는 번개 1'이었다. 수인이 뿌리로 착각한 것은 다름 아닌 번개였다. 순간적으로 잡아내어 시각화한 빛의 형상이 뿌리와 유사한 까닭은 그 두 가지 모두 생명의 근원이라는 동일한 속성으로 태초의 운동성을 보여주기 때문이라는 설명이 따랐다. 작가는 이어서 그 근원적 빛이 들판에서 우연히 포착한 번개가 아니라 기계를 동원해 발생시킨 인공의 산물임을 밝히며, 실상과 허상의 무경계성을 드러내고자 했다고 강조했다. 벽면을 가득 메울 만큼 압도적인 크기의 번개 연작은 그 뒤로도 너덧 편이 이어졌다. 수인은 갤러리 구석 스크린에서 상영중인 그의 다큐멘터리에 눈길을 주었다. 그는 성공한 예술가였다. 센트럴파크 인근에 위치한 백여 평의 개인 작업실과 상주 관리인이 화면에 잡혔다. 수인에게는 전시회보다 그의 작업실이 더욱 인상에 남았다.(16~17쪽)

"어둠 속에서 발광하는" 것은 "거대한 뿌리"였다가 "들판에 내리치는 번개"가 되고, 어쨌든 "자연 발생적"인 현상이었다가 다시 분명한 의도를 갖고 만들어낸 "인공의 산물"이 된다. 하지만 결국 "실상과 허상의 무경계성을 드러내고자" 한 작품의 주제보다도 수인이 주목하는 것은 호화로운 "그의 작업실"이다. 여기서 애매모호한 것은 과연 무엇인가. 하나의 작품이 이렇게도 보이고 저렇게도 보일 수 있다는 점이 애매모호함을 발생시킨다고 할 수도 있다. 하지만 그보다 그러한 작업에 천착하는 작가의 실상(다큐멘터리)을 다룬 영상에 더욱 눈길을 주는 수인의 태도야말로 이 소설이 우리에게 던지는 애매모호함의 핵심이다.

부유하게 살아온 B와 달리 수인은 자신의 현실을 구성하는 여러 조건들 때문에 결핍을 느끼는 인물이다. 별다른 걱정 없이 지내는 B의 성정에 의지하고 싶은 마음으로 그와 관계를 맺지만, 매 순간 서로의 다른 점을 느끼는 수인은 결국 그로 인해 자신의 결핍을 더욱 실감하게 되고 이를 애써 무시하려다 자존감마저 낮아지는 경험을 한다. 이는 B의 집에서 동거하던 수인이 B와 헤어지고 실제보다 훨씬 더 허름한 상태의 자취방으로 돌아가는 꿈을 꾸는 데에서 짐작할 수 있다. 이러한 맥락에서 「비극 이후」의 갤러리 장면이 암시하는 것은 다만 한 작품에 숨겨진 여러 가지 트릭과 감각의 교란, 그로 인한 실상과 허구의 경계 없음보다도 그 모든 것을 아우르는 현실 속에서 삶의 방식이나 태도를 자발적으로 분명하게 결정하지 못하는 한 인물의 애매모호함이라고 하겠다. 매 순간 명백한 자기 결정을 통해서 삶을 꾸리는 자가 있을까. 설사 그렇다고 해도 그 결정이 오로지 본인의 의지에서 비롯된다는 것을 증명할 방법이 있을까. 내 삶은 왜 이런 방식으로 굴러가고 있을까. 소설은 이런 질문들을 감춘 채 수인의 시선이 향하는 곳만을 보여줄 뿐이다. 수인이 바라보는 그곳에 어떤 일의 '이후'를 비유하는 세계가 있다는 듯이 말이다.

수인이 B의 죽음 이후 일상을 회복하기 위해 떠난 듯한 여행의 초입에서 자기마저 잃어버리는 듯한 경험에 처하게 된 것처럼,

「공원에서」의 우니 역시 아버지의 죽음과 K와의 이별을 겪은 이후 한자리에 그저 머물러 있다는 점("우니는 때때로 러닝머신 위에서 달리고 있는 것 같은 기분이 들곤 했다. 계기판의 숫자만 달라질 뿐, 줄곧 제자리 뛰기를 면치 못하는 것 같았다. 우니는 오직 생계를 위해 일했다", 44쪽)에서 두 소설은 연작처럼 읽힌다. 하지만 이 두 편의 작품에서 더 중요한 것은 인물 스스로는 어떤 비극으로부터 한 걸음도 앞으로 나갈 수 없다는 것과 그로 인해 발생하는 불안과 공포가 지속된다는 점에 있다. 「공원에서」의 우니는 좀처럼 진도가 나가지 않는 번역 작업(비행기 사고에 관한 다큐멘터리), 규칙적인 일상의 일부였던 달리기를 방해하는 결막염(인물은 이것이 만성적이라는 점에서 불치병과 다르지 않다고 인식한다), 기다려도 오지 않는 K의 연락 등 일상을 채우는 중요한 일들에 대한 결정을 스스로 유예한다. 인물이 자발적으로 선택한 이 같은 태도는 마치 영상을 보다가 정지 버튼을 누르듯 삶을 잠시 중지시키는 것처럼 보이기도 한다. 이도 저도 아닌 애매모호한 채로 머물러 있기를 바라는 듯한 이 태도의 의미는 소설의 마지막 단락에서 힌트를 얻어볼 수 있을 것 같다. 그전까지의 흐름과 달리 (아마도 우니가 주웠다가 돌려준 휴대폰의 주인으로 추정되는) 남자의 시선으로 묘사된 우니의 모습은 "스스로 빛 속으로 뛰어들어 점점 먹혀 들어가는 그림자"(60쪽)의 형상이다. 빛도 어둠도 아닌, 스스로 그것들의 경계가 되어 나타나는, 혹은 사라지는 우니의 모습은 앞서 말한 물의 속성을 몸소 보여준다.

물의 속성은 숲이라는 공간으로도 비유된다. 「글렌」에서 진이 숲의 모습을, 여러 겹을 지닌 땅의 속성과 그 땅에 코를 박고 버섯을 열심히 찾던 아버지의 범상치 않은 행동, 하지만 끝내 버섯 채집에 실패하고 통나무집으로 돌아와 주인이 따로 준비해둔 버섯으로 계란말이를 해주자 알 수 없는 이유로 통곡하던 아버지의 돌연한 눈물과 함께 떠올릴 때가 그렇다. 숲과 생전의 아버지는 겹쳐진 이미지로 진에게 각인되어 있고, 그 기억에는 눅눅한 땅의 습기와 죽은 아버지가 흘린 눈물이 공통분모로 작용한다. 「대지의 노래」에서 숲은 병든 나무로 인해 마치 붉게 타오르는 듯 기괴하고 불안을 조성하는 낯선 장소이면서, 마을 저편에 있는 미지의 장소로 통하는 길이다. 이러한 숲은 마치 "자신의 의지와 무관하게 상황에 이끌려 살아왔다는 점에서"(193쪽) 자신의 인생을 실패로 치부하는 선의 내면을 비유하는 공간("선은 자신의 붉은 손과 아이들과 남편의 정수리와 붉은 숲을 차례로 떠올려보았다", 194쪽)처럼 보인다. 소설의 말미에서 사라진 아이들을 찾아 극도의 불안감과 공포를 억누르고 숲속으로 들어가던 선이 문득 "자유를 느꼈다"(200쪽)는 것은 비로소 자기의 내면과 스스로 마주한 데서 비롯된 해방감일 것이다. 이외에도 이번 소설집에서 숲은 어떤 경계로서의 속성, 즉 물의 그것을 간직한 장소로 그려지면서 그곳에 들어가는 순간 인물로 하여금 전에 없던 것들을 발견하게 한다.

물의 속성은 이루 말할 수 없이 다양하게 이야기될 수 있겠지만, 김유진의 소설에서라면 그것은 어떤 사이 내지는 경계를 지시하는 의미로 쓰인다. 물에 물 탄 듯한 인물의 애매모호한 성격이 우선 그렇고, 이곳과 저곳을 분명하게 구분하지 못하게 하는 안개 같은 시공간적 장치가 그렇다. 호수나 바다처럼 물은 그곳에 움푹 파인 땅이 있다는 것을, 그곳으로 더이상 나아갈 수 없다는 것을 의미하기도 한다. 물을 건너기 위해서 인물들은 그 속으로 몸을 던지고, 벗어날 수 없는 일상의 권태로움을 견디고, 때로는 극도의 불안과 공포에 사로잡혀 발이 묶인 채로 머문다.

흐리고도 선명한 기억들을 지나

김유진은 흥미로운 서사 이면에 더욱 강렬한 이미지를 배치하는 데 능하다. 악천후 속에 비행기를 타고 바다를 건너고, 숲속의 호수를 발견하고 무작정 뛰어들어 헤엄치고, 어둡고 병든 숲길이나 한 치 앞이 보이지 않는 안개 속을 헤치고 겨우 도달한 곳에서 바다를 발견하는 장면들이 그렇다. 소설을 읽고 나면 인물과 사건과 배경을 각각 곱씹어보기도 전에 그런 하나의 이미지가 잔상처럼 눈앞에 펼쳐진다. 눈을 감아도 눈꺼풀에 매달리는 원인 모를 흰 빛처럼, 그의 이야기는 끝내 수수께끼 같은 한 장의 이미지로 요약되어 우리의 삶에 달라붙는다.

소설집의 곳곳에 배치된 수수께끼 같은 장면들을 이해하기 위해서 좀더 이야기 속으로 들어가보자. 우선 김유진 소설의 인물들. 지극히 평범하고 별일 없이 살아가는 듯한 이 '나'들은 공통적으로 애매모호한 성격을 지닌다. 뭔가에 저항하거나 적극적으로 대응하는 법 없이 그저 순응해버리는 듯한 이들의 태도는 우리가 흔히 세계라고 부르는 공동의 삶이 어떻게 이뤄지는지 묻게 한다.

「글렌」은 진이 얼마나 평범한 인물인지를 설명하며 시작된다. 그가 태어난 날에는 특별히 기억할 만한 일이 일어나지도 않았으며, 그의 성장 과정 역시 "미지근"(205쪽)하다고 할 정도로 유별날 것이 없었다. 진은 자신의 일상을 꾸리는 사소한 규칙을 갖고 있지만, 그것을 함부로 깨뜨리는 침입자(장모와 영 같은)들에게 강력하게 항의하거나 거부의 의사를 표하지 않고 그저 상황을 견디는 편이다. 이처럼 자신에게 주어진 상황을 견디는 데 능한 자의 태도는 공동의 삶에서 다수를 위해 개인이 희생하는 식의 최선을 떠올리게도 하지만, 결과적으로 열 중에 아홉이 그런 선택을 하면서도 겉으로 내색하지 않는다면 사정은 달라진다. 죽은 아내의 생일 파티를 겸해 열린 전시회에 참석한 진은 그 시간을 무사히 견디는 것이 자신의 의무라 여기던 중에 문득 그곳에 모인 사람들 대부분이 자신과 같은 처지라는 것을 알아차린다. 이러한 일상적 장면은 잔혹하고 인물의 평범함은 이를 더욱 섬뜩한 것으로 만든다.

「음의 속성」에서 이영은 피아노를 처음 접하던 때부터 "악보 전체를 한 장의 그림처럼 모호하게 받아들"(136쪽)여서 자주 혼이 나던 아이였다. 악보를 꼼꼼하게 읽든 그렇지 않든 둘 중 한쪽에 속하는 아이가 아니라, 상황에 따라 이럴 때도 있고 저럴 때도 있었기에 선생은 그가 무엇에 능한지를 파악하기조차 어려웠다. 그런 성격은 이후의 삶의 방식에도 지속적으로 중대한 영향을 미친다. 이영은 결국 피아노 연주자가 아닌 조율사라는 직업을 갖게 되는데, 피아노의 영혼을 믿고 싶은 마음을 간직하면서도 모든 피아노는 만들어질 때부터 정해진 음을 갖는다는 논리로써 피아노를 그저 하나의 악기로 다루는 태도를 보인다. 그는 의뢰자의 요구에 고리타분할 정도로 원칙을 내세우기도 하지만, 스승인 송선생에 대한 감정을 표현할 때는 굳이 호오를 분명히 드러내지 않는다. 이영의 이런 성격은 그가 겪는 특이한 증상과 겹쳐 볼 수 있다. 불을 끄고 눈을 감았는데도 눈앞에 귀신처럼 흰 빛이 어른대는 증상은 의사의 무성의한 진단대로 단순히 결막염의 그것일 수도 있겠으나, 이영은 "어둠 속에서 자신의 눈앞을 가로막던 길고 가늘고 빛나던 흰 것에 대해 생각했다. 그것은 환상이었을까, 증상이었을까"(같은 쪽)를 굳이 자문하며 그것에서 벗어나지 못하고 애매모호한 채로 "흰 것"에 머물러 있다.

조율사가 되기로 마음먹은 뒤, 이영은 조금씩 어른이 되어간다고 느꼈다. 생계를 책임지고 사람들을 만나고, 설명하기 어려운 감정을 표현하려고 노력하지 않는 세계에 들어선 것 같았다. 그 자리가 이영에게는 맞지 않는 옷을 입은 듯 늘 어색했지만, 입을 다물고 깊게 생각하지 않기로 했다. 그러면 아무도 눈치채지 못했다.

조율이란 작업은 악기를 물적 대상으로 바라보는 데에서 출발했다. 악보 해석과 연주 기교, 음악성의 자리에 피아노의 메커니즘과 고객의 요구가 놓였다. 이영은 자신이 아직 연주자와 조율사 그 사이에 있다고 생각했다. 어쩌면 애매한 채로 머물고 싶은 것인지도 몰랐다. 피아노의 영혼에 대해 상상해보던 시절이 있었다. 음악의 매혹에, 음향의 불가사의한 힘에 사로잡히던 때가 이영에게 있었다. (……)

소리는 귀신 같은 것이 아닙니다. 물리적인 현상일 뿐입니다.

이영은 조율 수업 첫 시간에 들었던 그 말을, 그뒤로도 여러 번 되뇌었다. 그 명제를 떠올리는 동안 마음 한구석이 조금씩 부서지는 것을 느꼈다.(123~124쪽)

「음의 속성」에서 이영이 일견 평범하다고 할 수 있는 성격과 피아노 조율사라는 직업에 대한 자기 인식을 통해서 보여주는 것은 어떤 경계에 놓인 것에 대한 상상이다. "말이라는 것에 적당함이란 없구나"(124쪽)와 같은 이영의 새삼스러운 깨달음이 굳이 기입된 이유 역시 같은 맥락에서 생각해볼 수 있다. 사람들은 자주 이것 아니면 저것이라는 식의 이분법적인 사고를 따른다. 옳지 않으면 그른 것이라고 믿어야 자신의 사고와 행동을 쉽게 합리화할 수 있고, 그래야만 이 복잡한 세상을 조금이나마 편하게 살아갈 수 있기 때문일 것이다. 하지만 이영이 "애매한 채로 머물고 싶은 것", 즉 피아노를 물적 대상으로 다루는 동시에 그것의 영혼을 계속 상상할 수 있기를 바라는 것처럼 자신을 지키는 일은 어쩌면 이쪽도 저쪽도 아닌 자기만의 자리를 고집하는 것일지도 모른다. 빛과 소리와 감촉을 "귀신 같은 것", 확인할 수는 없지만 분명하게 있는 것, 달리 말해 존재의 본질 같은 것으로 받아들이지 않고 그저 객관적인 기준에 맞춰 누구나 똑같이 판단할 수 있는 "물리적인 현상"으로 치부해버릴 때 "마음 한구석이 조금씩 부서지는 것을 느"끼게 되는 것은 비단 이영의 경우만은 아닐 것이다.

이처럼 김유진의 소설에서 인물의 고유한 성격과 그것을 반영하는 감각의 발휘는 자주 꿈으로도 나타난다. 꿈은 우선 인물이 무엇에 억압되어 있는지, 혹은 무엇에 사로잡혀 있는지를 보여주는, 인물의 내면을 들여다보게 하는 창의 기능을 한다. 또한 꿈은 현실에서 경험하는 일이라는 점에서 현실과 사실의 차원에 닿아 있는 것이라 할 수 있지만, 동시에 현실에서 경험할 수 없는 일에 연관된다는 점에서 가상이나 허상이라 치부할 수도 있다. 이때 인물이 꾸는 꿈은 그 자체로 김유진의 소설이 노리는, 현실과 비현실, 사실과 허상, 실재와 환상 등의 이분법이 사로잡지 못하는 또

다른 세계라고 부름직하다.

잠에서 깨어난 수인은 꿈에서 보았던 원룸이 실제로 자신이 머물렀던 곳들보다 터무니없이 허름했음을 상기했다. 수인은 반지하 방에서 지내본 적도, 찬물밖에 나오지 않는 욕실에서 샤워해본 일도 없었다.

잠든 B의 숨소리가 거슬린 수인은 거실로 나왔다. 어둠에 잠긴 집은 한층 이질적으로 느껴졌다. 맡아본 적 없는 가구의 냄새, 경험한 적 없는 생활의 흔적이 있었다. 자신이 모르던 때의 B의 습성들, B의 것이라고는 믿기지 않는 취향의 장식품이 곳곳에 있었다. B는 수인에게 어떠한 약속의 말도 하지 않았기에 문득 드는 어리둥절함과 낯선 공간이 주는 배타적인 기운을 견디는 것은 온전히 수인의 몫이었다.

수인은 때때로 꿈에 대해 생각했다. B에게 버림받을 수도 있다는 생각에 두려움을 느끼고 있는 것인지, 반대로 자신만의 안온한 공간으로 돌아가고 싶은 것인지, 분간할 수 없었다.(「비극 이후」, 22~23쪽)

수인에게 문제는 명확한 의미로 번역할 수 없는 애매모호한 꿈의 내용과 형식이 아니다. B는 어떤 이유로 죽음에 이르게 되는데 (소설에서 이것이 사실적인 죽음인지 이별과 같은 관계의 죽음인지 명확히 밝혀지지는 않는다), 이 꿈은 그 이전에 꾸었던 것이므로 여기에 관계나 인물에 대한 부채 의식, 죄책감 같은 것이 포함되었다고 보기는 어렵다. 여기서는 다만 관계를 지속하는 방식이나 이유를 보여주는 수인의 성격이 중요하게 생각될 수 있다. 꿈을 꾼다는 사실이나 그 꿈을 이루는 내용보다도 스스로 꿈의 내용을 되짚으면서 거듭 생각하고 분간하려는 태도 말이다. "B는 수인에게 어떠한 약속의 말도 하지 않았"다는 이유로 수인의 불안감이 오로지 수인의 것이라 할 수 있을까. 수인은 "분간할 수 없었다"고 말하지만 실상 이 불안한 관계에서 오는 감정들에 대한 원인과 책임이 한편에만 있다고 할 수는 없을 것이다. 수인을 불안으로 거듭 밀어넣고 악몽을 꾸게 만드는 원인은 결국 어떤 관계를 마주하는 데에 있어서 너무 신중하고 조심스러운 수인 자신의 내면에 있지 않을까.

김유진 소설의 인물들을 마주하면서 반복해서 발견하게 되는 것은 관계 속에서 지극히 수동적으로 대응하는 태도들이다. 그리고 이것에 공감하고 안타까움을 느낄 때 우리는 우리 자신에게도 있음직한 어떤 악몽의 기억들을 또한 발견하게 된다. 어떤 이유에서든 누구도 내내 혼자서 살아갈 수는 없으며 누군가와 깊거나 얕은 관계를 맺으며 삶을 지속하게 된다. 누군가의 평안한 잠자리("잠든 B의 숨소리")는 다른 누군가에게는 밤을 지새우며 자신의 삶을 이루어온 중대한 선택들을 되짚어볼 만큼 불편한 자리가 될 수도 있다. 아무렇지도 않은 듯 그려진 이런 장면들, 뒤척이는 인물의 내심이야말로 소설을 통해 확인할 수 있는 엄연한 진실 가운데 하나일 것이다.

관계를 지탱하는 침묵을 건너

또한 김유진은 언어의 결핍 내지 부족을 소리나 몸짓 같은 것들로 보완하고 보충할 수 있다는 것, 달리 말해 소리와 몸짓이 언어의 한 부분일 수도 있다는 것을 여러 작품에서 암시한다. 말이 모든 의미를 정확히 전달할 수 없다고 직접적으로 토로하는 장면에서부터 내면의 불안과 공포를 암시하는 인물의 행동에 대한 세밀한 묘사들이 소설의 중요한 부분을 이룬다. 김유진의 소설에서라면 대화보다는 인물 각각의 감각적 취향이 발휘된 사소한 행동에서 우리는 작가가 하고자 하는 이야기들을 더 많이 발견할 수 있다는 말이다. 가령 「믿을 수 없는 얼굴」에서 펜션으로 함께 여행을 떠난 두 인물, 수연과 경의 극단적으로 다른 성격이 그들이 주문하는 음식의 종류, 음식을 먹을 때의 태도, 같은 차를 타고 같은 길을 달리면서도 서로 다른 풍경을 바라보는 엇갈린 시선 등으로 묘사되는 것은 친밀한 관계일수록 그것에 관해 이루 말하기 어렵기 때문일 것이다.

타인과의 관계는 거의 대부분 비극으로 끝나고, 그 관계가 지속되는 도중이나 끝난 이후에 인물 개개인에게 돌이킬 수 없는 상처를 남긴다. 그 상처는 어떤 경우 타인을 거부하고 '혼자'이기를 자처하며 자신을 유폐하는 성격을 형성하게도 하고, 또다른 경우에는 타인을 좀더 쉽게 믿고 의지하고 끝내 자책하는 일을 반복하며 거듭 자존감을 잃고 자기 존재를 부정하는 쪽으로 나아가게도 한다. 따라서 김유진 소설에서 개인을 이해하기 위해서는 그가 이전에 경험했거나 현재 경험하고 있는 관계의 양상을 파악하는 것이 무엇보다 중요하다. 이때 대부분의 인물들에게 일상적인 심리 기제처럼 드러나는 것이 불안과 공포이다. 그런 점에서 이번 소설집에 '비행기'와 연관된 작품이 두 편이나 실려 있다는 것은 의미심장하다. 비행기는 여타의 교통편에 비해 흔히 이용하지 않아 사고를 겪을 확률이 드물다고 할 수 있지만, 그럼에도 비행기를 탈 때마다 불안과 공포를 겪게 되는 것을 일부 승객의 특별한 경우라고 치부하기는 어렵다. 대부분의 사람들에게 비행기만큼 일상적이지 않으면서도 불안과 공포를 크게 느끼게 하는 수단은 드물 것이다. 김유진 소설의 인물들이 경험하듯 땅과 물처럼 분명하게 확인할 수 있는 물질이 아니라 대기라는 불분명해 보이는 매개에 의존해야 한다는 점에서도 비행기는 불안과 공포를 발생시킨다. 나와 옆자리의 승객과 비행기라는 공간을 이루는 물질은 실재하지만 그것들이 모두 분명하지 않은 세계(대기) 가운데 내가 확인할 수 없는 방식으로 속해 있다는 사실, 결국 나의 운명이 그 알 수 없는 세계의 불분명함에 의지해서만 지탱된다는 감각은 김유진 소설의 인물들이 자신과 세계 내지는 타인과의 관계를 어떻게 여기는지를 보여준다.

친구네 집에선 왜 나온 거야? 싸웠니? 아니, 친구가 죽었어.

엄마는 더이상 묻지 않았다. 수인의 말을 농담으로 흘려들은 것 같았다. 살고 죽는 것은 자연의 생리라 여기는 담담한 태도 탓인지도 몰랐다. 수인은 더 말하고 싶었지만, 엄마가 묻지 않아 대답할 수 없었다. 더욱 집요하게 물어주길, 그래서 진실을 말하고 또 말하여 기억이 닳아 없어질 때까지 말하고 싶었지만 엄마의 관심은 킹크랩에 가 있었다. 엄마는 스티로폼 상자에 든 게를 플라스틱 쟁반에 옮겨 담았다. 가게 주인이 알려준 대로 게 다리를 비틀어 떼어내고 몸통을 반으로 쪼갰다. 엄마는 넓적다리에 세로로 가위질을 한 뒤 아직 김이 나는 하얀 속살을 발라 수인에게 주었다. 수인아 이것 좀 먹어봐라. 먹고 있어. 여기, 살이 엄청나네. 응 그렇네. 엄마는 게살을 발라내느라, 게 비린내에 달려드는 개들을 쫓아내느라 분주했다. 식탁 아래 개들이 원망스러운 듯 짖어댔다. 개 짖는 소리가 쩌렁쩌렁 울려, 수인은 도무지 음식에 집중할 수 없었다. 여기 내장 좀 먹어봐, 이게 진짜야. 먹고 있잖아. 왜 이리 못 먹어? 입안에 잔뜩 있어. 수인은 자신 앞으로 밀려드는 난자당한 게 다리와 진녹색 내장을 보았다. 너무 맛있다, 그렇지 않니? 수인은 고개를 끄덕이

면서, 너무 짜서 더이상 못 먹겠다고 말하고 싶은 것을 참았다.(「비극 이후」, 26~27쪽)

무언가 말하고 싶은 것이 있지만 말하지 못하는 때가 있다. 상대방이 묻지 않아서, 혹은 말할 상대가 없어서. 말은 누군가가 들어줄 준비가 되어 있을 때 할 수 있기 때문이다. 수인의 입장에서 혼잣말은 정말로 말을 하는 게 아니다. 상대가 이끌어주는 것, 내면을 긁어내고 벗겨내어 정말로 내 안에서 덜어낼 수 있는 말은 자발적으로 들어줄 상대가 필요하다. 또한 말을 하지 못하는 이유는 스스로 말을 참기 때문이기도 하다. 말을 꺼냈을 때 상대가 상처받을까봐, 지금의 괜찮은 분위기를 해칠까봐, 자신을 둘러싼 공기의 질이 달라지고, 관계의 분위기가 달라질까봐. 그렇게 자신의 세상이 조금이라도 비틀리는 것을 경험할 바엔 그저 말을 참는 것이 수인의 선택에 가깝다.

이런 사소한 선택들이 결국 개인의 성격을 공고히 하고 관계의 양상을 변화시킨다는 것은 두말할 필요 없을 것이다. 인용한 장면에서 수인과 엄마의 말과 행동은 단지 지금의 그것만 발라내어 볼 수 없을 정도로 절묘하게 짜여 있다. 수인은 엄마에게 하고 싶은 말을 굳이 눌러 참고 엄마는 애써 관심을 킹크랩으로 돌리며 수인의 입을 막는다. 하지만 이들의 대화는 스티로폼과 플라스틱 용기로 대변되는 일회적이고 가벼운 틀과 거기에 담긴 킹크랩의 단단한 다리에 가위질을 해서 발라낸 속살을 묵묵히 나눠 먹는 일을 통해서 이미 이뤄지고 있다. 다만 수인의 내면에 들어찬 말이 속살과 내장이 풍기는 비린내, 거기에 정신없이 달려들어 반응하는 개들의 짖음을 통해 비유된다는 점은 이 대화가 상호 간에 충족감을 주지 못한다는 것을 암시한다. 마주앉은 식탁을 둘러싸고 가득한 것은 냄새와 소리들이다. 말이 되지 못하는 그 무용한 외침들은 오히려 눈앞의 상황에 집중할 수 없도록, 더하면 할수록 오히려 그 상황을 회피하도록 하는 원인이 된다.

나를 확인하는 방법

제 앞에 주어진 것을 거절하지도 씹어 삼키지도 못하는, 상대에게 질문하지 못하는 태도는 김유진 소설 속 인물들의 공통된 특징이다. 이들은 상대에게 질문을 해서 대답을 들어야겠다는 의지가 없는, 무기력하고도 불안한 관계 속에 그저 놓여 있을 뿐이다. 그 무기력함은 반복된 자기 유폐에 가까운 생활, 고립과 독립이 다르지 않아 보이는 삶의 방식과 원인과 결과의 자리를 바꿔가며 악순환한다(「보이지 않는 정원」의 태희, 「글렌」의 진, 「파도」의 연정). 때로는 질문을 할 만한 타이밍을 거듭 놓치기도 하는데(「대지의 노래」의 선), 중요한 것은 이들 모두 자신이 처한 관계나 상황을 맺고 지속하고 끊는 식의 과정을 스스로 돌파할 의지가 없다는 점이다.

다만 그들은 자주 눈이 아프고, 소리와 냄새와 빛깔에 민감하게 반응하며 세계의 속성과 그곳에 속한 자신의 처지를 예민하게 드러낸다. 그럼에도 사람들과의 관계 속에서는 자기를 내세우기를 극도로 꺼리고 겉으로 원만해 보이는 관계를 위해서 자신을 감추고 고립시키는 편을 선택한다. 갈등 없이 그저 홀로 있기를 바라는 인물들은 그렇게 만들어놓은 자기만의 세계에 자발적으로 유폐되어 있는 듯이 보인다. 지극히 평범해 보이지만 나름의 유난스러운 생활의 규칙과 습관이 있고, 그것이 어긋나는 지점에서 그들의 민감함이 감각기관의 불편으로 도드라지는 것이다. 나와 다른 세계에 대한 민감함은 모든 살아 있는 존재의 능력이자 계속 살고자 하는 본능의 발휘일 테다. 그런 점에서 눈과 코와 입과 피부로 사소하고도 지속적인 통증과 불편함을 감지하는 인물들은 동시에 자신이 살아 있는 존재임을, 자기의 실존을 거듭 확인하는 중이라고도 할 수 있다.

하지만 과연 살아 있다는 확인은 어떤 의미를 갖는가. 이 책을 읽고 있는 당신은 당신이 살아 있다는 것을 어떻게 확인하는가. 아니, 자신이 살아 있음을 확인하는 경우가 있다면 그때는 어떤 때인가. 너무나도 잘 지내고 있어서 삶에 대해 돌아볼 여지도 없이 충만한 삶을 누리고 있을 때 우리는 그런 생각을 할 리가 없다. 삶의 어딘가가 부서지고, 무너지고, 구멍나고, 무언가 중요한 것을 잃었거나 잃을 것만 같은 위기에 처했을 때 우리는 자신의 삶을 돌아본다. 이 삶이 이대로 괜찮은 건지, 괜찮지 않다면 이 삶을 어떻게 수습할 것인지. 그리고 그런 위기는 대부분 나를 둘러싼 관계의 불온함에서 발생한다.

이 글의 처음에서 「대지의 노래」에 직접 인용된 음악과 무용 등의 작품에 대해 설명한 바 있다. 그 이유는 다름이 아니라 김유진의 소설은 언어를 통해 비교적 의미가 확연한 말보다는 애매모호함에 가까운 몸짓과 소리에 닿으려는 이야기이기 때문이다. 단어와 문장에 기입된 한정적인 의미로 말미암아 말이라는 것은 어쩔 수 없이 특정한 의미와 의도로 고정된 세계를 묘사하게 된다. 하지만 몸짓과 소리가 그것을 보고 듣는 자들에게 주는 이해와 감각의 여지는 거의 무한에 가깝다. 그것들을 통해 만들어진 세계는 현실을 묘파하는 동시에 거듭 열리고 확장된다. 이런 경계 없는 의미의 자장이 불러오는 오해와 몰이해 역시 몸짓과 소리가 감당해야 할 부분이긴 할 테지만, 김유진의 소설은 비교적 분명한 의미를 갖는 말이 오히려 더 깊은 오해와 몰이해의 상황을 초래할 수도 있다는 것을 보여주면서 몸짓과 소리의 편에 더 가까이 선다. 그로써 이 책에 실린 이야기들은 다시금 언어로 된 몸짓과 소리의 효과를 기대한다. 흔히 소설에 기대하게 되는 문법적 관습을 거듭 벗어나며 장면은 분절되어 두서없이 배치되고, 인물에게 중요한 영향을 미치는 사건조차도 인과관계를 명백히 드러내지 않은 채로 희미하게 뭉뚱그려지며, 그 모든 것을 감당하는 인물의 성격이나 시시각각 달라질 수밖에 없을 내면의 풍경 역시도 애매모호하고 소극적인 상태로 거듭 우연적인 계기를 따르고 의존하는 방식으로써 그려진다.

이처럼 명쾌하게 말해지지 않는, 해석하려 하면 할수록 멀어지는, 그럼에도 어쩐지 내 인생에 의미심장한 장면들이 되어줄 것만 같은 애매모호한 장면들로 채워진 이 한 권의 책은 마지막 페이지까지 모두 읽고 덮은 다음에도 내내 당신의 시간 속에 펼쳐져 있을 것이다. 길을 걷다가, 차를 마시다가, 친구와 수다를 떨고, 애인과 어디론가 떠나는 길에서도 문득 이 책의 어떤 장면이 당신의 머릿속에 하얗게 펼쳐질 것이다. 그렇게 이 이야기들이 말이 아닌 말들로 기억되기를 바란다. 말이 아닌 기억이 움직이는 장면이 되고 소리를 만들어내어 당신의 현재 위로 거듭 겹쳐져 살아나기를. 그리하여 전에 없이 삶을 풍부하게 바라볼 수 있게 하는 움직임이 되기를. 이 이야기가 당신의 안무가 되고 악보가 되기를 바란다.

작가의 말

올봄 오래 키운 개가 죽었다.

어머니에게 전화가 온 것은 토요일 아침이었다. 어머니는 개가 오늘을 넘기기 어려울 것 같다고 운을 떼며, 잠시 외출을 해야 하니 그동안 와서 개를 지켜봐달라고 했다. 나는 비몽사몽간에 세수를 했다. 미세먼지에 창밖 하늘이 뿌옇게 흐려 보였다. 나는 마스크를 챙겼다. 편의점에 들러 녹차와 빵 하나를 샀다.

개는 침대 위에 모로 누워 있었다. 침대 사방에 펜스가 둘러쳐져 있어서 드나드는 것이 쉽지 않았다. 노환으로 앞이 보이지 않게 된 개가 자다가 떨어질까 걱정되어 둘러놓은 것이라고 언젠가 어머니가 말한 것이 기억났다. 나는 높은 울타리를 넘듯 다리를 크게 벌려 펜스를 넘었다. 개 가까이, 벽에 등을 기대고 앉았다. 개가 거칠게 숨을 쉴 때마다 홀쭉했던 배가 크게 부풀었다 가라앉았다. 벌어진 주둥이에서 지독한 악취가 밀려왔다. 나는 가방에서 마스크를 꺼내 썼다. 개가 흘린 침으로 이불 곳곳이 누렇게 얼룩이 져 있었다. 개는 종종 비명을 질렀다.

원고를 정리하는 동안 자주 그때를 떠올렸다. 침대 옆 창문으로 차차 하늘이 맑게 개는 것을 확인하며, 나는 마스크를 쓴 채 네 시간 동안 개의 옆을 지켰다. 숨소리가 작아질 때면 큰 소리로 개의 이름을 불렀다. 깊은 잠을 깨우듯이, 멀찍이 앞서 걷는 개를 멈춰 세우듯이, 깜짝 놀랄 만큼 큰 목소리로 개를 불렀다. 어머니가 귀가할 때까지 개가 살아 있길 바랐다. 개는 어머니와 십칠 년을 살았으니, 마지막도 꼭 함께했으면 싶었다.

나는 때때로, 글을 쓰는 일이 앞서 걷는 누군가의 이름을 부르는 것 같다고 느낀다. 뒷모습밖에 본 적 없지만, 그래서 더 멋지다. 어서 따라잡길 바라는 마음과 절대 뒤돌아보지 않았으면 하는 마음이 공존한다. 회의와 망설임이 그치지 않는다. 그래서, 끝내 어떻게 될까?

짧지 않은 기간 쓴 글을 엮었다. 책이 나오기까지 도와준 분들이 많다. 글을 쓰는 동안 함께 시간을 보낸 사람들에게도 감사의 말을 전한다.

2018년 여름

김유진

| 수록 작품 발표 지면 |

비극 이후 …… 『문학과사회』 2015년 가을호

공원에서 …… 『현대문학』 2013년 3월호

믿을 수 없는 얼굴 …… 『문학동네』 2014년 겨울호

보이지 않는 정원 …… 『문학동네』 2018년 봄호

음의 속성 …… 『한국문학』 2018년 상반기호

파도 …… 문장 웹진 2018년 2월호

대지의 노래 …… 『세계의문학』 2012년 여름호

글렌 …… 『한밤의 산행』(한겨레출판, 2014)

문학동네 소설집
보이지 않는 정원

초판인쇄 2018년 7월 9일
초판발행 2018년 7월 17일

지은이 김유진
펴낸이 염현숙
책임편집 김내리 | 편집 정은진 이성근 이상술
디자인 김현우 유현아 | 마케팅 정민호 박보람 나해진 우상욱
홍보 김희숙 김상만 이천희
제작 강신은 김동욱 임현식 | 제작처 영신사

펴낸곳 (주)문학동네
출판등록 1993년 10월 22일 제406-2003-000045호
주소 10881 경기도 파주시 회동길 210
전자우편 editor@munhak.com | 대표전화 031) 955-8888 | 팩스 031) 955-8855
문의전화 031) 955-3576(마케팅) 031) 955-8864(편집)
문학동네카페 http://cafe.naver.com/mhdn | 트위터 @munhakdongne
북클럽문학동네 http://bookclubmunhak.com

ISBN 978-89-546-5205-6 03810

* 이 도서의 국립중앙도서관 출판예정도서목록(CIP)은 서지정보유통지원시스템 홈페이지(http://seoji.nl.go.kr)와 국가자료공동목록시스템(http://www.nl.go.kr/kolisnet)에서 이용하실 수 있습니다.(CIP 제어번호: 2018019873)

www.munhak.com